KB096080

책이 좀 많습니다

책이 좀 많습니다

책 좋아하는 당신과
함께 읽는 서재 이야기

윤성근 지음

이매진

책이 좀 많습니다
책 좋아하는 당신과 함께 읽는 서재 이야기

지은이 윤성근 **펴낸곳** 이매진 **펴낸이** 정철수
처음 찍은 날 2015년 1월 2일 **두 번째 찍은 날** 2015년 2월 28일 **세 번째 찍은 날** 2015년 12월 5일
등록 2003년 5월 14일 제313-2003-0183호
주소 서울시 마포구 월드컵로 204, 1206호(성산동) **전화** 02-3141-1917 **팩스** 02-3141-0917
이메일 imaginepub@naver.com **블로그** blog.naver.com/imaginepub
ISBN 979-11-5531-062-5 (03810)

차례

—

프롤로그

2011년 봄인가, 아니 가을일지도 모르겠는데, 어떤 사람이 전화를 걸어왔다. 40대 정도로 들리는 약간 부자연스러운 목소리였다. 내가 일하는 헌책방에 가지고 있는 책을 좀 처분하고 싶다고 했다.

"처분하실 책이 얼마나 되나요? 몇십 권 정도라면 택배 착불로 일단 보내주셔도 됩니다. 매입 가격은 책을 확인한 다음 말씀드릴 수 있습니다."

"책이 좀 많습니다. 이번에 한 500권 정도는 처분해서 다른 책 놔둘 공간을 만들려고요. 그러니 이쪽으로 차를 갖고 와주시면 좋겠습니다."

며칠 뒤 받아 적은 주소로 트럭 한 대를 몰고 찾아갔다. 성북동에 있는 어느 허름한 빌라 반지하였다. 문을 열고 들어가니 말끔하게 와이셔츠를 차려입은 남자 혼자 있었다. 바로 이분이 내게 전화를 한 사람이라는 걸 알아봤다. 집은 그렇게 크지 않았다. 거실과 안방에 책이 좀 쌓여 있기는 했지만 눈대중으로 봐도 여기 있는 책 전부를 합쳐봐야 500권이 안 될 것 같았다. 허세를 부린 걸까? '헛걸음했구나.' 속으로 생각했다. 그때 그 말끔한 남자는 뜻 모를 미소를 지으며 겉옷을 입었다.

"오시느라 고생하셨습니다. 저하고 같이 차를 타고 가시죠. 멀지 않습니다."

어리둥절했지만 어쨌든 우리는 트럭을 함께 타고 15분 정도 운전해서 한 아파트로 갔다. 꽤 높은 아파트 6층이었다. 남자는 능숙한 솜씨로 문을 열었다. 눈앞에 펼쳐진 믿을 수 없는 광경에 한동안 입을 다물지 못했다.

현관 앞부터 빽빽하게 책이 가득하다. 거실, 안방, 또 다른 방 할 것 없이 보이는 건 책, 책, 책. 화장실만 빼고 모든 방에 책뿐이다. 아무 가구도 없고 흔한 장식품이나 시계도 없다. 도대체 수를 가늠할 수 없을 정도로 많은 책을 보니 숨이 멎을 듯 답답함이 밀려왔다.

중견 무역 회사에 다니는 이분은 책을 너무 좋아한 나머지 이 좋은 아파트 전체를 서재로 쓰고 빌라 반지하에서 월세를 살고 있다. 이런 상황에서도 책을 계속 사들이고 있기 때문에 아파트 서재에 있는 책을 조금 처분하고 다른 책을 들일 공간을 마련하려는 것이다.

책을 좋아하는 사람들은 때로 다른 사람들이 이해 못 할 정도로 괴짜 소리를 듣는 일이 있다. 내가 만난 이분도 그런 말을 자주 듣는다고 한다. 심지어 어떤 친구는 "너, 머리가 좀 어떻게 된 거 아니냐?" 하며 진지한 충고를 했다. 그렇지만 책이 좋은 걸 어떡하나? 세상 어떤 것보다 책이 좋다. 책 말고 다른 것으로는 허전한 마음을 달랠 수 없다. 누가 이 마음을 알아줄까?

그래서 2012년에 《경향신문》 정원식 기자가 '애서가의 서재'라는 제목으로 인터뷰를 연재하면 어떻겠냐고 제안할 때 흔쾌히 한다고 했다. 여러 매체에서 유명인의 서재를 찾아가 책 이야기 나누는 글을 더러 읽었지만 보통 사람들을 주인공으로 삼은 경우는 본 적이 없다.

유명인은 말 그대로 유명인이기 때문에 그 사람이 무슨 책을 읽을까 궁금한 것도 사실이지만, 아이러니하게 똑같은 이유 때문에 별로 궁금하지 않기도 하다. 유명한 사람들이 무슨 책 읽는지 궁금할 게 뭐람? 그렇지만 보통 사람들이라면 다르다. 그 사람들은 우리 동네 주민일 수도 있고 바로 옆집에 사는 이웃일 수도 있다. 전혀 모르는 사이지만 길을 걷다가 우연히 눈길이 마주친 그런 사람들 중에 지독한 책벌레가 있다.

헌책방에서 일을 하면서 평범한 사람들 중에 얼마나 많은 애서가들이 있는지 조금 짐작할 수 있게 됐다. 유명인들 못지않은 거대한 서재를 가진 사람부터 책 없이는 못 사는 자타 공인 '책 바보'까지. 수의사, 번역가, 대학생, 회사원, 교사, 백수 등. 그렇지만 이런 사람들은 결코 다른 사람들보다 위에 있거나 책 많이 읽은 것 가지고 허세를 부리지 않는다. 말 그대로 자기가 있는 곳에서 묵묵히 일하는 평범한 생활인이다.

연재할 때는 지면이 한정돼 짧게 끝낼 수밖에 없었다. 책으로 펴내려고 원고를 크게 손봤다. 원고 끝마다 더 읽을거리에 관한 이야기도 덧붙였다. 이렇게 완성한 인터뷰를 책에 싣게 허락해준 스물세 분에게 먼저 감사한다. 자기 얘기라고 하더라도 다른 사람이 글로 옮긴 것을 본다는 건 꽤 어색한 일이다. 일일이 원고를 검토해주신 분들이 이 책의 진짜 주인공이다. 대단하지 않은 원고를 책 한 권으로 만든 출판사 이매진도 고맙다. 전문 작가도 아닌 사람에게 처음으로 책을 쓸 수 있게 힘을 줬고, 여전히 많은 위로와 응원을 보내준다. 그런 마음이 천금보다 귀하다. 책 안에 들어간 스물세 분의 사진을 일일이 멋진 손 그림으로 마무리한 성진경 님에게 마지막으로 감사의 말을 전한다. 성진경 님이 그린 멋진 그림이 책을 더욱 아름답게 만들었다.

또한 여기에 다 이름을 말하지 못하는 많은 사람들에게 사랑과 감사를 전하며, 우리 전부에게 평화가 넘치기를 소망한다. 그리고 이 책을 손에 들고 이제부터 읽게 될 독자들에게 큰 소리로 말한다.

"책 읽는 당신을 사랑합니다. 책과 함께 평안하기를 바랍니다!"

이상한 나라의 헌책방에서

윤성근 씁니다.

젖은 책
다림질하는
노자 덕후

—

국어 교사 허섭

"이 양반이, 비가 와서 집에 물이 새면 살림은 제쳐두고 젖은 책을 가져와 한 장 한 장 다림질한다니까요. 그 정도예요."

얼마 전 내가 일하는 헌책방에 찾아온 허섭 씨를 옆에 두고 그이의 아내가 하는 말이다. 희끗한 머리에 다부진 체격을 가진, 마치 텔레비전에서 본 콜롬보 형사처럼 빛바랜 버버리 코트를 차려입은 이 사람이 바로 전화로 먼저 연락을 해와 알게 된 고등학교 국어 교사 허섭 씨다. 이날은 오랜만에 부부가 함께 외출을 했는데, 아내는 별로 내키지 않았지만 늘 책에 빠져 사는 남편이 손을 잡아끄는 바람에 여기 책방까지 왔다고 하소연을 한다.

허섭 씨는 요즘 골치가 아프다. 갖고 있는 책이 워낙 많은데, 이 책들을 곧 다른 곳으로 옮겨야 하기 때문이다. 대학 때부터 사 모은 책이 2만여 권이다. 처음에는 다 집에 갖고 있었지만 끝도 없이 늘어나는 책 때문에 사람 사는 게 불편해질 정도가 돼 이제는 이 책들을 어떻게든 처리하자는 결단을 내릴 수밖에 없다. 집이라도 크면 몰라도 교사 월급이야 고만고만하고 그것마저도 책 사는 데 많이 써버리기 때문에 돈을 모으거나 집을 늘리는 데는 지금껏 통 관심이 없었다.

아내는 그러니 눈 돌리는 곳마다 쌓여 있는 책을 원망할 수밖에 없다. 임시방편으로 얼마 전 학교 근처 오래된 아파트 상가 건물을 싸게 얻어 꽤 많은 책을 옮겨놓았는데 여전히 집에 남은 책들이 많고, 지금은 거기에도 책을 더 둘 수 없는 형편이다. 위대한 책벌레들의 우상 릭 게코스키Rick Gekoski가 한 말이 맞다. 책 많은 사람치고 넓은 집에 사는 이가 없고, 넓은 집에 사는 사람이 책 수집가가 될 가능성은 많지 않은 모양이다.

이 문제를 어떻게 해결할까 고민하던 허섭 씨가 조언을 듣고 싶다며 헌책방까지 찾아온 것이다. 그렇지만 나라고 해서 똑 부러지는 수가 있는 게 아니다. 책이 많아 둘 곳이 없어 불편할 정도라면 좀 떼어서 고향 집에 보내는 게 어떻겠냐고 하니, 그건 싫다고 단박에 말을 끊는다. 모든 책에 다 하나같이 애정이 깃들어 있는데 어떻게 몇 권만 골라서 먼 곳에 보내느냐고 한다. 책은 늘 가까운 곳이 있어야 한다면서 소년 같은 웃음을 터뜨린다.

이렇게 많은 책을 가진 사람은 어릴 때부터 독서광이지 않았을까? 얘기를 들어보니 전혀 그렇지 않다. "어릴 때도 그랬지만 중학교 다닐 때도 책을 거의 안 읽었어요. 노는 걸 좋아했죠. 본격적으로 공부를 한 건 고등학교 들어간 뒤입니다." 일단 공부를 하자고 굳게 마음먹고 나서는 아무도 따라오지 못할 정도로 책을 많이 읽었다. 국내 작가를 하나하나 섭렵해서 서점이나 도서관에 가면 읽지 않은 책을 손에 꼽아야 할 정도로 책에 빠져 살았다.

그렇지만 이 무렵은 스스로 생각하기에도 편협하게 책을 읽었다. "우리 문학 작품이 최고라고 생각했어요. 그래서 외국 작품 번역한 건 일부러 전혀 안 봤어요. 대학 다닐 때도 그랬어요. 교양 과목으로 프랑스 말을 배웠는데, 그때 《어린 왕자》를 원서로 읽었거든요. 이 정도 작품이면 번역서를 한 번 읽어볼 만하다는 생각이 들었어요. 아마 그게 처음으로 읽은 외국 소설일 겁니다. 물론 그 뒤에도 외국 문학은 거의 안 봤어요." 그런 탓일까. 그때도 그렇지만 지금도 외국어에는 자신이 없다. 한국에서는 영어가 아주 중요하게 쓰이지만, 고등학교 교사가 된 지금도 영어는 잘 못한다. 그래서 외국어, 특히 영어를 두려워한다. 국어를 가르치는 교사이면서 한편으로는 영어 때문에 골치 아프다는 말에 마음 한구석에 씁쓸함이 남는다.

고등학생 때 나도 프란츠 카프카의 《변신》을 독일어로 읽어보고 싶어서 무턱대고 독일어 공부를 한 기억이 있다. 지금은 잘 쓰지 않아서 많이 잊었는데, 그때 기억을 되새기며 우리 둘은 껄껄 웃었다. 그때 카프카의 작품을 읽은 일을 계기로 외국 문학, 특히 유럽 문학을 열심히 읽은 나하고 허섭 씨는 정반대다. 외국 문학을 몇 편 읽어보니 오히려 한국 문학이 뛰어나다는 사실을 더 깊이 알게 됐다는 거다.

대학 다닐 때 허섭 씨는 오쇼 라즈니쉬와 노장사상에 심취했다. 노자를 풀이한 책은 지금도 많이 읽는다. 그러면서 대학 때 겪은 재미있는 일 하나를 들려준다. "대학 3학년 때였어요. 학교에서 단체로 배를 타고 여행을 갔거든요. 도중에 큰 풍랑을 만나 배 안이 아수라장이 됐어요. 여학생들은 여기저기서 비명을 지르고 구역질을 했죠. 웬만한 남자들도 마찬가지였어요. 배가 이대로 뒤집어지는 줄 알았다니까요. 그런데 저는 그런 상황이 전혀 무섭거나 놀랍지 않았어요. 그때도 제가 배 안에서 노자 책을 읽고 있었는데요, 심지어는 그런 아수라장 속에서 노자 이야기를 읽다가 그냥 잠이 들어버렸어요. 깨어보니 사방에 토사물이 있고 난장판이더라고요. 하하. 제가 그 정도로 노자에 빠져 있었어요."

헌책방이든 새 책을 파는 곳이든 허섭 씨는 돈만 생기면 책을 사들였다. 이렇다 보니 대학생 때 이미 책이 3000권 정도 쌓이게 됐다. 이 정도 책을 친구하고 함께 쓰는 작은 자취방에 가지고 있으려니 이만저만 고생이 아니었다. 몇 권은 고향 집에 뒀다가 졸업하고 직장을 다

니게 되면서 다시 가지고 올라왔다. 결혼한 뒤에도 문제는 계속됐다. 집에 책이 쌓이기 시작하고 가족들 원성이 커질 즈음 다른 곳으로 책을 옮기자는 생각을 했다.

다행히 일하는 학교 바로 옆 허름한 아파트 상가 3층에 빈 곳이 있어서 빌리기로 했다. 책 옮기는 비용과 책장 다시 짜는 것까지 해서 몇백 만 원 돈이 들어갔다. 그래도 이렇게 일하는 곳 근처에 누추하지만 서재라고 이름 붙여 꾸려놓으니 참으로 뿌듯했다. 허섭 씨는 거기에 책을 다 들여놓고 서재로 들어가는 입구에 '학사재學思齋'라는 글자를 프린터로 뽑아 붙였다. 중국 진나라 때 서성書聖이라 불리던 왕희지王羲之의 필체를 모아 만든 글자였다.

문을 열고 주인이 안내하는 대로 학사재 안에 들어가니 눈이 휘둥그레졌다. 말은 2만 권 정도라고 했지만 얼핏 봐도 적어도 수천 권은 더 많아 보인다. 입구부터 틈 하나 없이 붙여놓은 책장이 건너편 창문까지 이어졌고, 그렇게 늘어선 책장은 뒤에, 그 뒤에, 그렇게 대여섯 칸 정도를 더 붙여놓았다. 책장에 다 정리하지 못한 책들은 아직 종이 상자를 빠져나오지도 못한 채 한쪽에 쌓여 있다. 책은 바닥과 책상 위에도 쌓여서 천장에 닿을 듯하다. 이 정도면 어디에 작은 헌책방을 하나 차려도 되겠다는 생각이 든다. 허섭 씨가 앉아서 책을 보는 의자와 책상 하나를 빼면 모든 공간이 다 책으로 빽빽하게 둘러싸인 학사재는 그야말로 '책 밀림'이다.

처음 학사재에 발을 들여놓을 때는 책이 아무렇게나 쌓여 있는 것처럼 보였는데, 정신을 차리고 자세히 둘러보니 나름대로 잘 정리돼 있었다. 소설은 소설대로 역사는 역사끼리 한데 모여 있고, 동양철학은 학자나 저서별로 모아뒀다. 구석에는 문고본을 모으는 책장이 따로 있고, 만화책도 많이 보인다. 어울리지 않게 웬 만화책을 이렇게 모았느냐고 물으니 만화가 고우영 화백을 좋아하기 때문이란다. 고우영 만화는 요즘 새로 판을 갈아 펴낸 것부터 대본소용으로 나온 옛 판본까지 두루 구색을 갖춰 빽빽하게 책장 하나를 차지하고 있다.

이런 학사재가 위기를 맞았다. 오래된 아파트 상가라서 그나마 임대료를 싸게 주고 지금까지 있었는데, 재개발이 되면서 상가도 곧 헐리게 됐다. 허섭 씨는 이 많은 책을 또 어디에다 옮길지 고민이다. 얼마 전 학교에 안 쓰고 노는 공간을 쓰게 해달라고 했지만 거절당했다. 돈이 많지 않으니 다른 공간을 새로 마련할 수도 없고, 다시 집으로 옮기자니 더는 그렇게 할 수도 없을 정도로 또 책이 늘었다. 나까지 해서 여러 사람을 만나봤는데, 아직 이렇다 할 대책이 없다.

도대체 어쩌면 이렇게도 책 모으기를 좋아하고 책 읽기 또한 즐길 수 있을까? 대답은 간단하다. 책을 사랑하면 된다. 책을 정말 사랑하니까 한시라도 책하고 떨어지기 싫은 것이다. 알면 알수록 더 알고 싶고 읽을수록 깊은 맛이 나는 것이, 책이란 곧 평생을 함께하는 사랑하

는 연인 같다고 그이는 말한다.

허섭 씨가 책 읽는 방법은 유별나다. 어떤 책에 한번 관심이 생기면 거기에 관련한 책은 직성이 풀릴 때까지 사 모아서 읽어야 한다. 예를 들어 《삼국지》를 읽자는 생각이 들면 월탄 박종화月灘 朴鐘和는 물론이고 이문열, 황석영, 장정일이 쓴 것까지 다 사서 읽는다. 심지어 일본 사람 요코야마 미쓰테루가 그린 60권짜리 만화책 《전략 삼국지》 세트도 갖춰 읽었다. 이렇게 폭넓게 읽으면 책에서 얻는 지식이 편협해지지 않는다. 어떤 사람들은 알고 싶은 분야의 책 몇 권만 읽고서 쉽게 단정하고, 자기 지식으로 만들어버린다. 이것처럼 위험한 게 없다. 좁게 쌓아 올린 지식은 높아질수록 위태롭게 흔들리다가 바람이 불면 한꺼번에 무너진다.

많은 책을 읽다보면 우연히 마음에 쏙 드는 좋은 책을 발견하게 되는 일이 있는데, 이럴 때는 마치 금맥을 찾은 것처럼 기쁘다. 허섭 씨는 그런 책이 있으면 보통 십여 권씩 따로 사뒀다가 마음 맞는 사람에게 읽어보라며 선물하는 걸 즐긴다. 학사재 구경을 마치고 다시 학교로 돌아와 교무실 한쪽에 있는 선반 문을 여니, 그렇게 한꺼번에 사둔 책들이 한가득 들어차 있다. 허섭 씨는 내게도 책을 주고 싶다면서 하드커버 책 몇 권을 꺼냈다. 2001년 두레출판사에서 펴낸 일곱 권짜리 《다석사상전집》이다. 이 책은 워낙 좋아해서 얼마 전 자기 돈 백여만 원을 들여 열 질을 사뒀다고 한다.

가지고 있는 많은 책 중에서 끝까지 가지고 갈 책 한 권만 고르라면 어쩌겠냐고 물으니 허섭 씨는 《무위당 장일순의 노자이야기》를 꺼내 든다. 다석보다 조금 아래 세대인 무위당无爲堂 장일순(1928~1994)은 강원도 원주에 머물면서 무위자연과 생명사상을 강조한 사회운동을 펼치고, 김지하, 이오덕, 권정생, 이현주 목사하고 교류했다. 다석 선생의 제자인 함석헌 선생하고도 관계를 맺었다. 고 리영희 선생은 장일순 선생을 늘 '웃어른'으로 모셨다.

허섭 씨는 자유롭게 살고 싶은 꿈이 있다. "조영남처럼 살고 싶다고 할까요? 그렇게 무엇에도 걸리지 않고 사는 게 소망입니다. 그런데 아마 조영남처럼 사는 건 아내가 결단코 싫어할 겁니다. 하하!" 아이 같은 천진한 웃음소리를 들으며 이야기를 마쳤다. 소년 같은 웃음소리만큼은 조영남보다 훨씬 멋지고 자유롭다.

무위당 장일순의 노자이야기 | 장일순, 이현주 지음 | 삼인 | 2003년

과연 한 사람이 일평생 순수한 마음으로 사는 게 가능한 일일까? 순수함이란 애초
에 타고난 성품이 아니라 끝없는 노력으로 얻을 수 있는 경지라고 믿는다. 타고난
마음도 선한 쪽에 기울어 있어야겠지만, 그 이상으로 자신을 수련하고 공부해야 오
롯이 자기 게 된다. 내가 아는 한 무위당 장일순이야말로 그런 경지에 이른 몇 안
되는 훌륭한 사람 중 하나다. 무위당은 아는 것 많고 철학이 깊은 사람이었지만, 늘
순수하고 맑은 영혼으로 살았다. 자기가 아는 것을 내세워 자만하거나 자기 철학
을 떠벌이지 않았는데도 따르는 사람이 계속 늘었다. 심지어 무위당은《나락 한 알
속의 우주》라는 책에 들어 있는 산문을 빼면 스스로 써서 남긴 글이 거의 없을 정
도로 세상살이 무엇 하나 남김없이 깨끗했다. 무위당에 관련해 나온 책은 모두 그
이가 한 이야기나 강의, 대담 따위를 모아 엮은 것이다.《무위당 장일순의 노자이야
기》도 무위당 선생과 이현주 목사가 마주 앉아 노자에 관해 나눈 이야기를 정리한
책이다. 목사가 노자에 관해 물으면 선생이 풀어내 말하고, 거기에 또 목사가 추임
새를 넣는다. 읽다보면 이야기 자리에 내가 함께 앉아 있는 것처럼 친근하다. 노자
를 이렇게 재미있게 풀어낼 수도 있구나 하는 생각에 책장 넘어가는 게 아쉬울 정
도다.

다석 강의 | 다석학회 엮음 | 현암사 | 2006년

다석 유영모 선생을 존경할 만한 이유는 셀 수 없이 많다. 내게 그중 한 가지만 들
어 말하라고 하면, 우리말로 철학한 사상가기 때문이라고 할 것이다. 요즘은 사람

들이 저마다 철학을 갖고 산다. 자기 철학 없이 사는 사람은 없을 것이다. "나는 딱히 따르는 철학이 없는 사람이요"라고 말한다고 해도, 그 말은 이미 딱히 따르는 철학이 없는 것을 철학으로 삼아 살고 있다는 증거다. 철학은 어려운 것이지만 어쨌든 우리 주위에 퍼져 있는 공기처럼 없으면 안 되는 삶의 중요한 요소다. 그런 우리는 무슨 철학을 배우고, 듣고, 깨달으며 살까? 대부분 외국에서 들여온 철학이다. 유럽 철학 아니면 중국 철학이 큰 흐름이다. 유럽식 또는 중국식 철학을 배우니까 어렵다. 우리말과 글로 철학 할 수는 없을까? 다석 선생은 그런 의미에서 우리 사상가 중에는 으뜸이라고 부를 만하다. 《다석 강의》는 기독교 사상을 기초에 두고 풀어낸 마흔세 번의 연속 강의를 정리한 책이다. 이 강의는 1956년부터 이듬해에 걸쳐 종로 YMCA에서 진행됐는데, 큰 제목은 '연경반研經班'이다. 강의를 할 때마다 받아 적은 속기록 전문을 다듬어 옮겼다. 다석 선생은 이 강의를 통해 《성경》은 물론 《주역》, 《대학》 같은 중국 사상과 마하트마 간디까지 폭넓은 철학의 경지를 보여준다. 게다가 이 모든 것을 올곧은 우리말로 풀었다는 게 놀랍다.

죽임의 문명에서 살림의 문명으로 | 모심과 살림 연구소 짓고 엮음 | 한살림 | 2010년

요즘 그야말로 붐이 일고 있는 생활협동조합의 모태인 한살림 운동을 다시금 되짚어 보는 책이다. 한살림 운동은 1989년 우리 동학사상과 서양에서 들여온 녹색운동을 접목해 만든 이론을 실천하는 의미를 담아 강원도 원주에서 처음 시작됐다. 《한살림 선언》은 한살림이 태어난 날 한 주제 발표와 토론 내용을 정리해 엮은 책으로, 20년이 넘은 지금도 찾아서 읽으려는 사람들이 많다. 오랫동안 절판돼 헌책방을 떠돌던 《한살림 선언》을 새로 정리하고 처음 가진 마음을 지금 다시 되새겨보려는 노력이 모여 《죽임의 문명에서 살림의 문명으로》가 태어났다. 앞에는 《한살림 선언》을 그대로 싣고, 뒤에는 한살림 운동의 미래를 생각하는 글을 모았다. 그동안 보려고 해도 찾을 수 없던 《한살림 선언》이 다시 태어났으니 반가운 일이다. 이 책이 더욱 의미가 있는 이유는 한살림 운동을 이론적으로 뒷받침한 여러 사람들의 생각을 다시 만날 수 있기 때문이다. 무위당 장일순과 시인 김지하의 살림 철학이 책 안에 고스란히 들어 있다. 《스무 살 한살림 세상을 껴안다》(그물코, 2006년)도 함께 보면 좋다.

꿈을 읽는
컨테이너 도서관
—

프리랜서 윤성일

책을 좋아하는 사람이라면 누구나 자기만의 서재를 갖고 싶은 꿈이 있다. 원하는 만큼 책을 쌓아둘 수 있는 넓은 집에 산다면 문제가 안 되겠지만, 많은 책벌레들이 불행히도 그런 곳에 살지 못한다. 좁은 방과 거실에 책을 켜켜이 쌓아놓은 것도 모자라 다용도실과 창고에는 아직 풀지도 못한 책 상자들이 가득하다. 그렇지만 가장 큰 고통은 가족들도 이런 책 수집벽을 이해하지 못한다는 점이다.

처음에는 가족들에게 양해를 구하고 가끔은 말다툼도 벌이지만, 점점 쌓여가는 책을 도저히 어찌 할 도리가 없을 때는 이사할 때마다 눈물을 머금고 책을 버리거나 헌책방에 내다 팔기도 한다. 그렇게 해도 이사한 집에서 누리는 평화는 그리 길지 않다. 이사할 때 버리거나 팔아 치운 책만큼, 또는 그것보다 더 많은 책을 또 구해다가 쟁여놓기 때문이다. 책 좋아하는 사람은 어쨌든 벽이나 선반 같은 곳이 비어 있는 모습을 참지 못하는 성격이 있다.

책을 사랑하는 사람들은 그래서 집에서 떨어져 있는 곳에 자신만의 그럴듯한 서재를 만들고 싶어한다. 사방이 책으로 둘러싸인 공간에 소박한 책상 하나만 있으면 거기가 바로 에덴동산이 아니고 무엇이랴! 이 정도만 돼도 호르헤 수도사*가 부럽지 않다. 좀더 여유가 되면 가끔은 친구들 몇 명 불러다가 밤새도록 책 이야기 나누는 상상을 한다. 생각만 해도 가슴 뛰는 일이다.

---

* 움베르토 에코의 소설 《장미의 이름》에 나오는 수도사. 이 수도원에는 미로 모양으로 만든 도서관이 있다. 그 안에는 진귀한 책들이 여럿 있는데, 어떤 한 책 때문에 연쇄 살인 사건에 휘말리게 된다. 호르헤 수도사의 모델은 에코가 존경한 아르헨티나의 작가 호르헤 루이스 보르헤스로 알려졌다.

이런 꿈을 그저 희망 사항으로 간직하며 살아야 할까? 서재 만들기는 쉬운 일일 수도 있다. 사는 집을 짓는 일처럼 복잡하지 않아도 될 것 같기 때문이다. 소박한 구조에 책장만 있으면 그만이다. 그렇지만 여윳돈이 생기는 족족 책을 사 모으는 책벌레들은 그런 공간이라도 만드는 게 거의 기적에 가까운 일이다.

서울에서 차를 타고 30분 정도 가야 하는 경기도 파주 공장 지대의 한적한 곳에 컨테이너로 만든 서재를 갖고 있는 윤성일 씨는 이런 꿈을 작게나마 이룬 것처럼 보인다. 겉모양은 딱딱한 철제 컨테이너지만 안으로 들어가니 개인 도서관을 떠올리게 하는 많은 책들이 눈길을 사로잡는다. 폭 3미터에 길이 6미터짜리 중고 컨테이너를 개조해서 만들었다. 만듦새는 간단하다. 드나드는 문과 바깥쪽으로 난 창문 하나를 빼면 정말 모든 벽이 책으로 가득하다. 눈대중으로 대충 세어도 수천 권은 돼 보인다.

컨테이너 서재는 파주의 어느 플라스틱 공장 한쪽 구석에 자리하고 있는데, 무엇보다 이런 곳에 서재를 마련하게 된 사연이 궁금하다.

"제가 학부 때는 물리학을 전공했고요, 대학원에 가서는 이론 핵물리학을 공부했습니다. '서울의 봄'과 '광주항쟁'이 일어난 1980년에 대학에 들어갔으니까 대학 생활이 참 치열했죠. 결국 학교를 뛰쳐나와 야학을 운영하면서 김포에 있는 공장에 들어갔어요. 대학생들이 농촌에서 일하는 '농활'에 견줘서 우리는 그걸 '공활'이라고 불렀어요. 매체에서는 그것을 위장 취업이라고 매도했죠. 그때 거기서 일하고 있던 나이 어린 노동하는 벗들이랑 친해졌어요. 일 년 남짓 뒤에 공장을 그만뒀지만 인연은 그 뒤로도 계속 됐죠. 시간이 많이 흐른 뒤에 그 어린

친구들이 이제는 작게나마 자기 공장을 차리게 된 거예요. 그래서 제가 여기를 찾아왔죠. 책이 많아서 곤란한데 집에는 이제 더 둘 곳이 없다, 공장 한쪽에다가 컨테이너 하나 놓게 해달라고 부탁했어요. 그렇다고 공짜로 쓸 수야 있나요. 제가 여기 공장 자동화 부분을 연구해서 컨설팅을 해줬어요. 이전보다 생산성이 훨씬 좋아졌어요. 그 덕에 컨테이너는 제 돈으로 샀지만 형광등 켜고 에어컨이나 난방 기구 돌릴 때 드는 전기는 거저 쓰고 있어요. 어때요, 크고 훌륭하지는 않아도 이 정도면 그럴듯한 서재 아닙니까?"

이렇게 말하며 약간 상기된 윤 씨는 분야별로 정리한 책장을 하나하나 짚어가며 설명하기 시작했다. 철문을 열고 들어가면 먼저 오른쪽으로 기술 관련 원서들이 가득 들어찬 책장이 있다. 거의 다 한국에 번역되지 않은 책들이다. 그 옆 책장에는 윤 씨가 1990년대 말 언론대학원에 다시 들어가 출판학을 공부할 때부터 사 모은 잡지《출판저널》이 창간호부터 빼곡하게 들어가 있다. 또한 출판에 관한 책이라면 사업적인 것과 번역 같은 실무에 이르기까지 이런저런 단행본을 거의 다 사 모아놓았다. 벽을 따라 쭉 이어진 책장에는 이공계 글쓰기 방법론에 관한 책들에다 이오덕 선생의 글쓰기 이론서까지 다양한 글쓰기 책들이 손가락 하나 들어갈 틈조차 없을 정도로 빽빽하게 꽂혀 있다.

서재 가장 안쪽에는 그동안 밥벌이로 하던 이공계 번역물과 자기가 편집한 책들이 한자리를 차지한다. 나도 공대를 다녀서 익숙한 책들이 많다. 특히《터보 C정복》(가남사, 1991년)은 자세한 설명과 알찬 예제들 덕분에 컴퓨터공학을 전공하는 거의 모든 학생이 한 권씩 갖고 있던 책이다. 이 책을 윤성일 씨가 만들었다. 이런 책을 누가 편집하는

지 그때는 생각조차 해본 일이 없다. 다른 글쓰기 분야 못지않게 이공계 쪽 글쓰기가 중요한데, 그만한 대접을 받지 못한다는 말에 고개를 끄덕였다.

윤성일 씨가 한 작업 중에 가장 기억에 남는 것은 지금은 국회의원이 된 안철수 교수가 의대 대학원생 시절에 컴퓨터 바이러스를 연구하면서 펴낸 무크지 성격의 단행본 《바이러스 뉴스》다. 두 권만 나오고 끝났지만, 그때 원고로 받아서 읽은 안철수 교수의 글이 아직도 깊은 인상으로 남아 있다.

"글을 보면 사람 됨됨이를 알 수 있다는 말이 있잖아요. 책으로 만들려고 안철수 교수 원고를 받아서 검토했는데, 거의 손볼 곳이 없을 정도로 매끄럽고 잘 쓴 글이어서 놀랐어요. 이공계 학자들이 쓴 글은 대부분 그렇지 않거든요. 지금 뉴스에 자주 나오는 모습을 보면 문득 그때 일이 생각납니다. 안 교수의 정치적인 성향이 어떠냐를 떠나서 제가 지금껏 편집자로서 겪은 사람 중에 좋은 글을 쓰는 사람이었다는 건 확실합니다."

서재를 한 바퀴 둘러보고 가장 마지막에 놓인 책상 쪽에 이르자 윤성일 씨는 여기가 이 서재에서 가장 중요한 곳이라고 말한다.

"이제 제 생애에 남은 시간은 여기 있는 책들을 공부하는 데 쓸 겁니다. 그런데 보시다시피 책이 아주 많죠. 이공계 글쓰기 분야 출판이라고 하면 뭐 그리 할 게 많으냐고 할 사람도 있겠지만, 아직도 건드릴 구석이 이렇게 많아요. 그래서 제 아내는 우스개로 이렇게 말해요. '여기 있는 것 다 하고 죽으려면 한 200살까지는 살아야겠다'고요."

책상 위와 옆에는 족히 수백 권은 될 정도로 많은 책이 가지런히 놓여 있다. 모두 원서다. 우리말로 번역된 책은 거의 없다. 공대를 졸업하고 10년이나 컴퓨터 회사에서 일한 내게도 낯선 분야의 책들이 많아서 놀랐다.

"제 공식적인 직업은 그냥 프리랜서라고 해두죠. 가정도 있고 밥벌이를 해야 되기 때문에, 지금은 기업에서 생성되는 문서와 콘텐츠를 전략적으로 출판하고 재사용할 수 있게 컨설팅하는 일을 주로 합니다. 우리에게는 아직 낯선 분야지만, 외국에서는 이 영역에서 글을 쓰는 사람들을 '테크니컬 라이터Technical Writer'라고 부릅니다. 그렇지만 제가 진짜 하고 싶은 일은 이공계 도서의 출판과 번역에 관한 방법론을 이 땅에 전파하는 것이기 때문에, 여기에 서재를 만들어놓고 틈나는 대로 책도 보고 열심히 공부합니다. 학교에서 머리 굴리며 물리학을 공부했는데, 치열하던 그 시절에 공장에서 현장 노동자로 일하려고 하니까 너무 힘에 부치더라고요. 제 길이 아니라고 생각했어요. 공장을 나와서 제 나름으로는 '지식 전사'가 돼야겠다고 다짐하고는 출판 일을 배웠어요. 그때는 출판도 사회운동의 하나로 생각하는 사람이 많았어요. 제 또래 젊은이들이 사회과학 도서로 달려갈 때 저는 배운 게 그쪽이니까 출판 운동을 하더라도 이공학 도서로 가야겠다고 마음먹었어요. 이공학 도서 분야는, 그때도 그랬지만 지금도 비주류고 척박한 분야거든요."

윤성일 씨는 책상 근처에 있는 책장에서 책 몇 권을 꺼내 보여줬다. 인포그래픽'에 관한 책들이다. 요즘 한국에서도 인포그래픽에 관심이 쏠리고 있는데, 외국에서 오랫동안 연구한 기초 자료조차 제대로 번역되지 않고 있는 게 현실이다. 외국에는 이공계 관련 커뮤니케이션 연구서가 많은데 언제 그 책들을 다 공부하고 출판으로 연결할지 윤씨는 걱정이 된다고 말한다.

또 다른 책을 꺼냈다. 이번에는 사전이다. 우리가 흔히 보는 종류별 언어 사전이 아니다. 물론 영어로 된 책인데, 우리말로 옮기면 '과학 글쓰기와 편집자를 위한 사전'이다.

"이 책은 1997년 홍콩 도서전에서 구했어요. 이공계 전공자를 위한 글쓰기 사전인데요, 참 부럽다는 생각이 먼저 듭니다. 이런 책이 기초부터 시작해서 준비가 잘 돼 있는 나라와 그렇지 않은 나라는 글쓰기에서 출발선 자체가 다르니까요. 제가 대학 다닐 때는 번역된 물리학 책이 없으니까 원서를 주로 봤는데, 신기한 게 그 어려운 책에 오탈

---

* Infographics. 뉴스나 지식 등 주로 통계 자료를 알기 쉽게 그림과 기호로 표시하는 방법.

자나 오류가 전혀 없더라고요. 그런데 한국 교수가 쓴 책을 보면 중요한 계산 수식에서도 심각한 오류나 편집 실수가 허다해요. 책도 분야가 다양하잖아요? 다 거기에 알맞은 전문 편집자가 필요한 거예요. 저만 하더라도 대학원까지 나와서 핵물리학을 전공했는데 왜 책상에 앉아서 빨간 펜 잡고 편집일을 하느냐는 소리를 자주 들었거든요. 지금도 사정이 크게 나아지지 않았어요."

이공계 출판과 글쓰기에 관한 이야기는 끝날 줄 모르고 계속됐다. 한참을 이야기하다 나도 익숙한 도날드 누스Donald E. Knuth 교수까지 거슬러 올라갔다. 미국 스탠포드 대학교 교수이면서 컴퓨터 프로그래머들의 경전이라고 할 수 있는《The Art of Computer Programming》(한빛미디어, 2006~2008년)을 쓴 사람이다. 내가 대학 다닐 때는 이 책이 아직 번역되지 않아서 비싼 돈 주고 원서를 구해 읽은 기억이 있다. 너무 어려운 내용이라 마치 철학책을 읽는 것 같아 중간에 포기했다. 학교를 졸업하고 컴퓨터 회사에서 프로그래머로 일하면서 다시 그 책을 봤는데, 그제야 비로소 왜 프로그래밍을 '예술'이라고 했는지 조금 깨닫게 됐다. 더 깊게 알고 싶어서 같은 사람이 쓴 '테크TEX'와 '메타폰트METAFONT'에 관한 책도 구해 회사 일이 끝난 뒤 집에 와 밤늦도록 책장을 넘기던 일이 지금껏 생생하다. 이 책들은 아직도 우리말로 번역되지 않았다. 윤성일 씨는 이 분야에 관한 책을 많이 갖고 있다. 한 권한 권 정보를 찾아서 입수하는 일이 쉽지는 않았을 것이다.

"테크라는 건 쉽게 말해 수식이 자주 들어가는 문서를 컴퓨터로 작성하고 출판할 수 있게 만들어주는 프로그래밍 언어입니다. 메타폰트는 수식 출판에 필요한 서체들을 만드는 언어고요. 수학자가 컴퓨터

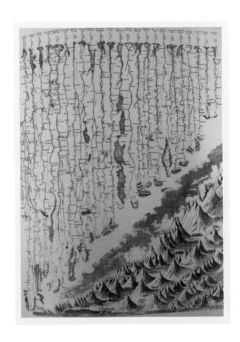

폰트를 만들었다는 게 이상하게 들릴지는 몰라도 아주 자연스러운 일이에요. 누스 교수가 자기 책을 출판하려 하다가 수식 조판의 품질이 너무 조악한 데 놀라 직접 나서서 개발한 게 테크입니다. 나아가 누스 교수는 좀더 보기 좋은 컴퓨터용 글자를 만들려고 캘리그래퍼랑 함께 작업해서 유명하기도 합니다. 미국과 유럽은 물론 일본에서도 벌써 십여 년 전부터 이런 연구가 활발히 진행됐는데, 한국에는 제대로 소개도 안 됐죠."

책 이야기를 하다보니 끝이 보이지 않는다. 화제를 '책 모으기'로 돌렸다. 도대체 이 많은 책을 언제부터, 어떤 계기로 모으게 됐을까?

"어릴 때는 집에 책이 거의 없었어요. 초등학교 다닐 때 특별 활동으로 글짓기부에 들어간 게 책을 접한 첫 인연이에요. 특별히 책을 좋아했다기보다는 다른 부서, 예를 들어 미술부는 준비물이 많더라고요. 스케치북이랑 물감 따위를 살 돈이 없었어요. 그런데 글짓기부는 원고지 한 묶음에 연필만 있으면 되더라고요. 그래서 거기 들어갔죠. 그때부터 쭉 책과 글쓰기에 관심을 가졌고, 대학 때도 문학 동아리에서 활동했어요. 졸업하고 어찌어찌해서 입사한 회사가 삼보컴퓨터인데, 처음으로 맡은 일이 '보석글'이라는 워드프로세서의 사용자 매뉴얼을 만드는 거였어요. 사용자 매뉴얼을 도대체 어떻게 만드는 건지 참고 도서를 찾아보려고 했는데, 한국에 그런 책이 전혀 없었어요. 그런데 외국 쪽을 살펴보니 체계가 잘 잡혀 있는 또 하나의 학문 분야였습니다. 그때부터 그 분야 책을 사 모으면서 책 수집가 대열에 합류했습니다. 이때가 1980년대 말입니다. 재미있는 건 아직도 이 수집이 다 끝나지 않았다는 거예요. 오히려 수집 범위가 점점 더 넓어지고 있으니 스스로 생각해도 난처하다고 느낄 때가 많아요. 요즘도 여전히 틈만 나면 인터넷 헌책방을 뒤집니다. 가면 꼭 한 보따리씩 사죠. 이런 말이 있어요. 헌책방에서 오매불망 구하려던 책을 만났는데 그 순간 못 사면 마치 헤어진 첫사랑처럼 평생 못 만난다고요. 하하, 우스개예요."

책장을 둘러보며 느낀 대로 윤성일 씨는 뛰어난 정리 능력이 있다.

1985년에 삼보컴퓨터에서 만든 한글 워드 프로세서. 외국 프로그램을 가져와 수정한 것이기 때문에 엄밀히 말해 완전한 국산은 아니다. 그 뒤 금성에서 만든 '하나 워드프로세서'가 널리 쓰였지만, 1990년대 후반 컴퓨터 운영 체제가 도스에서 윈도우로 넘어가면서 쓰는 사람이 줄었다.

개인 서재인데도 도서관처럼 책 분류가 잘돼 있고, 같은 분류에 속하는 책도 다시 글 쓴 사람이나 주제에 따라 꼼꼼하게 정리해놨다. 워낙 책장이 깔끔해서 책이 그렇게 많아 보이지 않을 정도다. 그렇다고 해도 이 책들이 컨테이너로 옮겨지기 전에는 전부 집에 있었다는 게 믿기지 않는다. 집에서는 책을 어떻게 관리했을까?

"결혼하고 외환 위기가 오기 전인데, 4200만 원 주고 은평구 역촌동에 30제곱미터 남짓한 집을 얻었어요. 그렇지 않아도 작은 집인데 방 두 개 중에 한 개를 책으로 가득 채우고 생활은 남은 방 하나에서 했죠. 공간이 좁으니까 책 정리라고 할 것도 없이 그냥 책에 끼여 살다시피 했어요. 아이들이 생길 즈음 아이엠에프 사태가 터져서 그 집을 3000만 원에 울면서 팔았고, 그 뒤 정말 고생스럽게 일해서 지금 살고 있는 작은 아파트를 하나 마련했습니다. 그런데 아이들이 점점 크니까 집에서 책을 뺄 수밖에 없더라고요. 그래서 그때 중고 컨테이너를 하나 사서 이곳 파주로 책을 옮긴 거예요. 최근까지 공부한답시고 딴 짓만 하느라 제가 버는 수입으로는 파주까지 오가는 교통비 정도밖에 안 나왔어요. 그것도 일정하지 않아서 곤란한 일이 참 많았습니다. 지금은 정식 직원은 아니어도 회사에서 고정급을 받으며 일하니 다행이라고 생각해요."

나이 쉰을 막 넘긴 윤성일 씨는 여전히 대학생 같은 감성으로 책과 글쓰기를 향한 열정을 이야기한다. 어떤 사람은 이런 윤 씨를 보고 철이 없다 말할 수도 있다. 그러나 나는 윤 씨가 손에 꼭 쥐고 있는 이 공계 출판에 관한 희망이 자랑스럽다. 옳다고 믿는 방향으로 묵묵히 걸어가는 사람의 발걸음을 보면 묵직한 믿음이 느껴진다. 윤 씨는 소박한 꿈이 하나 있다.

"지금 다니는 회사 사장님이 묻더라고요. 이 일을 언제까지 할 거냐고. 제가 마음껏 책을 사들이고 공부할 수 있는 작은 오피스텔 정도 하나 살 수 있을 때까지 하겠다고 그랬어요. 그런데 지금 집값 뛰는 걸 보니까 그 꿈이 점점 멀어지는 것 같아서 큰일이에요. 이공계 글쓰기와 출판에 관한 꿈은 계속 가져갈 거예요. 비주류이기는 해도 출판이라는 일은 끊임없이 미개척 분야를 찾아서 세상에 드러내 보여야 한다고 믿거든요. 이공계 출판과 글쓰기에 관한 방법론을 한국에 소개하는 게 제 사명이라고 생각하고 있어요. 나중에 이런 컨테이너를 두어 개 더 사서 이 분야의 작은 도서관과 농사일을 접목한 주말농장 같은 걸 해보고 싶어요. 쉴 때 가족끼리 찾아와서 편안히 책 보고 땅도 일구면 좋지 않겠어요?"

마지막 질문을 마치고 컨테이너 서재를 나오려는데 아까부터 눈여겨본 책들이 생각났다. 구석에 꽂힌 낡은 문고본들이 과학기술 관련 책으로 빼곡한 이곳에는 어쩐지 어울리지 않아 보였다. 그래서 그냥 넘기려고 했는데, 듣고 보니 그럴 만한 사연이 있었다.

"이 책들은 제게 의미가 깊어요. 그래서 오래 된 책이지만 다 갖고 있죠. 전파과학사라는 출판사에서 펴낸 문고본 시리즈입니다. 본격적으로 출판 일에 뛰어들고 나서 전파과학사 상무님을 만났는데, 그분이 이공계 출판은 돈 벌려는 마음을 아예 갖지 말고 의미만 좇아서 해야 하는 일이라고 조언하셨어요. 그러면서 당신이 갖고 있던 이 문고본 한 질을 선물로 주셨죠. 지금까지 소중하게 간직하면서 힘들고 지칠 때면 하나씩 꺼내서 읽어봐요."

사람은 누구나 자기만의 공간, 자기 일, 열정을 쏟을 수 있는 꿈이 필요하다. 그렇지만 살면서 그 꿈을 이루는 건 쉽지 않다. 또는 자기가 가진 꿈이 보잘것없다고 여겨지거나 사람들이 알아주지 않을 때, 우리는 그 꿈을 숨기거나 포기하고 그저 많은 사람들이 다니는 큰 길로 휩쓸려 가는 일도 많다. 오늘 오후를 보낸 컨테이너 서재에는 아직도 소년 같은 윤성일 씨의 꿈과 소망이 가득 들어 있다. 어떤 사람은 전혀 이해하지 못할 수도 있다. 그래도 마음이 가리키는 길을 향해 매일 조금씩 느릿느릿 걸어가는 이 사람을 보고 오늘도 묵묵히 어디에서 책을 만들고 있을 모든 사람들을 존경하기로 했다.

소프트웨어 객체의 생애주기 | 테드 창 지음 | 김상훈 옮김 | 북스피어 | 2013년

작가 테드 창은 부러운 사람이다. 아니 창은 작가가 아니다. 인터뷰를 읽어보니 테드 창은 취미 삼아 소설을 쓴다고 한다. 진짜 직업은 테크니컬 라이터다. 회사에 속해서 일하며 남는 시간에 취미로 소설을 쓰는데, 그게 펴내는 것마다 엄청난 베스트셀러다. 누구든 부러워할 만한 일이다. 테크니컬 라이터, 그러니까 테드 창은 윤성일 씨하고 비슷한 일을 하는 사람이다. 우리가 인터뷰를 하고 얼마 뒤에 이 책이 우리말로 번역돼 나왔는데, 여러 가지 생각이 머릿속을 계속 맴돌았다. 이야기를 나누면서 윤성일 씨는 정말 대책 없이 꿈속에서 사는 사람이 아닐까 하는 생각도 잠깐 들었다. 그렇지만 테드 창이라는 작가를 알게 되면서 내가 아는 꿈이라는 게 어떤 건지, 너무 비판적인 생각은 아니었는지 반성하게 됐다.

테드 창은 소설에서 컴퓨터로 만들어낸 디지언트와 잭스가 인간하고 함께 심지어 어느 정도 대등한 위치에서 공존하는 세상에 관해 말한다. 꿈같은 이야기일까? 물론 당분간은 그럴 것이다. 그렇지만 테드 창의 소설을 읽은 사람이라면 그 당분간이 바로 오늘 밤 종말을 맞게 될지, 내일 아침이면 우리 눈앞에 신세계가 시작될지 알 수 없다는 사실에 마음이 들뜰 것이다. 윤성일 씨 경우도 그렇다. 누군가 가진 생각을 꿈이라고 말할 때, 이제 그것은 허무맹랑한 소리가 아니다. 지금 우리가 사는 세상이 그런 꿈을 꾸던 사람들에게 큰 빚을 지고 있는 게 아닌가.

화성 연대기 | 레이 브래드버리 지음 | 조윤경 옮김 | 모음사 | 1987년

외국 과학소설은 초기에 잡지 연재를 많이 했는데, 그 결과 생긴 독특한 장르가 '픽스 업Fix-Up'이다. 《화성 연대기》도 이 시절 인기를 모은 작가 레이 브래드버리가 여러 잡지에 발표한 화성에 관한 단편 소설들을 모아 낸 책이다. 각 단편들의 내용이 조금씩 이어져 있어서 완전히 동떨어진 것도, 그렇다고 줄거리가 확실히 이어진 장편 소설도 아니다. 심지어 《화성 연대기》의 가장 마지막 장인 'The Million-Year Picnic'은 발표한 해로 보면 가장 처음에 해당한다.

브래드버리가 발표한 작품 중 우리에게 가장 잘 알려진 소설은 1953년에 쓴 《화씨 451》이다. 그런데도 내가 《화성 연대기》를 좋아하는 이유는 오히려 정확하지 않은 과학 상식에 기초해 쓴 소설이기 때문이다. 브래드버리의 소설을 보면 더 지식이 뛰어난 소설가인 아이작 아시모프[*] 나 아서 클라크[**] 처럼 해박한 상상력은 없다. 화성을 묘사하는 부분만 봐도, 물론 나도 아직 화성에 직접 가본 일은 없지만 엉성하기 짝이 없다. 1940년대에 쓴 소설이라고 해도 용서하기 어려운 정도다. 그러나 소설을 읽다보면 그 묘한 매력, 대놓고 옛날식 유머로 너스레를 떠는 잘생긴 신사 같은 매력에 어느새 빠진다. 소설 속에서 드디어 전쟁으로 황무지가 된 지구를 버리고 화성을 정복한 세대의 어른이 지난 일을 아이들에게 들려주는 마지막 대목은 내가 특히 좋아하는 장면이다.

[*] 이 책은 미국에서도 크게 히트했다. 영화감독 마이클 무어는 미국에서 일어난 9·11 테러를 소재로 2004년에 다큐멘터리 영화를 만들면서 '화씨 451'을 빌려와 '화씨 9/11'이라는 제목을 붙였다. 이 일로 두 사람 사이에 논쟁이 벌어진 건 유명한 일화다.

[**] 아이작 아시모프(Isaac Asimov, 1920~1992). 러시아에서 태어나 미국에서 활동한 과학 소설가. 대학에서 화학과 생물학을 전공해 박사 학위를 받았다. 보스턴 대학교 교수로 일하며 500여 권이 넘는 책을 펴냈다. 영화로 만들어진 작품도 많다. 《로봇》 시리즈가 유명하다.

[***] 아서 C. 클라크(Sir Arthur Charles Clarke, CBE, 1917~2008). 영국의 작가 겸 발명가, 미래학자. 《2001 스페이스 오디세이》는 가장 유명한 작품으로, 스탠리 큐브릭 감독이 영화로 만들었다. 여러 방면에서 쌓은 업적을 인정받아 1989년에는 영국 왕실이 주는 훈장(CBE)을 받았고, 1998년에는 기사 작위에 서임됐다. 《스타쉽 트루퍼스》, 《달은 무자비한 밤의 여왕》 등으로 유명한 로버트 A. 하인리히, 아이작 아시모프하고 함께 과학소설 삼인방으로 통한다.

"나는 지금까지의 생활방식을 불태우고 있단다. 지금쯤 지구에서 불타 없어지려는 그 생활방식을. 정치가의 이야기같이 들린다면 용서해다오. 나는 본디 주지사州知事였단다. 나는 정직했다. 그래서 미움을 받았지. 지구에서의 생활은 결코 좋은 일을 할 수 있는 상황이 못 되었거든. 과학은 우리를 두고 저 혼자 너무 빨리 달려가 버려 인간은 기계의 황야 속에서 길을 잃어버렸지. 그리하여 인간은 아이들처럼 아름다운 것에, 기계장치에, 헬리콥터에, 로켓에 열중하여 잘못된 방향만 강조했단다. 기계를 어떻게 사용할 것인가가 아니라 기계 그 자체만을 강조한 거지. 전쟁은 자꾸만 대규모적인 것이 되어 마침내는 지구를 멸망시켜버렸다. 라디오가 침묵을 지키게 된 것은 그 때문이란다. 우리는 그 전쟁에서 도망쳐 나온 거야. 우리는 운이 좋았어. 이제 로켓은 한 대도 남아 있지 않다. 이 여행이 낚시를 하기 위한 소풍이 아니라는 건 이제 알았겠지? 나는 너희들에게 사실을 알려주는 일을 미루어 온 거란다. 지구는 이제 없어졌다. 혹성간의 여행은 앞으로 몇 세기 안에는 이루어지지 않을 거다. 어쩌면 영원히 없을지도 모른다. 너희들은 아직 어리니까, 머릿속에 잘 기억될 때까지 앞으로 날마다 이 이야기를 들려주마."[*]

[*] 레이 브래드버리 지음, 조윤경 옮김, 《화성 연대기》, 모음사, 1987년, 280~281쪽.

일곱 해째 헌책방에서 일하며 아주 단순한 한 가지를 배웠다. 중고책 사고파는 일을 하다보니 지금껏 적지 않은 사람들 집에 가서 책을 사기도 하고 때로는 그저 구경 삼아 사람들이 좋아하는 책으로 가득한 책장을 곁눈으로 훔쳐봤는데, 목록이나 배치가 모두 제각각인 책장에도 어떤 규칙이 있다. 진짜로 책을 좋아하는 사람은 어김없이 자기가 읽어서 재미있다고 생각하는 책들로 책장을 꾸며놓는다. 책장을 보면 그 사람이 책을 갖고 허세를 부리는지 책 읽기 자체를 즐기는지 어느 정도 감이 온다. 사람도 그렇지만 책장도 첫인상이 중요하다. 초대를 받아 간 집에서 어떤 사람의 책장을 처음 봤을 때, 이 사람은 책을 즐긴다는 말 정도로는 아무래도 설명이 부족할 것 같다는 느낌을 강하게 받을 때가 종종 있다.

일산에서 부천터미널까지 버스로 달려온 나는 마중 나온 이경아 씨 차를 타고 십여 분 정도 더 가서 집에 도착했다. 그리 크지 않은 빌라인데 남편과 아직 어린 장난꾸러기 남자아이(이경아 씨는 이 아이를 부를 때 '소년'이라고 한다)까지 세 명이 함께 사는 단출한 살림이다.

어릴 때부터 누가 시키지 않았는데도 책 읽기를 즐겼다는 이경아 씨는 학교에서 러시아어를 전공한 다음 통역대학원 공부를 마치고 지금은 집에서 프리랜서로 외국 책을 번역한다. 책을 좋아하는 여자아이가 커서 번역가로 일한다고 생각하니 어쩐지 멋있게 보인다. 그렇지만 번역 일이 늘 기다리고 있는 것도 아니어서 벌이가 들쭉날쭉하고, 아이까지 돌보면서 일하기가 쉽지는 않다고 한다. 다른 일도 그렇겠지만 요즘처럼 독자들이 번역에 민감한 때가 없다. 그만큼 일을 할 때도 집중해야 하는데, 따로 일을 거들어주는 사람 없이 살림하고 아이도 돌보면서 일까지 하는 건 무리가 아닐까 싶다. 번역에만 집중할 수도 없다. 이 일도 흔히 말하는 갑을 관계에서 자유롭지 못하기 때문이다.

"이름이 알려진 몇몇 번역가를 빼면 다른 사람들은 벌이가 생각만큼 좋지 않아요. 어떤 출판사들은 그때그때 독자들 입맛에 맞을 만한 작품을 경쟁적으로 빨리 펴내려고만 하다보니 번역도 적은 비용을 들여 처리하는 경우가 있어요. 물론 그럴 때 출판사는 당연히 결과물을 빨리 받고 싶어하죠. 경험이 적은 번역가를 섭외해서 싸고 빠르게 원고를 넘겨받아요. 그렇게 하면 아무리 실력이 좋아도 결과가 좋을 수 없어요. 악순환이에요. 그러다 보니 많은 번역가들이 정당한 대우를 받지 못하는 것도 사실이고요. 번역을 시켜놓고 돈 주는 걸 차일피일 미루거나 아예 책 출판 계획을 취소해버리기도 하고, 그러다가 줄 돈을 떼먹는 일도 적지 않아요. 그렇지만 그런 일이 있어도 뭐라 대들기가 어려워요. 왜냐하면 어쩔 수 없이 또 출판사를 거쳐서 일감을 받아야 하는데 밉보이면 일이 끊길지도 모르잖아요."

영어와 러시아어 책을 주로 번역하는 이경아 씨 서재는 무겁고 대하기 까다로운 책들로 가득 차 있을 거라고 짐작했는데, 방문을 열고 들어가니 예상은 싱겁게 빗나갔다. 이경아 씨는 추리소설을 비롯한 미스터리 장르를 좋아한다. 현관문 바로 옆에 딸려 있는 작은 방에는 커다란 창문이 있고, 창문을 기준으로 왼쪽 벽은 천장까지 책으로 가득 찬 파란색 책장이 차지한다. 오른쪽은 일할 때 쓰는 책상과 의자가 있고, 그밖에 다른 가구는 없다. 책장은 추리소설과 이런저런 장르 문학으로 꽉 차 있다. 뜻 모르는 원서가 가득한 책장만 물끄러미 쳐다보다 오는 건 아닐까 내심 걱정했는데 이 파란색 책장은 기대 이상이다! 추

리소설이라면 나도 좋아한다. 게다가 언뜻 보더라도 익숙한 책, 애거서 크리스티가 눈에 확 들어오는 게 아닌가. 애거서 크리스티라면, 포와로라면 오늘 제대로 임자 만났구나 싶어 속으로 무릎을 탁 쳤다.

이경아 씨는 많은 추리소설 작가 중에서 조르주 심농과 애거서 크리스티를 좋아한다. 그래서 그런지 책장 한쪽에는 두 사람의 작품을 러시아말로 번역한 책들이 많다. 러시아에 연수를 갔을 때 길거리 헌책방에서 구했다. 당연히 얼마 전 열린책들에서 펴낸 조르주 심농의 매그레 반장 시리즈도 모두 샀다.

"그런데 어찌 된 일인지 그 많은 심농 책이 몇 권 나오다 딱 끊겼어요. 출판사나 번역 쪽에서 무슨 일이 있는 걸까요?" 그 말이 맞다. 조르주 심농은 작품 수로 쳐서 둘째가라면 서러워할 만큼 어마어마한 양을 써낸 작가다. 열린책들에서 심농의 책을, 그중에서 매그레 반장이 나오는 책을 번역하는 건 고마운 일인데, 웬일인지 중간에 딱 끊겼다. 노심초사 심농을 기다리던 독자 처지에서는 맥이 풀리는 일이다. 지금까지 심농을 읽고 싶어도 동서 미스터리 북스에서 펴낸《사나이의 목》[*]이나 해문출판사의《13의 비밀》[**] 정도만 볼 수 있었다. 이경아 씨는 번역을 일로 삼고 보니 이런 번역 문제에 늘 관심이 깊다. 특히 좋아하는 작가의 책이 번역돼 나온다는 건 더없이 반갑다.

심농에게서 눈을 돌리자 책장 다른 쪽에는 아기자기한 표지를 자랑하는 '코지 미스터리cozy mystery' 시리즈들이 눈에 들어온다. 코지 미스터리는 추리소설의 하위 장르 정도로 자리매김된다. 추리소설에는 늘 살인 사건이 나온다. 주인공이 대개 명탐정이기 때문에 사소한 사건이나 처리하고 있으면 재미가 없다. 사람이 죽은 살인 사건, 그것도 아주 잔인하거나 이상야릇하게 죽든지 연쇄 살인 정도는 돼야 명탐정이 나선다. 그렇지만 코지 미스터리는 말 그대로 '기분 좋은 미스터리'

---

[*] 열린책들은 같은 책을《타인의 목》으로 펴냈다.

[**]《13의 비밀》은 사실 소설 제목이 아니라, 이 책에 단편 13편이 나오기 때문에 붙인 이름이다. 매그레 반장이 활약하는 중편《제1호 수문》에 더해 조젭 르보르뉴가 등장하는 단편들을 함께 엮었다.

다. 소설 속에는 사람이 죽거나 하는 잔인한 사건이 등장하지 않는 경우도 많다. 우리 주변에서 흔히 일어날 수 있는 사건을 많이 다루고, 배경도 대도시나 음산한 곳이 아니라 시골 아니면 소도시다. 대체 충격적인 사건이 벌어지지도 않는데다 이런 사건을 또 할머니들이 둘러앉아 뜨개질이나 하며 수다 떨듯이 추리하는 게 무슨 재미냐고 물을지 모르겠지만, 이 코지 미스터리도 팬이 은근히 많다.

코지 미스터리라는 말이 낯설다고 여길 사람이 많겠지만, 의외로 번역된 책도 많다. 해문출판사에서 펴낸 조앤 플루크의 '디저트 시리즈'는 전세계에 유명하다. 작은 마을에서 베이커리 카페를 운영하는 한나 스웬슨이라는 30대 미혼 여성이 주인공으로 등장하는 디저트 시리즈는 풀어야 하는 사건도 사건이지만, 소설마다 등장하는 맛있는 디저트 이야기에 빠져드는 재미도 훌륭하다.

일본에서는 '이야미스'라는 여성 취향 추리소설 장르도 인기가 많다. 영미권 코지 미스터리하고는 또 다른 매력이 있다. 여성 취향이라고 하지만 이야미스는 말 그대로 '기분 나쁜 미스터리ィャミス'다. 보통 미스터리 소설은 아무리 추악한 사건이 벌어져도 마지막에는 탐정이나 해결사가 그 모든 일을 깔끔히 해결하면서 끝나는데, 이야미스는 사건이 마무리돼도 끝이 찜찜한 게 특징이다. 한국에도 소개된 《고백》(비채출판사, 2009년)이나 《왕복서간》(비채출판사, 2012년) 등을 쓴 일본 작가 미나토 가나에는 이야미스의 여왕으로 불릴 정도로 인기가 대단하다. 마리 유키코의 《살인귀 후지코의 충동》(한즈미디어, 2013년)도 음산하고 꺼림칙한 결말로 치면 다른 소설에 비교가 안 된다.

코지 미스터리에서 눈을 떼지 못하다가 책장 중간쯤을 보니 뭔가

불길한 느낌이 드는 책이 보인다. 아, 저것은 바로 2009년 두드림출판사가 블로그에서 300질 한정판으로 판 에도가와 란포 전단편집 하드커버 세트다. 이 책을 실물로 보게 되다니! 순간 "란포 한정판이라니!"라고 소리를 지를 뻔했다. 나도 내심 갖고 싶었지만 말 그대로 한정판이라 때맞춰 사지 못했기 때문이다.

에도가와 란포 전단편집은 여전히 인터넷 등으로 구할 수는 있다. 그렇지만 그건 일반판이다. 눈으로 직접 확인한 한정판 세트는 "자, 봐라, 내가 바로 한정판이다. 어때? 한정판이라는 느낌이 들지 않는가?"라고 말하는 듯 위풍당당한 모습 그것 자체다. 스펀지를 덧대어 두툼하게 처리한 하드커버는 소장용답게 튼튼해 보인다. 검은색 두 권과 붉은색 한 권이 따로 만든 박스에 들어가 있다. 박스에 담았을 때 보이는 책머리 쪽은 금박을 입혀 장식한 게 마치 귀한 황금덩이 같다. 가격이야 일반판에 견줘 두 배에 이르지만 이 정도라면 그만한 돈을 들이더라도 갖고 싶다는 생각이 간절하다. 아쉽지만 다른 사람의 책장에서 쉬고 있는 책이기 때문에 욕심은 여기까지 부리기로 한다. 마음에 담아두면 언젠가 300질 중에 하나가 돌고 돌다가 내게 올 때도 있지 않을까?

얼마 전 이경아 씨는 내가 일하는 헌책방에 와서 책을 사 갔다. 역시 장르 소설만 골랐다. 그중에서도 엑기스라고 할 만한 것만 쏙쏙 잘도 골랐다. 헌책방은 새 책을 파는 곳하고 다르게 언제나 유행하고 있는 책만 그득히 진열할 수 없는 노릇이기 때문에 손님을 끌 '미끼 책'을 책장 사이사이에 놓는다. 평범한 책들 사이에 '득템'이라고 할 만한 책을 한두 권씩 일부러 끼워놓는 것이다. 이런 작전은 아주 쓸 만하다.

손님 처지에서는 가끔 와서 둘러보는 책장 사이에 그런 책들이 놓여 있으면 낚시터에서 모처럼 월척을 잡는 것처럼 기쁘기 때문이고, 책방 주인은 손님을 자주 오게 만들 수 있으니 좋다.

그렇지만 가끔 이경아 씨처럼 능력치가 높은 손님이 오면 초조해진다. 책장 사이에 심어놓은 월척들만 탁탁 골라서 사가기 때문이다. 오늘 이경아 씨가 뽑아온 책은 이렇다. A. C. 반처의 《드콕 형사와 침울한 누드》(을유문화사, 1994년), 피터 러브제이의 《밀랍인형》(뉴라이프스타일, 1993년), 랜달 개릿의 《마술사가 너무 많다》(행복한책읽기, 2006년), 로얄드 달 외의 《애드가상수상작품집 1-4(전4권)》(명지사, 1993년), 콜린 덱스터의 《우드스톡으로 가는 마지막 버스》(미래세대, 1993년), 엘러리 퀸의 《중국 오렌지의 비밀》(시공사, 1994년). 그리고 이 책들은 당연히 모두 초판이다. 책값을 비싸게 적어둔 것도 있고 일부러 싸게 표시해둔 것도 있는데, 이 능력자에게 그런 얄팍한 수도 모두 간파당했다. 아아, 이런 능력자 앞에 서면 나는 한없이 작아진다!

책을 재미있게 읽는 사람은 책장도 재미있다. 애거서 크리스티와 에도가와 란포의 책들, 기기묘묘한 미스터리들이 가득한 파란색 책장을 보고 있으면 아무도 없는 밤중에 그 책들이 사람처럼 걸어 나와 자기들끼리 서로 문제를 내고 풀고 하면서 장난을 칠 것만 같은 우스운 생각이 든다.

책장에 들어앉아 있는 것은 글자만 빼곡한 종이 뭉치가 아니다. 삶을 재미있게 만들고, 때로는 웃고 울게 하면서 내일 어떤 일이 있더라도 살아갈 힘을 주는 책이다. 그렇다면 우리 인생에 풀어내지 못할 문제가 무엇이 있을까?

걱정 없다. 언제나 한결같은 웃음으로 얘기를 들어주는 '초특급 할머니'가 책들 사이에 살고 있다면 두렵지 않다.

수상한 라트비아인 | 조르주 심농 지음 | 성귀수 옮김 | 열린책들 | 2011년

저 유명한 매그레 반장이 나오는 첫 책이다. 조르주 심농은 정말 놀라운 인간이다. 사람은 사람이되 사람이라고 부르기에는 어쩐지 인간미가 떨어진다는 생각에 '인간'이라는 말을 붙인다. 죽기 전까지 20여 개나 되는 필명으로 활동하면서 내놓은 작품만 자그마치 400편이 넘는다. 이 중에서 60편 정도는 연극이나 영화로 만들어졌고, 텔레비전 드라마로 만들어진 것도 300편이 넘는다. 그러면서도 대부분 보통이 넘는 대중적 성공을 거둔 것도 놀랍다. 도대체 어떻게 그렇게 빨리 소설을 쓰는지 알 수 없는데, 한번 글쓰기를 시작하면 끝장을 보는 성격이 마치 《수상한 라트비아인》에서 집착에 가깝도록 증거를 수집하려고 뛰어다니는 매그레 반장을 닮았다. 심지어 매그레 반장이 나오는 시리즈를 처음 시작한 1931년 한 해 동안 놀랍게도 11권이나 되는 책을 써냈다. 실로 놀랍고 부러울 정도로, 존경할 만큼 엄청난 집중력이다. 이렇게 시작한 매그레 시리즈는 장편 73편과 단편 28편을 합쳐 모두 103편에 이른다.

목요일의 남자 | G. K. 체스터튼 지음 | 유슬기 옮김 | 이숲에올빼미 | 2011년

'브라운 신부' 시리즈로 유명한 체스터튼의 작품이다. 한국에서 브라운 신부가 워낙 인기가 많다보니 다른 작품은 크게 주목을 받지 못했는데, 《목요일의 남자》가 나오면서 체스터튼의 작품을 다시 찾아보는 독자가 많아졌다. '일요일'이라는 암호로 통하는 우두머리가 이끄는 아나키스트 비밀 조직에 몰래 잠입한 특수 경찰 가브리엘 사임은 '목요일'이라는 암호를 부여받고 조직 안에서 임무를 수행하게 된다. 단순할 것으로 생각한 임무는 엄청난 모험에 휘말린다. 그리고 그 과정에서 하나하나 알게 된 조직의 비밀은 실로 상상을 초월한다. 소설 마지막에 이르러 기가 막힌 반전을 만나면 독자는 그제야 이 책을 처음부터 다시 봐야 할 것 같다는 생각을 갖는다. 《목요일의 남자》는 추리소설 또는 미스터리물의 구조를 갖고 있지만, 다른 방식으로 읽을 수도 있다. 이야기 속에 녹아 있는 진지한 철학과 신학에 관한 문제들을 중심에 두고 읽어도 좋다.

살인을 예고합니다 | 애거서 크리스티 지음 | 이은선 옮김 | 황금가지 | 2003년

미스 마플이 등장하는 크리스티의 소설이 딱 코지 미스터리의 전형이다. 마플은 할머니다. 결혼을 하지 않아 미스 마플이라고 불리는데, 주로 시골에 살면서 동네 사람들하고 주거니 받거니 수다를 떠는 게 일상이다. 그렇지만 마플은 그냥 할머니가 아니다. "이 세상에 단 한 명뿐이자 별 네 개를 주어도 아깝지 않은 바로 그 숙녀! 모든 할머니를 능가하는 초특급 할머니!"다. 그냥 앉아서 여러 사람이 들려주는 이야기를 듣는 것만으로 사건의 전모를 풀어버리는 할머니가 바로 미스 마플이다. '초특급 할머니'라는 별명을 독자들이 붙였다고 알고 있는 사람들이 많은데, 당당히 소설에 등장하는 표현이다. 황금가지판 애거서 크리스티 전집 7권 《살인을 예고합니다A Murder is Announced》(1950년)에서 경찰서장 라이즈데일은 사건이 일어난 뒤 미스 마플이 보낸 편지를 받고 그 내용을 전직 경찰청장인 헨리 클리서링 경에게 말해준다. 처음에는 대수롭지 않게 생각하던 클리서링 경은 편지를 보낸 사람이 바로 미스 마플이라는 사실을 알고 "초특급 할머니"라는 찬사를 보낸다.

너의 책을 읽어라,
누가 뭐라 하든지

대학생 김바름

서울시립대 4학년을 휴학 중인 김바름 씨는 신사동에 산다. 강남구 신사동이 아니라 은평구 신사동이다. 처음 은평구에 왔을 때 여기에도 신사동이 있나 하고 궁금했다. 신사동이라고 하면 누구든 강남구에 있는 신사동을 떠올리기 때문이다. 어쩌면 주현미가 부른 〈신사동 그 사람〉 때문이었을까? 신사동이라고 하면 대개 반질반질한 느낌을 먼저 떠올린다. 강남에 있는 번쩍거리는 신사동은 아니지만 어쨌든 나는 '신사동 그 사람'을 만나러 추운 날씨에 은평구 신사동 주택가를 종종걸음으로 찾아갔다.

'김바름'이라는 우리말 이름은 아버지가 직접 지었다고 한다. 바르게 살라는 뜻이라는데, 정작 김바름 씨 자신은 무척 부담스럽다고 말한다. 사회학을 공부하고 있는 김 씨에게 '바르다'라는 의미는 복잡하고 무거운 주제다. 그런 이유 때문일까. 김바름 씨가 사는 작은 방을 채우는 책장에는 철학, 역사, 사회과학 책들이 가득하다. 전공 공부 때문에 산 책도 있겠지만, 그렇다고 보기에는 갖고 있는 책들이 폭넓다.

김바름 씨는 내가 일하는 헌책방에서 그리 멀지 않은 곳에 살기 때문에 가끔 들러서 책을 사 간다. 철학과 사회학 분야 책들을 따로 모아놓았기 때문에 김바름 씨처럼 사회학 쪽 책을 찾는 손님들에게는 더할 것 없이 친절한 책방인 셈이다. 물론 그런 책들을 죽어도 보기 싫은 사람들도 있기 때문에 늘 칭찬만 받지는 않는다.

그래도 철학이나 사회학 분야는 다른 곳에서 구하지 못한 책을 대신 찾아주는 일도 하기 때문에, 김바름 씨 같은 책 손님은 보통 어떤 책을 구해달라고 부탁을 한 다음 구했다고 연락을 하면 와서 찾아간다. 이런 때는 부탁한 책만 가져가는 사람은 거의 없다. 헌책방이란 그런 묘한 중독성이 있는 곳이다. 한번 오면 꼭 이곳저곳 둘러보게 된다. 새 책을 파는 가게하고 다르게 생전 듣도 보도 못한 책을 만나게 되리라는 기대감이 있는 것이다. 헌책방이라는 게 때로는 지루할 정도로 책 회전이 잘 안 되기 때문에 한번 가게를 찾았다가 한두 달 뒤에 와서 책장을 살펴봐도 별로 달라진 게 없어 실망할 때도 있는데, 헌책방을 자주 찾는 사람들은 그사이 미세하게 달라진 구석을 알아차리고 책을 건져낸다. 그렇게 월척을 건진 때 느끼는 희열을 무엇으로 대신하랴! 낚시 좋아하는 사람들 얘기를 들어보면 물고기가 낚일 때 그 흥분된 순간도 좋지만, 아무 변화도 없는 것 같은 편편한 물을 바라보다가 잔잔한 수면에 이는 미묘한 움직임을 감지해내는 즐거움에 이르면 이미 낚시를 끊을 수 없을 정도에 이른 것이라고 한다.

헌책방을 운영하는 주인 처지에서도 그렇다. 손님이 많이 와서 책을 사 가는 것이야 물론 기분 좋은 일이지만, 누군가 나를 믿고 어떤 책을 찾아달라고 부탁하면 뿌듯한 마음이 든다. 그리고 그 책을 단박에 찾아서 건네줄 때, 그 즐거움은 세상 무엇에도 견줄 수 없을 만큼 좋다. 책을 찾을 수 있을 때만 말이다. 당연한 얘기지만 부탁받은 책을 몇 주가 지나도록 찾지 못하고 있으면 반대로 애간장이 탄다. 초조해진다. 못 찾겠다고 말하기도 그렇다. 왠지 내일이면 그 책을 찾을 수 있을 것 같은 느낌이 들기 때문이다. 그렇지만 그다음 날도 책을 못 찾았을 때는 다시 절망에 빠졌다가도 무슨 계기 때문이든 또 다음 날이나 그다음 날은 찾을 수 있을 것만 같은 생각을 떨칠 수 없다. 이것도 중독이라면 중독이다. 말 그대로 '책 중독.'

그동안 김바름 씨가 부탁한 책들은 대부분 찾아서 건네줬다. 당장 기억나는 책은 실천문학사에서 펴낸 《체 게바라 평전》이다. 워낙 유명한 책이라 읽지 않았어도 알 수 있는 특유의 빨간색 표지와 600쪽이 넘는 두께 때문에 '빨간 벽돌'이라는 별명이 붙었다. 책을 쓴 작가는 프랑스 사람 장 코르미에인데, 갖고 있는 체 게바라 관련 자료로 보면 이 사람이 최고라고 알려졌다. 평전은 죽은 사람에 대해서 쓰는 것이다. 대상자를 직접 인터뷰할 수 없다. 그렇기 때문에 평전의 수준을 결정짓는 것은 첫째도 둘째도 일단은 자료의 양이다.

그렇지만 자료가 많다고 무조건 좋은 것만도 아니다. 그 많은 자료를 평전이라는 형태로 풀어내는 작가도 힘들어진다. 이 과정을 요리에 비교할 수 있을까? 맛있는 음식을 만들려면 기본 재료가 부족해도 탈이지만 그 반대도 마찬가지로 문제다. 장 코르미에의 《체 게바라 평전》은 압도적인 자료 양도 놀랍지만 그 자료를 어쩌면 이다지도 잘 풀어낼 수 있을까 싶을 정도로 정리를 잘했기 때문에 큰 인기를 얻은 게 아닐까. 책을 읽으면 마치 마스터급 프랑스 셰프의 맛깔난 음식을 맛보는 기분이 든다.

좋을 때가 있으면 나쁠 때도 있는 법이다. 몇 달 전에 김바름 씨가 부탁한 책 《상상의 공동체》는 아직도 구하지 못했다. 이 책은 파격에 가까운 주장을 담고 있다. 적어도 동양에서 '정情'이나 '민족民族'이라는 개념을 공격하는 일은 학자로서 큰 용기가 필요하다. 베네딕트 앤더슨은 민족이란 국가를 만들고 존속시키려는 꽤나 정치적인 목적에 따라 오랜 시간 동안 많은 사람들이 치밀하게 연결돼 만들어온 결과물이라고 주장한다.

사실은 오늘도 이 책을 찾아 여러 곳을 돌아다녔는데 찾지 못했다. 언제나 찾을 수 있으려나. 사람과 사람 사이에 인연이 있다고 믿는다. 책과 사람 사이에도 그런 끈이 있을 거다. 열심 다해 눈 크게 뜨고 찾아다니면 인연이 닿아 만날 수 있겠지.

김바름 씨가 쓰는 방은 그다지 넓지 않기 때문에 재미있게도 책상 위에 책장을 하나 얹어 벽에 박아놓았다. 거기에는 조지 오웰과 미셸 우엘벡과 무라카미 하루키의 책들이 드문드문 눈에 들어온다. 그 주변을 묵직한 사회과학 책들이 감싸고 있다. 얼핏 보면 아무 기준 없이 되는 대로 꽂아놓은 것 같다. 소설 몇 권을 빼면 책장에는 김윤태의 《사회학의 발견》, 빅토리아 D. 알렉산더의 《예술사회학》, 스티븐 사이드먼의 《지식논쟁》처럼 익숙한 책들이 먼저 눈에 들어왔다. 사회학 분야에 관심을 갖고 있는 사람이라면 즐거운 마음으로 읽어볼 만한 책들이다.

책장이 그리 크지 않은 탓인지 책장에 들어 있는 책보다 더 많은 책들이 책상 위에 쌓여 있다. 자주 읽을 만한 책들은 이렇게 손을 뻗으면 금세 닿을 수 있는 곳에 놓는다. 강신주의 《철학 VS 철학》, 백승욱의 《자본주의 역사 강의》, 지그문트 바우만과 팀 메이가 함께 쓴 《사회학적으로 생각하기》가 보인다. 주로 읽는 책을 보면 그 사람의 성향을 대강 짐작할 수 있다. 김바름 씨는 단순히 전공을 넘어 사회학이라는 주제를 깊이 있게 탐색하려는 중이다. 이건 둘이 앉아서 2~3분만 얘기를 나눠봐도 금세 안다. 자기가 관심 있는 주제를 즐기면서 책을 보는 사람은 여름 나무 같아서 줄기가 굵고 가지가 많으며, 그 가지에는 열매까지는 아직 이르더라도 초록색 잎이 무성하다. 그저 필요에 따라 책을 보는 사람은 겨울나무다. 어느 곳에 뿌리를 내리고 줄기와 가지를 뻗었다고는 하지만 가지 끝은 말랐다. 다가가서 건드리면 툭 툭 부러질 것 같다.

서재를 배경으로 사진을 한 장 찍자고 하니 정운영 교수의 《경제학을 위한 변명》을 꺼내든다. 그러고 보니 책상 위에 쌓여 있는 책 중에도 유명한 《광대의 경제학》이 있다. 김 씨는 정운영 교수 글을 좋아한다. 대부분 1980~1990년대에 쓴 칼럼이기 때문에 내용을 전부 이해할 수는 없지만, 경제학자 같지 않게 정갈한 문체가 마음에 든다. 한 분야에 머무르지 않고 역사, 철학, 문학을 아우르는데다 모두 해박한 수준이기 때문에 이런 글쓰기도 가능한 것이리라. 한 사람의 열정이 차곡차곡 쌓인 책은 세대를 뛰어넘어 감동을 준다. 20대 대학생 김바름 씨는 오래전 절판된 이런 열정의 산물을 어렵게 구해 읽고 있는 것이다.

책 좋아하는 공무원 아버지 덕에 김바름 씨 집에는 책이 많았다. 물론 어릴 때 읽을 만한 책은 많지 않았다. 그래서 그런 걸까. 주위에 책이 많은 환경에서 자랐는데도 책은 별로 좋아하지 않았다. 책보다는 밖에 나가서 놀기를 좋아하는 활동적인 아이였다. 그러다 학교에 흥미를 붙이지 못한 중학교 2학년 때 스스로 자퇴를 결심한다. 부모님은 반대했지만 독학으로 중학교와 고등학교 졸업 검정고시를 통과한 김바름 씨는 공부하러 가는 아버지를 따라 함께 영국으로 떠났다.

열아홉 살에 다시 한국으로 돌아온 김바름 씨는 고된 혼란기를 보낸다. 고국에 돌아온 김 씨를 기다리는 것은 대학 입시와 군 입대 문제였다. 이대로 있으면 안 되겠다 싶어 이때부터 마음을 다잡고 책을 읽었다. "처음에는 제게 모자란 것을 채우려고 자기계발서 읽기에 몰두

했어요. 그러다 그렇게 읽은 책들이 결국 주술적인 내용뿐이라고 느껴서 경제학 입문서를 찾아 읽었죠. 책 속에 난 길을 따라 읽다가 마르크스까지 이르렀습니다. 거기에 흥미를 느끼고 대학 전공도 사회학을 선택했어요."

지금 김바름 씨는 《자본》 강독 세미나에 열심히 나가고 있다. 칼 마르크스의 《자본》이라고 하면 이미 1980년대 수명이 다 끝났다고 생각하는 사람이 많다. 그렇지만 지금 다시 《자본》을 공부하거나 함께 모여 읽기 모임을 하는 모습을 주변에서 자주 본다. 심지어 어느 곳에서는 《자본》을 독일어로 강독하는 프로그램도 있다.

혹시 몰라서 몇 년 전부터 헌책방에 《자본》 원서를 한 질씩 갖다 놓는데 가끔 찾는 사람이 있어서 반갑고, 한편으로 놀란다. 우리가 다시 《자본》을 읽어야 할 정도로, 역사가 과거로 돌아갔는가 싶기도 하고……. 그런 흐름에 힘입어 얼마 전 새로운 번역도 나왔지만, 《자본》을 공부하는 사람들 사이에서는 강신준과 김수행 번역본 중에서 과연 무엇을 따를까 하는 문제가 여전히 가장 처음 마주치는 어려움이자 논쟁거리다.

김바름 씨는 1년 동안 동남아시아 일주 자전거 여행을 다녀왔다. 적은 나이도 아닌데 아직 학교도 졸업하지 않은 상태에서 떠나는 긴 여행이라 주변 사람들이 걱정하는 눈으로 지켜봤다. 다른 일에도 마찬가지다. 우리는 무엇을 결정하고 행동할 때마다 자기보다는 다른 사람이 어떻게 볼지 걱정할 때가 많다. 김바름 씨는 단호한 성격이라 다른 사람 눈치 보는 걸 싫어한다. 그래도 마음이 흔들릴 때는 《자본》 1판 서문 마지막에 마르크스가 옮겨 적은 《신곡》의 한 구절을 떠올리

며 중심을 잡는다. "너의 길을 걸어라, 누가 뭐라 하든지!Segui il tuo corso,

e lascia dir le genti!"

함께 읽고 싶은 책이야기

체 게바라 평전 | 실천문학사 | 장 코르미에 지음 | 김미선 옮김 | 2005년

최성각은 체 게바라를 이렇게 평가했다.

> "체 게바라는 비록 천식에 평생 시달렸지만, 그 생각이 그지없이 고결했으며, 인
> 간에 대한 사랑이나 연민은 너무나 깊었고, 타인을 대하는 태도에서는 어떤 위
> 치에 처하든 비권위적이었으며, 진심으로 다른 사람의 행복을 자신의 행복으로
> 여겼다. 바로 그랬기 때문에 인간의 자유를 억압하는 압제와 불의, 폭력, 실천이
> 결여된 이론, 자제가 안 되는 탐욕, 거짓과 위선을 미워하고 증오했다. 그리고
> 빠뜨릴 수 없는 것은 그가 너무나 잘생겼다는 점이다. 그 아름다운 얼굴에는 본
> 인은 '실패한 시인'이라 자조했지만 그 또한 한 사람의 작가로서의 지성과 죽음
> 에 연연해하지 않는 의연함이 결합되어 있다. 가혹하리만큼 아름다운 실천의 삶
> 을 보여준 사람이 그토록 빚은 듯이 잘생기기까지 했다니."

내가 아는 한 체 게바라에 관해 평가한 글 중 가장 최상급이다. 체 게바라가 실제
어떤 사람인지 나는 전혀 알 수 없지만, 최성각의 표현을 보면 체 게바라와 예수가
다른 점은 오직 하나 천식뿐이다. 그렇지만 놀랍게도 이 정도는 가벼운 수준이다.
라틴아메리카에는 체 게바라 사진을 예수와 성모의 성화하고 나란히 집 안에 놓아
둔 사람도 있다는 걸 보면 완벽한 상태일 때 죽는다는 게 얼마나 복잡한 문제를 남

※ 최성각 지음, 《나는 오늘도 책을 읽었다》, 동녘, 2010년, 58쪽.

기는지 깊이 생각해볼 일이다. 체 게바라에 관한 책은 우리말 번역서만 해도 워낙 많아서 무엇을 골라 읽어야 할지 고민이 된다. 다행히 실천문학사에서 펴낸 《체 게바라 평전》은 그런 고민을 조금 덜어준다. 두툼하고 손에 쏙 들어오는 판형에, 튼튼함이 느껴지는 만듦새도 좋다.

상상의 공동체 | 베네딕트 앤더슨 지음 | 윤형숙 옮김 | 나남출판 | 2003년

2003년 나남출판사에서 처음 나온 때만 하더라도 이 책은 큰 주목을 받지 못했다. 아마 베네딕트 앤더슨이라는 이름을 아는 사람도 많지 않았으리라. 1990년대에 '운동권 세대'가 해체되기 시작하면서 사회과학 출판계는 빠르게 불모지로 바뀌어갔다. 다들 먹고살기 바빠서 그런지 이놈의 괴물 같은 사회가 어떻게 굴러가는지 알아보려는 독자들이 점점 줄어들고 있다. 지금 한쪽에서는 인문학 열풍이다 뭐다 하면서 인문학 책 인기몰이가 한창인 와중에서도 진지한 사회과학 책은 찬밥 신세다. 그러다 이명박 정부 막바지 즈음부터 《상상의 공동체》를 찾는 사람이 조금씩 늘었다. 지금은 그 책을 구하려는 사람이 많은데 오랫동안 품절 상태가 계속되다 보니 중고 책 가격이 사, 오 만원을 왔다 갔다 할 정도로 귀한 몸이 돼버렸다. 책을 구해다 파는 헌책방 주인장 처지에서야 이렇게 책값이 비싸지면 이윤이 많이 남기 때문에 두말할 나위 없이 즐거운 일이지만, 책을 구해야 비싸게 팔든 싸게 먹든 할 게 아닌가? 도대체 책을 구하기가 어렵다.

경제학을 위한 변명 | 정운영 지음 | 까치 | 1991년

정운영 교수는 〈정운영의 100분 토론〉을 진행하던 모습으로 내 기억에 남아 있다. 교수님이 한 해 남짓 진행하다 유시민 씨가 이어받았고, 그다음은 손석희 씨가 진행했다. 많은 사람들이 〈100분 토론〉 하면 진행자로 손석희 씨를 떠올리는데, 내게는 정운영 교수가 앞이다. 손석희 씨는 깔끔하고 중립적인 자세가 좋지만 어딘지 모르게 힘이 없었고, 유시민 씨는 강단이 있어서 멋있지만 요즘 말로 하면 진행자가 '멘탈'이 좀 부족했다. 그런데 정운영 교수는 대단한 카리스마를 발휘해 토론에 온통 집중하게 만드는 매력이 있었다. 교수님이 돌아가신 뒤로 한동안 잊고 있었는데 김바름 씨가 보여준 책 덕분에 다시 그 이름이 떠올랐다. 그렇게 섬세한 카리스마를 가진 분도 드문데 어찌 그리 일찍 떠나신 걸까……. 요즘처럼 '보수'와 '진보'라는 말이 아무렇지도 않게 쓰이는 시대에 《경제학을 위한 변명》은 더욱 귀한 책이다. 낮은 목소리로 차분하게 풀어내는 이야기를 읽고 있으면 자기도 모르게 가슴이 뜨거워진다. 무엇을 하라고 선동하는 책은 아니지만, 다 읽고 난 다음 '뭐라도 해야만 한다'는 굳은 생각을 하게 만든다.

한 시인의 전부를 담은
시의 집
–

국어 교사 김주연

청소년 대안 학교인 은평씨앗학교에서 자원 활동을 하면서 알게 된 김주연 씨는 얼마 전 결혼했다. 토요일 점심 때 찾아간 신혼집에서 만난 신부의 줄곧 웃는 얼굴에는 행복한 느낌이 묻어났다. 심지어 손님이 왔다고 예쁘게 깎은 과일을 내놓는 모습을 보니 과연 신혼이 맞구나 하는 생각이 들었다. 과일을, 그것도 토끼 모양으로 예쁘게 깎아 차곡차곡 접시에 담은 과일을 손님상으로 대접받은 일은 초등학교 다닐 때 실과 시간을 빼면 거의 처음이라 어리둥절했다.

주연 씨는 중학교 국어 교사인데, 내게는 그 사실이 아주 특별한 느낌으로 다가왔다. 학창 시절을 죽을 만큼 싫어하는 내게도 중학교 때 국어 선생님은 늘 좋은 기억으로 남아 있기 때문이다. 어쩌면 지금 내가 이렇게 책을 좋아하게 된 이유가, 책 좋아하던 어린 중학생이 나중에 커서 책방을 열고 책 쓰는 사람이 된 게 다 그때 만난 국어 선생님 덕분일 거다. 그런 국어 선생님 방에 있는 책장은 어떤 모습일까? 거기에는 무슨 책이 있을까? 내가 중학생일 때 선생님 집 책장에는 교사용 참고서와 시험 문제 내는 문제집만 가득 있을 거라고 상상했다. 그렇지 않고서야 때마다 찾아오는 시험에 어쩌면 그렇게 애매한 문제들을 낼 수 있는지 지금도 알 길이 없다.

결혼해서 첫 신혼집으로 얻은 곳은 김주연 씨가 졸업한 성신여자대학교 정문 바로 앞에 있다. 이 정도 위치에 있는 원룸에는 대학생들이 자취를 많이 한다는데, 이곳은 조금 넓어서 신혼부부가 살기에도 알맞다. 지하철 4호선 성신여대입구역에서 내리면 곧바로 대학교 건물이 나오는 게 아니라 10분 정도는 걸어야 한다. 이상하게도 지하철역에 대학교 이름이 붙은 곳치고 실제로 그 대학교가 가까이 있는 곳은 별로 없다. 주연 씨가 사는 집으로 가는 가장 빠른 길은 역에서 바로 나와 오른쪽에 있는 커다란 영화관 건물을 끼고 나 있는 번화한 거리를 가로지르는 것이다. 어릴 때 정릉에 살아 나도 이 길을 잘 알고 있다. 정릉에 살면서 느낀 이곳 골목 분위기는 지금 명동하고 다르지 않았다. 그만큼 멋지고 신기한 풍경들이 많았다.

어릴 적 우리 친구들은 이곳을 '돈암동'이라고 불렀다. 나뿐 아니라 내가 살던 집 옆에서 자취하던 대학생 형들도 거기를 돈암동이라고 했다. 그런데 지금 와서 생각해보니 거기는 돈암동이 아니라 동선동 아닌가? 진짜 돈암동은 여기보다는 더 안쪽으로, 그러니까 미아리 쪽으로 한참 더 들어가야 나오는 동네 이름이다. 오래전부터 사람들이 여기를 돈암동으로 부른 탓인지 지하철역 이름도 성신여대입구역에다 돈암역을 묶어서 쓰고 있다. 어쨌건 이 길을 따라 좀 걸으면 성신여자대학교 정문이 나온다. 그 바로 옆 골목에 주연 씨가 사는 집이 있다.

현관문을 열고 들어가 바로 왼쪽에 있는 곳이 침실 겸 서재로 쓰는 방이다. 국어 교사라면 책이 무척 많을 줄 알았는데 생각보다 적다. 집이 크지 않아서 갖고 있던 책을 대부분 결혼 전 살던 집에 놓고 왔다고 한다. 그래서 지금 갖고 있는 책은 내가 애초에 기대한 것보다 많지 않다.

지금껏 내가 만난 사람들은 대부분 갖고 있는 책 양과 책을 사랑하는 마음이 정확히 일치하지는 않는다. 책을 아주 많이 갖고 있더라도 마음 깊이 책을 사랑하지 않는 사람이 있는가 하면, 서재라고 할 것도 없이 사는 사람인데 책을 향한 애정이 누구 못지않게 큰 사람을 많이 봐왔다. 책이 많다고 해서 모두 책을 좋아하는 사람은 아니다.

우리는 때로 무엇을 소유하는 것과 그 대상을 좋아하는 것이 같다고 말한다. 전혀 다른 얘기다. 어려운 철학책을 파고들 필요도 없이 사람을 만나고 그이들이 어떻게 사는지 조곤조곤 들여다보면 금세 안다. 무엇을 마음 깊이 좋아하는 사람은 그것을 가지려 하기보다, 자기 곁에 쌓아두려 하기보다 자유롭게 놓아주는 일을 즐긴다.

책장에는 대강 훑어봐도 소설과 시가 많다. 관심을 갖고 읽는 책들이 대부분 문학 작품이기 때문에 제목이나 작가나 출판사순으로 해놓지 않고 그저 소설, 시, 수필 따위를 모아 한꺼번에 정리하고, 성격이 다른 책은 눈높이 아래쪽에 둔다. 수업에 필요한 세미나 자료나 참고서적들은 크기가 제각각이기 때문에 책장 맨 아래 한 줄 전체를 차지했다.

자세히 뜯어보니 책장 한쪽에 시와 시인에 관한 책들을 여럿 모아놓은 게 눈에 띈다. 김춘수, 곽재구, 김현의 책들이 있고, 기형도 시인의 《입 속의 검은 잎》을 포함한 문학과지성사에서 펴낸 책들은 출판사별로 따로 모아 말끔히 정리했다. 마종기, 천상병, 김종삼 시인은 전집으로 엮은 책을 갖고 있다. 마종기 시인은 특별히 좋아하는지 전집은 물론 단권으로 나온 것도 여럿 눈에 들어온다.

《입 속의 검은 잎》은 내가 대학 다닐 때 처음으로 찾아 읽은 책이다. 스스로 기형도라는 시인을 알아서 그런 건 아니고(그때만 해도 시라는 장르에 관심이 없었다), 친구가 알려줘서 한번 읽어봤다. 고백하건대 '기형도'라는 이름이 멋있기 때문에 먼저 끌렸다. 그런데 기형도라는 이름만 알고 서점에 간 나는 친구가 알려준 시집 제목이 생각이 안 나 한참을 헤맸다. 제목에 나오는 두 글자, '입'과 '잎'이 기억 속

에서 뒤죽박죽 엉컸다. 어쨌든 그 책을 결국 찾기는 했지만 그 뒤로도 오랫동안 시집 제목을 단번에 정확히 기억해내지 못했다.

그다음으로 만난 기형도의 책은 정확히 기억한다. 살림출판사에서 펴낸 《짧은 여행의 기록》이다. 시인이 갑작스레 짧은 생을 마감한 뒤 엮어 나온 유고 산문집이라는 걸 알고 곧장 샀다. 시인이 쓴 산문은, 말 그대로 살아 있는 문장이라는 느낌이다. 시집만 읽을 때는 도통 알 수 없던 시들이 풀어 쓴 산문을 보니 조금이나마 감이 온다. 이 산문집은 마음에 들어서 한동안 갖고 있다가 다른 사람에게 빌려준 다음 어찌된 일인지 다시 돌아오지 못했다. 누구에게 빌려줬는지도 기억나지 않는다. 나중에 문학과지성사에서 《기형도 전집》을 펴낼 때 그 안에 산문집 내용도 모두 들어가서 그 정도로 만족하고 전집을 샀다.

갖고 싶던 《마종기 시 전집》을 다른 사람이 갖고 있는 모습을 보니 동지를 만난 듯 친근하다. 소설이나 다른 책은 몰라도 시집은 꼭 그런 느낌이 든다. 시는 재미로 읽는 게 아니라 온몸으로 느끼는 것이기 때문일까? 김수영 시인은 말한다. "시작詩作은 머리로 하는 것이 아니고 심장으로 하는 것도 아니고 몸으로 하는 것이다. 온몸으로 밀고 나가는 것이다. 정확히 말하자면 온몸으로 동시에 밀고 나가는 것이다."* 나는 이 문장을 기억해낼 때마다 가슴이 뜨뜻해진다. 그렇기 때문에 시를 읽을 때도 되도록 내 온몸으로 동시에 읽어내고 싶다. 시를 사랑하는 다른 사람도 크게 다르지 않을 것이다. 그렇게 시를 읽는 사람들은 누구라도 그저 친구가 아니라 더 끈끈한 동지가 된다. 한 시대를 함께 고민하는 동지다.

김주연 씨는 초등학교에 다닐 때 늘 학교 도서관을 찾아가 책을 읽었고 중고생 시절에는 동네에 있는 작은 도서관에서 많은 책을 빌려봤다. 방학이면 아버지하고 함께 청계천 헌책방을 탐험했다. 읽고 싶은 책 목록을 미리 종이에 써두면 아버지는 딸의 손을 잡고 헌책방을 돌며 책을 구했다. 그때 읽은 책 중에 가장 기억에 남는 것은 《나의 라임오렌지 나무》와 《빙점》이다. 어른이 되고 나서도 두 책은 여전히 마음속 가장 소중한 자리를 차지하고 있다. 헌책방을 찾는 일은 계속 이어져, 고등학교를 졸업한 뒤에는 고려대학교 앞 헌책방 새한서점**에 자주 다녔다.

아이하고 함께 헌책방에 가는 아버지라니! 부럽다. 아이가 책이 읽고 싶을 때 아무 서점이나 가서 책을 한 아름 안겨주는 아버지와 헌책

---

* 김수영 지음, 《시여 침을 뱉어라》, 민음사, 1975년.
** 2002년에 책방을 충북 단양의 폐교로 옮겼지만, 임대료 등 여러 문제 때문에 몇 년 뒤 다시 적성 현곡리 숲속으로 이사했다.

방을 돌며 읽고 싶은 책을 찾는 아버지는 차원이 다르다. 헌책방은 원하는 책이 거기에 있다는 보장이 없기 때문에 늘 이곳저곳을 돌아다녀야 한다. 대형 서점에 가 책을 사주거나 컴퓨터 앞에 앉아 주문해주는 아버지하고는 저 깊은 곳부터 다른 것이다. 그건 책을 사주는 게 아니라 그저 책을 살 수 있게 돈을 대신 내주는 것하고 크게 다를 게 없다. 아이하고 함께 헌책방을 돌아다니며 책을 사는 일은 때로 귀찮고 힘들다. 그런데도 함께 책을 사려고 청계천 평화시장 이 끝에서 저 끝까지 이어진 헌책방 골목을 걷고, 그길로 고려대학교 앞 새한서점 까지 가는 모습이라니! 직접 뵌 적은 없지만 이런 멋진 아버지가 또 어디 있을까.

그런데 청소년 시절에 《빙점》이라니? 여자아이기 때문에 이런 책을 본 걸까? 《빙점》은 요즘 말이 많은 아침 드라마식 내용이라 청소년이 읽기에는 좀 무리가 있지 않을까 했는데, 주연 씨는 재미있었다고 하니 의외다. 게다가 다른 한 책이 《나의 라임오렌지 나무》라니. 정말 안 어울리는 조합이 아닌가. 하기는 초등학교에서 중학교 다닐 때까지 내 또래 남자애들에게 인기 있던 책은 수 타운센드의 《비밀일기》 시리즈 정도였다. 유독 남자애들이 많이 읽었다. 여자애들 몰래. 접하기 힘든 자유분방한 외국 이야기인데다가 은근히 수위 높은 주인공의 성적인 고민도 엿들을 수 있어서 책이 생기면 아는 애들끼리 돌려봤다. 남자애들이 달력으로 겉을 싸서 그런 책을 돌려보고 있을 때 여자애들은 《빙점》을 본 걸까? 어쩌면 김주연 씨는 꽤나 조숙한 아이였는지도 모르겠다.

안방에서 한참 이야기를 하다가 다른 곳에도 책장이 있다고 해 거실을 지나 베란다 문을 열었다. 두 단짜리 소박한 책장이 벽을 따라 길게 늘어서 있다. 대학 시절에 봤음 직한 문학 이론서와 철학책이 따로 한자리를 차지했다. 이 책들은 혼자 읽은 게 아니라 여럿이 함께했기 때문에 더욱 소중하게 기억한다. 평소 문학 서적과 이론서에 치우친 책 읽기를 한 때도 있었지만 얼마 전부터는 근무하는 학교에서 작은 독서 모임을 만들어 여러 사람들하고 함께 읽으니 자연스레 책 읽는 폭도 넓어졌다. 그동안 잘 몰라서 쉽게 다가가지 못하던 사회 문제에도 조금씩 관심이 생겼다. 혼자 읽는 책이 자기가 걸어갈 앞길을 밝히는 도구라면, 여럿이 읽는 책은 우리 주위를 밝히고 나 아닌 다른 사람을 돌아보는 시간을 갖게 한다.

어린 시절 우리 집은 산등성이에 있어서 창밖으로 다른 집들을 내려다볼 수 있었다. 밤늦은 시간 어떤 집에 불이 켜져 있으면 누군가 책을 읽거나 일기를 쓰고 있다고 생각했다. 그 옅은 형광등 불빛은 작지만 서로 연결돼 있다고 믿었다. 하늘에는 별이 있고 그 아래에는 사람들이 지펴놓은 지혜의 불빛들이 밤마다 흔들거리며 빛나고 있다. 그 불빛들 중에는 김주연 씨가 켠 것도 있었겠지. 그때 우리는 서로 알지 못했지만 가느다란 불빛으로 연결돼 있었을 거다. 나는 달력으로 겉을 싼 《비밀일기》이고 주연 씨는 《나의 라임오렌지 나무》지만. 아무럼 어떤가, 책 읽는 아이들은 모두 사랑스럽다.

기형도 전집 | 기형도 지음 | 문학과지성사 | 1999년

이 책을 산 이유는 당연히 산문 〈짧은 여행의 기록〉 때문이다. 살림출판사에서 펴낸 책으로 처음 본 때도 인상 깊었지만, 전집으로 묶여 나온 것도 나쁘지 않다. 소설가가 쓴 산문은 어쩐지 꾸며낸 이야기가 아닐까 하는 생각이 들어서 집중을 못하는데, 시인이 쓴 산문집은 좋아한다. 호미출판사에서 펴낸 이문재 시인의 산문집도 좋아하는 책 중 하나다. 2006년에 나온 《이문재 산문집》은 절판됐고, 2009년에 《바쁜 것이 게으른 것이다》로 같은 출판사에서 개정판을 냈다. 〈짧은 여행의 기록〉에는 대구에 내려간 시인이 젊은 청년 작가 한 명을 술집에서 만나는 이야기가 나온다. 이제 막 시를 써서 등단한 작가인데, 당돌한 면이 많다. 술을 마시면서 기형도 시인에게 지금 자신이 쓰고 있는 '포르노 소설'에 관해 말한다. 이 청년은 장정일이다. 그리고 청년이 쓰고 있던 소설은 훗날 열음사에서 펴낸 《그것은 아무도 모른다》다. 시로 등단한 장정일이 소설을 쓴 사실을 말할 때 많은 사람들이 1990년 미학사에서 나온 《아담이 눈 뜰 때》를 첫 소설집으로 꼽는다. 그런데 그 1년 전에 나온 《그것은 아무도 모른다》가 있다. 작은 문고본이고, 지금은 절판돼 헌책방을 돌아다녀야 가끔 만날 수 있다. 상태가 좋은 책은 꽤 비싸게 거래된다. 기형도와 장정일, 그리고 산문을 통해 알게 된 숨겨진 소설. 아무도 모를 것 같은 책을 찾아 읽는 맛은 무엇에도 견줄 수 없을 만큼 감칠맛 난다.

마종기 시 전집 | 마종기 지음 | 문학과지성사 | 1999년

마종기 시인의 이력은 특이하다. 일본에서 태어난 시인은 유명한 동화 작가 마해송 선생의 장남이다. 시인이기도 하지만 의사다. 시인은 글로 사람의 영혼을 치유한다. 의사는 겉으로 드러난 다친 몸을 치료한다. 그러고 보면 한 사람이 시인과 의사를 동시에 한다는 게 꽤 잘 어울린다. 다른 일을 하면서 한편으로 재능을 발휘해 작가 활동을 하는 사람들은 적지 않지만, 그 둘을 균형 있게 하기란 쉽지 않다. 마종기 시인은 이산문학상, 동서문학상, 몇 해 전에는 현대문학상을 받으며 문학성을 인정 받았다. 의사기 때문인지 몰라도 시인의 1959년 등단작은 〈해부학 교실1〉이다.

귀천: 천상병 육필 서체 시집 | 천상병 지음 | 디자인이즈 | 2005년

평생 동안 음주와 기행이 끊이지 않은 시인. 그렇지만 맑고 순수한 영혼을 끌어안고 살아간 시인 천상병의 시 147편을 엮어 책으로 만들었다. 이 책이 특별한 이유는 본문 글씨를 천상병 시인의 글씨체로 채웠기 때문이다. 원본을 그대로 스캔한 것은 아니다. 원본이 고스란히 남아 있었다면 그쪽이 더 쉬웠으리라. 국민대학교 테크노디자인전문대학원 김민 교수는 2002년부터 2년 가까이 뜻을 함께하는 몇 명하고 함께 천상병 시인의 필체를 복원하는 일에 매달렸다. 시인이 쓴 원고를 참조해 글자 자모를 수집하고 결합해서 새로운 글자로 만드는 지루한 작업을 계속한 끝에 2000자가 넘는 글자를 컴퓨터 서체로 만드는 데 성공했다. 시집을 펼치면 마치 천상병 시인이 기분 좋게 술 한잔 걸치고 쓴 것처럼 비뚤비뚤 제멋대로 늘어진 글자들을 만난다. 처음에는 초등학생 글씨처럼 보이고 멋이 없는데, 시를 읽다보면 글하고 글자가 참 잘 맞구나 하면서 고개를 끄덕이게 된다. 귀한 시집이고, 이런 작업을 해낸 사람들이 존경스럽다. 컴퓨터에 깔려 있는 똑바른 글자로 만든 책에 견주면 이런 시집은 시인과 독자의 교감이 훨씬 더 잘되는 느낌이다. 부록으로 함께 주는 시디에는 시인의 글씨를 개인용 컴퓨터로 쓸 수 있게 해주는 윈도우용 폰트 파일이 들어 있다. 많은 사람들이 오랫동안 볼 수 있으면 좋을 텐데, 지금은 절판돼 새 책을 구할 수 없다. 헌책방이나 인터넷에서 중고로 파는 책을 가물에 콩 나듯 찾을 수 있는데, 정가의 대여섯 배에서 많게는 열 배까지 웃돈을 치러야 손에 넣을 수 있다.

책장에서
펼쳐지는
비정상 회담

—

기자 서찬욱

고등학교 다닐 때 구로에 사는 친구가 있었다. 정확히 구로였는지 모르겠다. 두 번 정도 친구 집에 찾아가 본 일이 있는데 구로에서 전철을 내려 버스를 갈아타고 어딘지 모를 곳으로 20분 정도 더 들어갔다. 전철에서 내렸을 때, 나는 이미 거기가 서울이 아니라고 생각했다. 나중에 듣고보니 서울은 서울이었다. 내 기억으로 구로는 공구를 파는 상가들이 길가에 끝없이 늘어서 있었는데, 오늘 다시 와서 보니 공구 상가는 그때 느낌 그대로 아직 거기에 있다. 다만 신도림에서 구로까지, 그리고 어디로 이어질지 모르는 넓은 찻길 주변으로 큼직한 건물들이 뚝뚝 떨어져 있는 게 어쩐지 어색한 느낌을 준다. 눈을 돌리면 기름때가 묻은 오래된 공구 상가인데 다른 쪽에는 커다란 현대식 쇼핑센터와 테크노마트가 있다. 그 둘은 어떻게 화해하며 살고 있을까? 아니, 사람들은 끝까지 그 둘을 화해시키지 않을 것 같다. 구로역 광장에 내렸을 때, 그렇게 화해하기 힘든 흐린 날씨와 거친 바람이 얼굴을 마구 때려댔다.

서찬욱 씨는 구로역에서 조금 떨어진 곳에 있는 아파트에서 부모님하고 함께 산다. 서른 살이 됐지만 독립하지 못했고, 아직 결혼도 안 했다. '공부' 때문이다. 공부를 너무 오래 한 탓이다. 학부 때 동양사학을 전공한 서 씨는 제 2전공으로 신청한 철학에 더 마음이 끌려 대학원 공부는 아예 철학을 선택했다. 미셸 푸코와 루이 알튀세르에 관한 논문을 쓸 때만 하더라도 학위를 받으면 무엇을 할지 정확한 계획은 없었다. 그저 공부를 더 하고 싶은 생각만 막연히 갖고 있었다. 그런데 공부를 하면 할수록 몸과 마음이 지쳤다. 같이 공부하던 친구들하고 이야기를 해봐도 그렇고, 선배들이 외국 유학을 다녀와서도 할 일이 없어 힘들어하는 모습을 지켜보면서 이 땅에서 공부와 생활을 어떻게 화해시킬 수 있을까 고민에 빠졌다.

집에서 받는 중압감도 컸다. 대학원까지 공부를 그렇게 오래 했으면 이제 집안 살림에 도움이 좀 돼야 하지 않겠느냐는 부모님 말씀에 날씨가 추워질 무렵부터 여기저기 이력서를 내기 시작했다. 몇 번 떨어지고 나서 운 좋게 일하게 된 곳이 신문사다. 서찬욱 씨는 올해 2월 초부터 경제 기사를 주로 다루는 신문사에서 수습기자로 일하고 있다. 좀처럼 익숙해지지 않는 힘든 일이다. 무엇이든 깊이 생각하고 오랫동안 책하고 씨름하는 공부에 습관을 들였는데, 신문에 실을 기사를 쓰는 일은 많이 달랐다. 기사는 빨리 생각해서 바로 결과물을 내지 않으면 곧 낡은 정보가 되기 때문이다. 그래도 이게 자기 일일지도 모른다는 생각을 갖고 열심을 다 하고 있다.

두어 해 자취하다가 지금 살고 있는 집으로 이사할 때 가장 곤란한 문제는 역시 책이었다. 철학을 공부했으니 철학이나 사회학에 관련된 이런저런 책과 자료가 많은데, 곧장 회사에서 일하게 돼 정리를 다 하지 못했다. 지금 거실 쪽에 있는 책장은 보다 못한 가족들이 대강 정리를 했는데, 서찬욱 씨는 불만이 많다. 겉으로 보기에는 깔끔하게 정리된 것처럼 보이지만 자기가 생각하는 정리 방법하고 전혀 다르기 때문이다.

"여기를 보세요. 책을 크기별로 모아서 꽂으니까 보기에는 그럴듯하잖아요? 그런데 책 읽는 사람 처지에서는 이러면 안 되거든요. 크기가 중요한 게 아니에요. 특히 철학 같은 경우 내용별로 나눠서 정리해야 나중에 찾아서 읽기도 편해요."

그이가 말하는 책 정리 방법이란 일단 관심이 있는 철학자를 중심으로 그 사람이 쓴 책이나 다른 사람이 그 철학자에 관해 쓴 책을 따로 분류하고, 그렇게 나눈 덩어리를 다시 활동하던 시기별로 나누는 것이다. 그렇게 나눈 다음 분야별로 큰 흐름을 갖고 다시 배치한다. 이를테면 철학사, 인식론, 역사철학, 윤리학 따위를 각각 떼어 넣는다. 그밖의 책들은 '사회과학 일반'이라는 느낌으로 책장 한쪽 공간을 차지한다. 경제학, 사회학, 인류학 따위 책들이다. 문학 작품은 수가 많지 않기 때문에 한번에 모아 따로 정리한다.

서찬욱 씨는 학위 논문으로 푸코와 알튀세르의 이데올로기 문제를 다뤘고, 그 영향이 지금도 남아 '자유'라는 화두에 관심이 많다. "자유롭고 싶은 건 모든 사람이 똑같이 가지는 욕망인데 왜 그게 충만한 사회는 지금껏 실현되지 않았을까요?" 생각해보니 정말 그렇다. 누구나 자유롭게 살고 싶고 자유로운 세상을 원하는데, 그리고 그런 꿈은 그리스 시대부터 줄곧 똑같았을 텐데, 어째서 세상은 여전히 자유롭지 못한 걸까? 어느 시대에나 억압과 폭력은 존재했고, 특히 푸코에 따르면 억압과 폭력은 지금 없어지거나 약해진 게 아니라 복잡한 기계처럼 정교해졌을 뿐이다. 서찬욱 씨는 기자로 일하면서 그런 문제를 깊이 있게 다뤄보고 싶지만 아직 역부족이다. 기자 일이라는 게 겉으로 보이는 모습하고 완전히 다르기 때문에 적응하려면 당분간 힘이 부칠 것 같다고 말한다.

"수습기자라 바쁜 것도 있지만 생활이 너무 빡빡해서 요즘에는 집중해서 책을 읽고 생각을 다듬을 만한 시간 자체가 없어요." 그렇게 말하면서 서찬욱 씨는 함민복 시인이 쓴 책 한 권을 꺼내 보였다.《절하고 싶다》다. 1996년부터 강화도로 넘어가 빈 농가를 하나 얻어 살고 있는 시인 함민복 시인이 자기가 좋아하는 시 70여 편을 뽑아서 느낌을 쓰고 엮은 것이다. 바쁜 생활 때문에 어려운 책은 못 읽고, 이렇게 시집이나 시에 관련된 책을 주로 읽는다. 대학원까지 공부했지만 폭넓은 독서를 하지 못했다고 늘 생각했는데, 요즘에는 글을 읽는 호흡마저 짧아져서 틈날 때마다 조금 읽고 깊이 생각하는 훈련을 하는 거다. 어느 날 라디오 프로그램 〈손석희의 시선집중〉에 나온 함민복 시인의 목소리에 끌려 이 책을 읽었다는 서찬욱 씨는 특히 시인이 '가난'에 관해 말할 때 마치 자기 얘기를 하는 것처럼 마음에 와 닿았다고 한다. 사람마다 다르지만 어떤 작가는 때로 완전히 나하고 똑같은 삶을 산 것처럼, 또는 나하고 똑같은 사람이 아닌가 싶을 정도로 끌리는 경우가 있다. 서찬욱 씨에게는 함민복 시인이 바로 그렇다.

가장 좋아하는 작가가 누구냐고 물으니 곧장 츠카 고헤이_{つかこうへい}

라고 대답한다. 재일 동포 2세로 한국 이름이 김봉웅金峰雄인 고헤이는 일본에서 태어난 극작가, 연출가, 소설가다. 일본 연극계에서는 꽤 이름이 알려진 전설 같은 존재지만, 한국은 몇몇 연극 애호가를 빼면 큰 관심을 두지 않는 편이다. 일본에서는 연극을 말할 때 흔히 '츠카 이전과 이후'로 나눌 정도로 이미 전설 같은 인물인데도 말이다.

서찬욱 씨가 보여준 책은 《가마타 행진곡》이다. 책장을 몇 장 넘기니 희곡이 아니라 소설 같다. 이상한 일도 아닌 게 츠카 고헤이는 연극을 만들 때 대본을 쓰지 않는단다. 이렇게 소설 같은 형식으로 창작을 하기 때문에 나중에 무대에 올릴 때마다 늘 다양한 모습으로 바뀌는 게 코헤이 연극의 특징이기도 하다. 특히 재일 동포 중에서 처음으로 1982년에 나오키상을 받아 일본 연극계에 큰 충격을 준 일은 지금도 유명하다. 어떤 식으로든 틀에 박힌 연기를 싫어한 고헤이는 대본 없이 연출을 하다보니 배우를 훈련시키는 방법 또한 독특했다. 연출가의 일방적인 의도보다는 그 배우가 갖고 있는 내면의 특징을 끌어내려고 무던히 애를 썼다고 한다.

책을 볼 때 주변 환경을 어떻게 만드는지 궁금하다는 말에 서찬욱 씨는 단호하게 '완전한 혼자'여야 한다고 답한다. 주변에 아무도 없어야 집중해서 책을 읽을 수 있다. 심지어 가족도 가까운 곳에 있으면 책이 안 읽힌다. 학위 논문을 쓸 때는 밤에 방에서 책 보며 글 쓰고 있으면 밖에서 들리는 고양이 소리가 그렇게 시끄러워 괴로울 정도였는데, 지금은 오히려 그때가 그립다. 회사에 들어가 늘 바쁘게 일하다보니 지친 몸으로 집에 오면 시간을 내어 집중해서 책을 읽기가 힘들어서, 치열하게 책 읽으며 공부하던 때가 절절하게 생각난다고 한다.

그 대신 공부할 때 훈련이 된 탓인지 습관처럼 갖고 있는 한 가지 장점이 있는데, 어떤 상황이든 한번 집중하면 곁에서 무슨 일이 벌어지든 상관없이 거기에 빠진다. 특히 지하철을 타고 가며 집중해서 책 읽기에 이것처럼 좋은 게 또 없다. 회사 생활에서는 단점이 되기도 한다. 회의 시간에 갑자기 다른 생각에 빠져버리면 바로 옆에서 누가 하는 소리도 잘 못 알아듣기 때문이다. 그럴 때는 선배에게 혼이 나기도 하지만, 여전히 이런 버릇을 자기가 지닌 장점 중 하나로 믿는다.

서찬욱 씨 아버지는 직업 군인이었기 때문에 어릴 때 집에는 안보와 정치, 경제학 분야 책들이 많았다. 서찬욱 씨는 그런 쪽에는 통 관심이 없었고, 등장인물이 많은 책이 좋았다.《삼국지》처럼 많은 사람들이 각자 개성을 지닌 채 서로 얽혀 있는 모습이 관심을 끌었다. 자연스레 역사 공부에 흥미를 느꼈고, 대학 전공도 동양사로 선택했다. 대학에 와서는 관심이 역사철학과 사회과학으로 넓어지면서 '불온 서적'들을 탐독했고, 어느 순간부터 자연스레 학생운동에 참여하게 됐다.

거기에 그치지 않고 서찬욱 씨는 혁명의 중심에 선 사람들, 그런 책을 쓴 사람들이 실제로는 자기 생각하고 완전히 일치하지 않는 삶을 살아간 이유가 궁금해지기 시작했다. 노동자 편에서 투쟁했지만 실제 생활은 아주 부르주아 취향을 보인 사람도 있고, 세월이 지나면서 완전히 다른 모습으로 변절하거나 굳게 믿던 이념을 배신한 사람도 수두룩하다. 이런 이중성이 궁금해지기 시작한 다음부터 역사에서 철학으로 관심이 옮아갔다. 학위 논문에서 다룬 푸코와 알튀세르도 그렇다. 두 사람도 '동성애자'와 '정신이상자'라는, 어찌 보면 비주류라는 편견을 안고 살아간 사람들이다. 그렇지만 오히려 그런 이유 덕분에 더 깊은 철학에 다가갈 수 있지 않았을까? 우리는 모두 그렇게 이중성 또는 그것보다 더 많은 내면의 모습을 갖고 살아가기 때문에 이런 모습들을 어떻게 이해하느냐에 따라 사회라는 큰 틀도 다시 생각해볼 수 있는 것이다.

학생운동에 투신하던 자기가 있고 지금 수습기자가 돼 바쁘게 살아가는 자기도 있다. 이 둘은 완전히 다른 사람처럼 보이지만, 사실 모두 서찬욱 씨다. '내 속에는 내가 너무도 많아'라고 가녀린 목소리로 고백하는 노래가 있듯이, 우리는 살면서 다양한 우리 모습에 흠칫 놀랄 때가 많다. '나한테 이런 모습도 있었나?' 하는 생각이 갑자기 들 때가 있고, '저 사람에게 저런 면이 있었나?' 하고 놀랄 때도 많다. 어떤 모습이든 다 그 사람에게 이미 들어 있는 것이다. 우리는, 또는 나는 그게 무엇인지 몰랐고, 어쩌면 이해하려 노력하지 않았기 때문에 놀라는 것인지도 모른다. 서찬욱 씨가 생각하는 자유는 '화해'다. 한 사람이 다른 사람을 깊이 이해하고 화해하면, 아니 내가 먼저 내 속에 있는 진짜 나를 이해하고 화해하려고 노력하면 자유를 이해할 수 있다. 이해하면 서로 보듬을 수 있다. 그렇게 사람들끼리, 그리고 사람과 세상이 함께 한 몸처럼 보듬으면 참 살맛 나는 세상, 자유로운 세상이 된다.

가마타 행진곡 | 츠카 코헤이 지음 | 박승애 옮김 | 노블마인 | 2008년

제86회 나오키상 수상작이다. 제목은 발랄하지만 뒷맛이 씁쓸한 소설이다. 교토에 있는 한 영화 촬영소가 주요 무대인 소설은 '긴쨩'이라는 주연 배우와 주변 사람들의 이야기를 들려준다. 아주 유명한 배우는 아니지만 자기는 배우로서 커다란 재능을 지녔고, 그렇기 때문에 그만한 대접을 받아야 한다고 긴쨩은 늘 생각한다. 그래서 스타 배우처럼 행세하면서 조연이나 엑스트라는 정말 벌레만도 못한 존재로 취급한다. 소설은 긴쨩을 거의 신적인 존재처럼 믿고 따르는 엑스트라 '야쓰'와 긴쨩에게 버림받은 여자 '고나쓰'가 각각 맡아 이끌어간다. 단 한 명의 권력자인 긴쨩이 주인공인 것처럼 보이지만, 사실 긴쨩도 삶 전체를 통해 보면 가장 하찮은 인간일지도 모른다. 츠카 고헤이는 긴쨩과 나머지 인물들의 관계를 지금 일본의 천황과 그 아래 국민들에 빗대어 썼다고 한다. 이 미묘하고 복잡한 전통적인 권력관계 사이에 화해나 평화 협정은 가능할까? 츠카 고헤이는 작품을 만들 때 언제나 공평한 세상을 만들고 싶은 메시지를 전달하려 애썼다. 그래서 필명도 '언젠가 공평'이라는 뜻의 'いつか公平'에서 따왔다는 이야기가 있다. 진짜 일본 이름은 가네하라 미네오 金原峰雄(かねはら みねお)다.

길들은 다 일가친척이다 | 함민복 지음 | 현대문학 | 2009년

시인이 낸 셋째 산문집이다. 강화도에 살면서 만난 소소한 일상을 시인의 예민한 눈으로 들여다보고 깊이 사색한 흔적이 두레박 안 물처럼 가득 들어 있다. 어릴 때 어머니는 가끔 강화도에 가서 돗자리 만드는 재료인 왕골을 사 오셨다. 그 왕골로 집에서 돗자리를 짰다. 그렇게 다닌 강화도가 좋았는지 몇 해 전에는 은퇴하고 그곳에 집을 얻어 살면 어떻겠냐고 그래서 집을 알아보러 함께 강화도에 간 적이 있다. 그런데 번화가이건 교통이 불편한 곳이건 상관없이 우리가 가진 돈에 견줘 부담스러울 정도로 집값이 비싸서 포기했다. 그 뒤로 강화도를 거의 안 갔는데 함민복 시인이 쓴 책을 읽고는 또 가보게 됐다. 살다가 마음이 허전하고 지친다 싶을 때 강화도에 간다. 시인이 책에서 말한 그곳을 찾아가기도 하고 전혀 가보지 않은 수상한 골목과 숲길로 들어가보기도 한다. 일부러 길을 잃어버리고 싶다는 생각이 들 정도로 길과 논밭, 저 멀리 정지해 있는 듯 보이는 서해 바다까지 모두 평화롭다. 시인은 그런 강화도에 살면서 그 기운을 빌려 문장을 써낸다. 아니나 다를까 책을 펴면 서해 바다에서 부는 바람 소리가 들리는 것 같고 멀리 전등사에서 울리는 가느다란 풍경 소리가 눈에 보일 듯 선하다.

광기의 역사 | 미셸 푸코 지음 | 이규현 옮김 | 나남출판 | 2003년

푸코를 일약 유명인으로 만들어준 책이다. 1961년에 출간된 《광기의 역사》는 푸코가 소르본 대학교에 낸 박사 학위 논문이다. 초판을 다듬어 1972년에 재판을 냈고, 나남출판에서 펴낸 번역본은 이 재판을 완역했다. 900쪽에 이르는 책에서 '광기'와 '광인'에 관한 푸코의 치밀한 역사적 해석을 접할 수 있다. 말하자면 광인, 곧 미친 사람들, 정신병에 걸린 사람들에 관한 역사를 쓴 셈인데, 이게 생각만큼 간단한 문제가 아니다. 프로이트 이후 정신분석학에 관한 논의가 풍성했지만, 그 전 시기, 심지어 중세 시대에는 사람의 정신을 분석해서 판단하고 치료까지 한다는 건 거의 신의 영역이었다. 그렇기 때문에 종교인 같은 권력자들이 자기 마음대로 어떤 사람이 정상인지 미친 사람인지를 판단했고, 그 판단에 따른 조치도 그런 차원에서 내려졌다. 지금 돌아보면 진정한 광기란 그렇게 마녀사냥 같은 짓을 일삼던 권력자들에게

나 어울리는 말이 아니었을까. 푸코는 역사를 보고 해석하는 시각이 탁월하다. 어느 누가 미친 사람들에 관한 역사를 정리해 책으로 만들 생각이나 했겠는가. 책 첫머리에는 바보들을 한데 모아 배에 실어서 사람이 살지 않는 곳으로 귀향을 보내는 중세 시대 책에 관한 이야기가 나오는데, 이 흥미로운 책이 우리말로 번역도 됐다. 제바스티안 브란트의 《바보배》는 1494년에 출간됐고, 여러 논란이 일었지만 대단한 베스트셀러가 됐다.

북 치고
책 읽고
책 싸고

—

판소리 고수
임영욱

젊은 고수鼓手를 만나러 마포구 서교동에 갔다. 임영욱 씨는 얼마 전까지 젊은 소리꾼들 여럿이 모여 만든 창작 판소리 공연 단체에서 작가 겸 기획자로 활동했다. 물론 고수도 맡았기 때문에 공연할 때는 소리꾼 옆에 앉아서 북을 쳤다.

임영욱 씨를 처음 알게 된 건 4년 전 즈음이다. 내가 일하는 헌책방에서 동네 사람들을 관객으로 모시고 판소리 공연을 했는데, 북 치는 사람으로 젊은이가 따라와서 놀랐다. 어려 보이는 외모에 차림새도 요즘 유행을 따르고 있어서 판소리하는 사람 같지 않았다. 서글서글한 표정에 조금은 수줍음을 타는 듯, 소리판에서 노는 사람 치고 그리 활달하지 않은 게 이상하다 싶은 정도가 첫인상이다. 그런데 공연을 시작하니까 그 모습이 금세 달라진다. 진지한 눈빛으로 소리꾼이 하는 동작을 하나하나 조율하고, 때맞춰 얼쑤 하고 내뱉는 구성진 추임새까지! 북을 칠 때만큼은 어떻게 설명하더라도 그저 고수라고 표현할 수밖에 없는 느낌이 자리를 가득 메운 관객 수십 명을 압도했다.

그 뒤에도 몇 번을 더 만났지만 이렇게 둘이 마주보고 앉아서 이야기 나눌 시간은 없었다. 대학에서 국어교육을 전공한 사실도 오늘 처음 알고 깜짝 놀랐다. 판소리 고수와 국어교육은 비슷한 것도 같지만 어쩐지 그림이 잘 그려지지 않는다. 그런 임 씨가 우리 소리에 관심을 갖게 된 건 고등학생 때 본 영화 〈서편제〉 덕분이다. 영화 자체는 별 느낌이 없었는데, 나중에 오리지널 사운드트랙 음반을 구해 듣고는 완전히 반했다. 우리 소리, 그리고 판소리의 매력을 처음 알았다.

일단 관심이 생기니까 자기 자신도 말리기 힘들었다. 판소리 음반을 구해서 고등학교 3년 내내 듣고 다녔다. 등굣길과 하굣길에 늘 시디를 손에서 놓지 않았고, 그렇게 하니까 3년 동안 박동진과 김소희 선생의 판소리 다섯 바탕을 모두 들을 수 있었다. 판소리를 향한 관심은 대학에 들어가서도 계속됐고, 2학년 때 젊은 소리꾼들 모임이 생긴 소식을 듣고 거기에 들어가 여러 사람을 사귀었다. 사실은 소리를 얻어 배우려고 했는데 워낙 음치라서 그런지 잘 안 됐다. 그래서 고수로 방향을 틀었다. 그렇게 말하는 임영욱 씨 목소리는 차분하면서도 강단이 있는 게 마치 손바닥으로 북을 어루만지며 살살 얼러 소리를 조율하듯 어떤 리듬이 느껴졌다.

젊은 고수가 대학에서 국어교육을 전공한 만큼 책에 관해서도 할 이야기가 많을 줄 알았다. 그런데 책을 많이 읽는 편은 아니라고 말한다. 성격 탓인지, 많이 읽는 건 아니지만 한두 권을 읽더라도 거기에 푹 빠져서 많은 걸 느끼려고 한다. "책 속에 희망과, 대안과, 지고의 즐거움이 있다"는 믿음이 있다. 그래도 대학에서 공부하던 때는 책을 많이 본 편이다. 지금은 사는 게 빠듯해서 마음에 여유도 없고 좋아하는 책이 있어도 비싸서 많이 읽지 못한다. 사서 읽는 게 부담스러우면 도서관에서 빌려 읽어도 되지 않느냐고 되물으니 이상하게도 읽고 싶은 책일수록 도서관에 없는 경우가 많다면서 하하 웃는다.

생활하며 지치거나 갈피를 잡지 못하고 있다 느낄 때면 찾게 된 곳이 있다. 신촌에 있는 알라딘 중고서점이다. 새 책이 많이 들어올 뿐 아니라 분류나 검색 체계도 잘 돼 있다. 어차피 유행을 좇는 편이 아니라 갈 때마다 좋은 책을 건지고 흡족해하는 편이다. 그렇다고 조강지처를 버릴 수는 없다고 할까. 집 쪽으로 걸어올 여유가 생기면 공씨책방과 글벗서점도 빼놓지 않고 들른다. '공씨'는 그야말로 '헌', 헌책방이다. 좁은 공간에 빼곡한 책들, 꽂기, 쌓기, 늘어놓기, 내놓기 같은 진열 방식, 주인장의 기억력을 기반으로 하는 아날로그식 데이터베이스 등 헌책방의 운치가 그득그득 들어찬 작은 책방이다. '글벗'은 대형 자본에 의지하지 않은 채 공씨책방하고는 또 다르게 잘 버티고 있는 곳이다. 운이 좋으면 신간을 반값에 가져갈 수 있는 전용 서가가 따로 있는가 하면, 교과서나 참고서도 따로 관리해서 학생 수요를 충족시킬 줄도 안다. 주인장의 해박한 책 지식과 애정 또한 임 씨가 이곳을 그냥 지나칠 수 없게 하는 중요한 요소다.

전공에 영향을 받아서 문학 작품 자체를, 그런 작품을 쓰는 작가들을 늘 동경하고 있다. 책을 많이 읽을 때는 그런 동경을 뛰어넘고 싶은 마음에 일부러 인문학 책에도 관심을 기울였다. 특히 사회과학, 환경, 페미니즘 분야 책을 많이 읽었다. 그때 읽은 책 중에 가장 기억에 남는 것은 영국의 여성해방 이론가인 미셀 바렛이 쓴 《가족은 반사회적인가》(여성사, 1994년)다. 다양하게 해석될 수 있는 이 책을 읽고 임영욱 씨는 자본주의가 인간을 억압하는 도구로 전락한 과정을 알았다.

그밖에도 여러 책을 읽고 사회라는 큰 틀을 넓게 보는 시각을 얻었다. 사람은 모든 것을 직접 경험할 수 없다. 경험한다고 하더라도 그 경험을 이해하는 건 또 다른 문제다. 이해하려면 자기 안에 철학이 있어야 한다. 임영욱 씨는 그렇게 읽은 많은 책들을 통해서 자기 철학을 만들고, 그 철학을 통해 사회를 이해할 수 있는 눈을 얻은 셈이다. 아무리 책을 많이 읽고 머릿속에 든 게 많아도 그것을 버무려 자기 철학을 만들지 못하면 '아는 척'밖에 할 수 없다.

둘이 앉아 이야기를 하다보니 자꾸만 책보다는 판소리 쪽으로 말이 샜다. 나도 판소리에 오래전부터 관심을 많이 갖고 있었기 때문이다. 자꾸만 판소리에 관해 물어보니까 지금 생활이 좋기도 하지만 힘들 때도 많다는 대답이 돌아온다. 공연 기획과 창작 활동을 함께 하느라 조금은 고되기 때문에, 그리고 자기 연민에 많이 빠지는 성격 때문에 작품을 써도 꼭 우울한 내용이 된다는 거다. 공연을 보러 오는 사람들에게 희망을 줘야 하는데 자꾸 눈물 뚝뚝 떨어지는 작품을 만드니까 그걸 완성하고 연습해서 공연까지 올리기가 어렵다. 그래서 되도록 슬픈 내용이 담긴 소설 같은 것은 멀리하는 편이다.

그런 중에 나름 해피엔드를 염두한 작품을 만들었는데 좋은 일로 연결됐다. 창작 극본 공모에 낸 〈만복산장〉이 우수상을 받은 것이다. 〈만복산장〉은 김시습이 지은 《금오신화》에 실린 〈만복사저포기萬福寺樗蒲記〉를 바탕에 깔고 쓴 이야기다. 당돌하게 부처하고 내기를 해서 이겨 배필을 얻은 주인공 양생梁生처럼 꿋꿋하게 이 길을 가고 있는 임영욱 씨도 멋있어 보인다.

이야기를 하며 주위를 둘러보니 방이 크지 않아서 책도 많지 않다. 고작해야 책장 두 개에 꽂힌 책이 200여 권 정도 될까 싶었다. 집이 좁고 늘 여기저기 이사를 다니는 게 일이라 책을 많이 갖고 있으면 오히려 짐이 된다는 거다. 그래서 대부분 고향인 대구에 가져다났다. 그렇다고 해서 책을 적게 사서 보지는 않는다. 책을 읽고 나서 놔두면 그만큼 집이 좁아지니까 다 본 책은 거의 다 헌책방에 팔아 다른 책 살 돈에 보탠다.

크지 않은 책장이지만 나름대로 정리돼 있다. 임영욱 씨의 정리법은 소설, 사회과학, 산문을 세 가지 큰 틀로 삼아 서가를 따로 마련해

놓는 것이다. 같은 분야의 책들이 함께 있어야 아무래도 어느 날 다시
책을 찾아 읽을 때도 편리하다는 게 이유다. 판소리나 전통문화에 관
련된 책은 또 따로 보관한다. 큰 분류로 나눈 다음에는 특이하게도 크
기별로 다시 정리한다. 대개 책을 좋아하는 사람 치고 책 크기를 기준
으로 정리하는 이가 드문데, 임영욱 씨는 크기를 중요하게 생각한다.
먼저 가장 큰 책은 책장 양쪽 가장자리에 놓고 가운데로 올수록 작고
가벼운 책을 둔다. 책장 가장 아래는 전공 서적처럼 크고 무거운 책
자리다. 오랜 경험을 거쳐 터득한 방법이다. 늘 쓰던 책장이 원목처럼
단단한 나무가 아니라 싸구려 엠디에프MDF 같은 재질이라 이렇게 해

야 선반이 책 무게를 못 이겨 휘는 일을 어느 정도 막을 수 있다.

요즘에는 창작 공부를 하려고 무라카미 하루키의 단편을 자주 본다. 그중에서도 헌책방에서 구한 《지금은 없는 공주를 위하여》(문학사상사, 2002년)를 흥미롭게 봤다. 하루키는 짧은 산문을 단편으로 고치고 단편을 장편으로 발전시키는 일을 자주 하니까 읽어보면 작품 쓰는 공부에도 좋다는 게 임영욱 씨 생각이다. 실제로 이 책에는 단편 소설 25편이 실려 있는데, 〈태엽 감는 새와 화요일의 여자들〉처럼 나중에 장편으로 발전시킨 사례들을 찾을 수 있다. 하루키 작품 중에서도 1000쪽이 넘는 대작에 속하는 장편 《태엽 감는 새》의 도입부가 바로 이 단편으로 시작한다.

몇 해 전부터 임영욱 씨는 여성 단체인 '여성의 전화'에서 하는 페미니즘 책 읽기 모임에 나간다. 작년에 벨 훅스Bell Hooks의 《페미니즘 ― 주변에서 중심으로》(모티브북, 2010년)를 읽었고, 올해는 실비아 페데리치의 《캘리번과 마녀》(갈무리, 2011년)를 읽는다. 두 책 모두 젠더gender, 그중에서도 신체에 관한 책이다. 벨 훅스 하면 나는 먼저 《계급에 대해 말하지 않기》(모티브북, 2008년)가 떠오른다. 재작년에 이 책을 읽은 뒤 벨 훅스라는 사람에 큰 관심이 생겼다.

벨 훅스는 '소수자'라고 불릴 만한 조건을 모두 갖고 태어났다. 여성이고, 미국에서 활동하는 아프리카계인데다가, (어쩌면) 레즈비언이다. 그런 사람이 페미니즘 책을 쓴 게 당연하다고 생각하면서 책을 읽다가는 한 방 먹기 좋다. 벨 훅스가 말하는 페미니즘은 여성에게만 관련된 게 아니다. 더 큰 것을 내다보고 있다. 가장 큰 문제는 남성과 여성의 문제가 아니라 그 이전부터 존재한 계급이다. 《캘리번과 마녀》도

비슷한 이야기다. 언뜻 보기에 이 책은 중세 시대 마녀사냥에 관한 이야기고, 그 이야기만 가지고도 흥미롭게 읽힌다. 그렇지만 깊이 들여다보면 마녀사냥이라는 종교적 폭력 행위를 통해 사람들이 어떻게 여성의 신체를 노예로 만들었는지 살피는 통찰이 스며 있다. 나아가 모든 소수자를 향한 우리 사회의 시선도 비판한다.

지금껏 적지 않은 책을 읽었지만 가장 기억에 남는 책은 알베르 카뮈의 《시지프 신화》라고 한다. "참으로 진지한 철학적 문제는 오직 하나뿐이다. 그것은 바로 자살이다. 인생이 살 만한 가치가 있느냐 없느냐를 판단하는 것이야말로 철학의 근본문제에 답하는 것이다"라는 첫 문장을 보고 너무 큰 충격을 받아서 지금도 잊히지 않는다. 거기에 자극받아 《페스트》와 《이방인》을 연달아 읽어봤지만, 아직도 《시지프 신화》에 가장 큰 매력을 느낀다.

우스갯소리로 물었다. "그 책이 많은 자살자들 침대 위에서 발견된 책이라는 거 몰라요? 안 그래도 성격이 우울한 사람이 그런 책을 읽으면 어떡해요?" 담담한 대답이 돌아왔다. "저는 반대예요. 끝없이 돌을 산 위로 굴려 올리는 형벌을 받은 시지프의 신화, 거기에서 카뮈가 풀어놓은 사유들을 보고 절망이 아니라 오히려 희망을 봤거든요." 그러더니 뭔가 재미있는 일이 생각났는지 갑자기 웃으면서 말했다. "오래전에 책세상 출판사에서 카뮈 전집이 나온 적이 있거든요. 그 책 표지에 보면 카뮈가 담배를 입에 물고 있어요. 그게 얼마나 멋있어 보이는지 제가 그것 때문에 남몰래 담배를 피워봤다니까요."

대학교 다니던 때가 '책이 책을 부르는 시절'이었다고 한다. 읽을 책이 눈에 어지간히 밟히고, 읽고 싶은 책도 그만큼 많았다. 그런데 군대에서 보낸 2년 동안 흐름이 끊어지니 다시 잇기가 힘들었다. 그나마도 여성의 전화 책 읽기 모임 같은 곳에 다니면서 반강제식이라도 읽고 있으니 다행이다.

책 읽을 때 특별한 습관이 있느냐는 질문에 재미있는 대답이 돌아왔다. "꼭 앉거나 서서 책을 봐요. 특히 서서 책을 읽으면 아주 머리에 잘 들어와요. 눕거나 어디에 기대거나 엎드리면 곧바로 잠들어버리기 때문에 주로 서서 책을 읽는 편이에요. 그리고 늘 문장에 밑줄을 그으면서 읽는 것도 습관이라고 할 수 있겠죠." 또 한 가지, 10대 후반에서 20대 초반까지는 책을 사면 꼭 겉표지를 정성껏 종이로 싸서 읽었다. 특히 책을 산 책방에서 준 책싸개를 쓰면 나중에 그 책을 보면서 서점 생각도 함께 떠올릴 수 있어서 좋다. 집에 있는 책 중에 조정래의 《태백산맥》은 열 권을 하나하나 정성들여 싸놨더니 다 읽고 난 뒤에도 표지를 보면서 더 뿌듯한 느낌이 들었다. 그런데 요즘에는 이렇게 책 표지를 싸주는 동네 서점이 점점 줄어들고 있어 많이 아쉽다고 한다.

머잖아 임영욱 씨는 이순신에 관한 공연 대본을 써야 할 일이 있어 관련된 책을 구해 읽으려 한다. 스스로 생각할 때 역사 쪽에 너무 지식이 얕아서 걱정이 된다. 게다가 이순신이라고 하면 이제 진부하다고 느껴질 만큼 여러 곳에서 소재로 다룬 탓에 어떻게 하면 좀더 기발한 아이디어를 얻을 수 있을지 고민이다. 그 고민을 해결해줄 수 있는 것도 역시 책이다.

"임진왜란 때하고 셰익스피어가 《로미오와 줄리엣》 같은 작품을 한창 만들어내던 때가 거의 겹치더라고요. 지금도 같은 시기 다른 지역의 두 삶을 비교하고 상상하면서 '어째서 개인의 삶은 그 삶이 놓이는 지점에 따라 그렇게 다양하게 변주되는가?'라든지 '몸 가진 인간으로서 사람들의 삶은 시대와 지역을 초월해 또 얼마나 어슷비슷한가?' 라는 문제를 종종 생각해봅니다. 아무래도 한국의 전통 예술 양식을 염두하고 작업하고 있는 만큼 역사적 사실을 재구성하거나 다른 문화권의 이야기를 우리 식으로 각색할 기회가 많이 생겨요. 그런 점에서 이번 이순신 작업은 제게 의미가 큽니다."

여태까지 그랬듯이 책은 임영욱 씨에게 세상을 보는 눈과 마음을 열어줬다. 책만큼 귀한 친구가 없고 그만한 스승을 찾기 힘들다. 나도 오늘 임영욱 씨를 만나 이야기를 나누면서 자기 호흡을 스스로 가꾸며 사는 게 얼마나 멋진 일인지 조금 알게 됐다. 나는 나대로, 그이는 그이대로 조급하지 않게 고른 숨을 쉬듯이 살면 된다. 애써서 만들 필요 없다. 너도 나도 그렇게 호흡에 맞춰 어울려 살면 그게 아름다움이고 평화다.

리듬분석 | 앙리 르페브르 지음 | 정기헌 옮김 | 갈무리 | 2013년

리듬이란 음악을 이야기할 때 빠져서는 안 될 중요한 요소 중 하나다. 판소리를 좋아하고 헌책방에서 자주 소리판을 여는 이유도 우리 소리가 주는 독특한 리듬감이 좋기 때문이다. 요즘은 철학에서도 리듬이라는 말을 쓴다. 리듬은 곧 세상 만물이 갖고 있는 제 나름의 움직임이고, 그 움직임으로 생기는 어울림이다. 어울리려면 가만히 있으면 안 되고 각자가 리듬을 가지고 있어야 한다. 나는 이 생각을 다른 사람들에게 설명할 방법을 오랫동안 찾지 못했다. 머릿속에 빙빙 도는 이야기를 입 밖으로 꺼내지 못할 때 얼마나 답답한지는 겪어본 사람만 아는 고통이다. 그러다 앙리 르페브르의 책을 읽고는 '아, 이렇게 명쾌하게 말할 수도 있구나!' 하며 무릎을 쳤다.

> "하나의 리듬을 붙잡기 위해서는 먼저 그 리듬에 **붙잡혀야** 한다. 그 리듬의 지속에 고스란히 몸을 내맡기고 '되는 대로 내버려 두어야' 한다."[*]

앙리 르페브르는 마지막 저서인 《리듬분석》에서 딱딱 끊어지지 않고 연속되는 리듬으로 우리 삶을 볼 때 그것을 다루는 방법을 알려준다. 이 복잡한 소음 같은 사회를 어떻게 바라봐야 할까? 나는 책 속에 나온 저 문장을 좋아해서 어딜 가서든 자

---

[*] 앙리 르페브르 지음, 정기헌 옮김, 《리듬분석》, 갈무리, 2013년, 107쪽. 인용 중 굵은 글씨는 원문을 따랐다.

주 꺼내어 말한다. 살아가는 지혜는 복잡하게 다룰수록 그 안으로 빠져들어 헤어나지 못한다. 살아가는 일도 저마다 어울리는 리듬이 중요하다.

깊은 밤, 그 가야금 소리 | 황병기 지음 | 풀빛 | 2012년

작은 방에서 고만고만하게 사는 임영욱 씨가 어쩌면 그리 멋지게 보인 걸까? 멋이란 뭘까? 이야기를 마치고 집으로 돌아오는 길에 깊은 생각에 빠졌다. '멋'은 확실히 '아름다움'하고 다르다. 멋은 굉장한 것도 아니고 부럽지도 않다. 그러면서도 은근히 사람을 압도하는 매력이 있다. 바로 그때 황병기 선생의 글이 퍼뜩 떠올랐다.

> "한국의 '멋'도 외국어로 번역될 수 없고 다른 민족이 그 어감을 제대로 파악할 수 없는 말이다. 멋은 어떤 대상을 접했을 때 우리의 감정이 대상으로 이입移入되어, 그 대상과 더불어 움직이는 미적인 리듬이 느껴지는 것을 말한다. 따라서 멋은 아름다움과는 별개의 것이다. 아무리 아름다운 것이라도 그것과 일체화해 움직이는 마음의 리듬이 생기지 않으면 멋있다고 할 수는 없다."

'멋'이라는 애매한 말을 이렇게 명쾌하게 풀어놓을 수 있다면 이미 자기 안에 철학이 확실한 사람이다. 확고한 가치관이 서 있지 않은 사람이 쓴 글을 읽어보면 먼저 읽는 내내 불안하고 위태로운 느낌이 든다. 마치 문장들이 높이 걸친 외줄 위에서 흔들거리는 모습처럼 말이다. 자신감이 없지만 그래도 밑으로 떨어지지 않으려고 몸에 힘이 잔뜩 실어 넣고 위태롭게 줄 위에서 팔을 휘두르는 광대 모양새다. 황

＊ 황병기 지음, 《깊은 밤, 그 가야금 소리》, 풀빛, 2012년 개정판, 58쪽.

병기 선생이 쓴 이 글은 이미 자기 것이 됐기 때문에 지닐 수 있는 자유로운 기운이 넘친다.

부엉이 소굴에서
반짝거리는 만화책

—

북디자이너 이종훈

이종훈 씨가 사는 집은 내가 일하는 책방에서 가깝다. 걸어서 갈 수도 있을 만한 거리다. 책방에 자주 들르는데, 그럴 때마다 늘 낡은 싸구려 자전거를 타고 온다. 큰 키에 몸매가 날렵한 종훈 씨는 가까운 곳을 갈 때는 늘 걷거나 자전거를 탄다. 30분 정도 걸리는 거리라면 버스보다는 걷는 쪽을 택한다. 회사에 갈 때도 도착하기 전 한두 정거장 정도는 버스에서 내려 걷는 걸 즐긴다. 종훈 씨가 거의 습관적으로 걷는다고 나는 생각한다.

날씨 좋은 토요일 아침에 주택가 골목으로 들어갔다. 종훈 씨는 지은 지 오래된 빌라 2층에 혼자 산다. 그런 빌라에나 어울리는 구식 철문을 열고 집으로 들어서니 오른쪽에 아주 작은 방이 보이고 왼쪽에는 천장까지 비디오테이프가 쌓여 있다. 지저분해 보일 수도 있지만, 아무것이나 갖다 쌓은 게 아니라 여기저기 돌며 수소문해서 구한 것이다. 말 그대로 '레어 아이템'인 셈이다.

여기에서 놀란다면 '부엉이 소굴'에 적응하지 못할 것이다. '부엉이'라는 별명은 학교 다닐 때 부모님이 처음 썼다고 한다. "어머니가 그러시더라고요. 부엉이는 바위 굴에 사는데, 거기다가 잡아 온 벌레를 비롯해서 먹지 못하는 것이라도 반짝거리는 여러 가지를 물어와 쌓아놓는다고. 그래, 네 방을 보니까 부엉이가 굴하고 꼭 같다고."

정말 그렇다. 작은 집에는 도대체 어디 하나 남는 벽이 없을 정도로 책장으로 꽉 차 있다. 들어오는 문 입구에 있는 비디오테이프들은

---

* rare item. 역할 수행 게임(RPG)에서 흔히 나오지 않는 희귀한 아이템.

더는 자리가 없어서 지금 그 위치까지 간 것이다.

　문을 열고 오른쪽에 있는 아주 작은 방을 본 뒤 짧은 복도를 지나면 바로 거실 겸 주방이 나온다. 거기서 앞을 보면 또다시 방이 왼쪽과 오른쪽으로 나뉘는 특이한 구조다. 오른쪽 방보다 왼쪽 방이 조금 더 큰데, 그래서 왼쪽에서는 잠을 자거나 컴퓨터로 일을 하고 오른쪽 방은 거의 다용도실처럼 쓴다. 물론 책과 수집품들은 모든 곳에 다 쌓여 있다.

　이종훈 씨는 책 표지를 만드는 디자이너다. 3월까지는 출판사에서 일했지만 지금은 나왔다. 몇 주 전에 아버지가 돌아가셨다. 그래서 당분간은 아버지가 운영하던 공장에 나가 일을 좀 도울 생각이다. 공장이 정리되면 다시 책을 만들 것이다. 어릴 때부터 그림 그리기를 좋아

해서 미대에 간 이 씨가 디자인을 하게 된 것도 순전히 책 덕분이기 때문이다.

어릴 때 아버지는 그림 그리기를 좋아하는 아들을 위해서 《신도안》이라는 책을 하나 보여주셨다. 아버지가 공장에서 하는 일도 따져보면 커다란 플라스틱 틀을 만들어서 뭔가를 '공작'하는 것이었기 때문에 일본에서 나온 낡고 헤진 그 책을 갖고 계셨다. 지금으로 치면 여러 가지 도안을 편집해 모아놓은 도안 자료집이라고 할 수 있다. 요즘은 그런 도안을 인터넷 이미지 검색으로 쉽게 얻을 수 있지만 그때는 이런 책에서 얻는 정보가 귀했다. 여러 가지 사물과 동물, 꽃은 물론 글자 도안까지, 수십 년 전에 펴낸 책이라고 생각하며 얕잡아 보기 어려울 정도로 내용이 꽤 알차다. 시골에 살던 이종훈 씨 집 주변에는 서점은 말할 것도 없고 생필품을 파는 곳도 드물었기 때문에 아버지가 보여준 《신도안》은 살아 있는 미술 선생이 돼줬다. 그 책에 나온 도안을 몇 번이고 따라 그리면서 그림을 배웠다.

나중에 이종훈 씨는 서대문구 홍제동에 있는 헌책방 대양서점에서 아버지가 주신 책하고 같은 책을 하나 더 구할 수 있었다. 새로 구한 책은 1978년 판이고 아버지 책은 1960년대 판본이라 장정은 조금 달랐지만, 책을 다시 구한 사실만 가지고도 기뻤다.

어릴 때부터 책과 미술을 좋아한 이종훈 씨 앞날은 이미 정해진 것이나 마찬가지였다. 초등학생 때는 학교에서 도서부장을 맡았고 중학생 때는 미화부장을 했다. 대개 도서부장이나 미화부장은 여자 아이들이 하는 것으로 알았기 때문에 이야기를 들으며 은근히 재미있었다. 초등학교와 중학교 내내 도서부에서 활동한 나는 동지를 만난 듯한 느낌마저 든다. 특히 초등학생 때는 남자가 도서부나 문예부에 들어가면 계집애 같다고 놀림을 받기도 했으니, 이종훈 씨 같은 사람이 얼마나 반가운지!

이렇게 그림 그리기를 좋아했으니 고등학교를 졸업하고 미대에 지원한다고 할 때 가족들도 이상하게 생각하지 않았다. 게다가 뒤이어 동생이 또 미대 시험을 치를 때 선배로서 입시를 도와주기도 했다. 처음에는 졸업한 뒤 제품 디자인 쪽으로 일을 하려 했는데 마침 아이엠에프 사태가 터졌다. 그쪽 분야에서 뛰어난 선배들도 일거리가 없어 힘들어하는 모습을 보면서 북 디자인 쪽으로 방향을 틀었다. 그렇게 책 만드는 일을 시작한 게 벌써 십 년이 훌쩍 넘었다.

당연한 일인지도 모르지만, 이종훈 씨는 어릴 때부터 지금까지 한결같이 만화책을 좋아한다. 한때는 만화책 수천 권을 집에 쌓아놓고 살았는데, 지금은 많이 줄였다. 독립해서 사는 방이 크지 않아 우선순위에 따라 여기저기에 팔고 5분의 1 정도만 남겼다. 지금도 이렇게 빈틈없이 쌓여 있는데, 그때는 어땠을지 상상하면 입이 떡 벌어진다.

만화책 말고도 책이라면 일단 좋아한다. 어릴 때는 창작과비평사에서 펴낸 '창비아동문고'와 '계림문고'를 거의 다 구해 읽었다. 고등학생이 돼서는 역사책을 많이 읽었는데, 베스트셀러 《소설 목민심서》(삼진기획, 1992년)), 《소설 동의보감》(창비, 1990년)), 《태백산맥》(해냄, 1995년) 같은 책들을 옆에 끼고 살듯이 하며 다 읽었다. 로빈 쿡Robin Cook이나 시드니 셸던Sidney Sheldon 같은 대중소설 작가들이 써낸 책들도 좋아해서 많이 봤다.

그래도 여전히 만화책이 책장 대부분을 차지하고 있다. 큰방에 있는 책장은 정리가 잘 안 된 것처럼 보이는데, 사실 거기 꽂힌 책들을 보면 하나하나가 명작이다. 책장 사이사이에 장난감과 액자 같은 장식품들도 그냥 놓은 게 아니라 다 사연이 있는 수집품이다. 그 이야기를 모르면 여기 쌓여 있는 모든 게 다 부엉이 굴에 흩어져 있는 쓸모없는 잡동사니에 지나지 않는다. 심지어 이 방에 전혀 어울릴 것 같지 않은 흔한 소주병 하나도 수집한 이유가 있다. 알고 보니 소주병 라벨을 디자인한 디자이너의 서명을 직접 받은 병이다. 다른 것들도 대부분 이런저런 이유로 거기 있다.

아끼는 것들이라며 이종훈 씨는 몇 가지 물건을 보여줬다. 처음에 내온 것은 그 유명한 '콩콩코믹스'의 미니백과 시리즈다. 1980년대에 초등학교를 다닌 남자라면 누구나 기억할 만한 책이다. '철인 28호'와 '건담'을 비롯해 많은 로봇들이 백과사전처럼 그 작은 책에 빼곡히 들어 있다. 로봇들이 적에 맞서 활약하는 멋진 장면이 많았고, 서 있는 로봇을 반으로 가른 뒤 한쪽에는 로봇 몸속에 들어찬 기계들을 그려 놓은 그림도 인기였다. 우리들은 공책에 그 그림들을 똑같이 베껴 그

린 다음 학교에 가져가 아이들에게 자랑하는 걸 즐겼다. 미술에 별 소
질이 없던 나하고 이종훈 씨의 다른 점은, 나는 그림 밑에 먹지를 대고
편하게 그렸지만 이 씨는 먹지 없이 온 노력을 기울여 똑같이 베꼈다
는 것이다.

다음은 눈대중으로 보더라도 보관 상태가 아주 좋은 대본소용
《바람의 파이터》다. 이 만화는 중진 작가 방학기 씨의 대표작으로, 극
진가라데 창시자 최배달 선생의 일대기를 담은 장편 극화다. 몇 해 전
에는 영화로 만들어지기도 했다. 《바람의 파이터》는 방학기 씨 특유의
시원시원한 붓 터치가 돋보이는 명작이다. 오랫동안 신문에 연재되면
서 인기를 얻은 《바람의 파이터》는 얼마 전 열 권짜리 책으로 복각됐
다. 이렇게 큰 인기를 얻은 작품이기 때문에 대본소용 책을 전권 다 갖
고 있는 건 놀라운 일이다. 대본소용 책은 말 그대로 만화방이나 대여
점에서 돌던 책이기 때문에 깨끗한 상태를 기대하기가 하늘의 별따기
만큼 쉽지 않다. 그런데 이종훈 씨가 갖고 있는 책은 한 권도 빠짐없이
상태가 아주 좋아서 깜짝 놀랐다.

마지막으로 가져온 것은 책이 아니라 작은 종이쪽 두 개다. 하나
는 옅은 노란색이고 다른 건 색이 바랜 파랑이다. 반으로 접을 수 있게
만든 그 종이를 유심히 보니 놀랍게도 서점 '숭문사崇文社'의 회원카드
다. 숭문사는 서울역사박물관 건너, 그러니까 지금 흥국생명 자리에 있
던 오래된 서점이다. 지금 숭문사를 기억하는 사람은 얼마나 될까? 숭
문사는 일찍부터 회원제를 도입해서 책을 싸게 살 수 있는 곳이었다.
광화문과 종로에 대형 서점들이 생긴 뒤에도 꽤 오랫동안 서점을 운영
했다. 이 회원카드는 숭문사가 문을 닫기 전 직접 회원에 가입하고 받

은 것이다. 이종훈 씨는 대학 입시에서 떨어지고 재수 생활을 할 때도 이곳을 자주 찾는 단골이었다. "고등학생 때는 학교 마치면 거의 매일 여기에 가서 책을 읽은 기억이 지금도 생생해요. 물론 읽고 가기만 한 건 아니고 책도 많이 샀죠. 싸게 파니까요. 스무 권짜리 《대망大望》 세트를 여기서 샀어요."

이야기를 하면 할수록 책에 관한 기억이 꼬리에 꼬리를 물고 나온다. 북 디자이너 생활을 하면서 직접 만든 책들, 사진에 관심이 생긴 뒤 무척 소중하게 본 열화당 사진문고, 이런저런 디자인 책들……. 책은 친구이자 동료이고 선생님이다. 이렇게 소중한 책을 스스로 디자인해서 만들고 있다는 데 큰 자부심을 느끼고 있다. 직접 디자인해서 만든 책이 또 누군가에게는 삶 속에 깊이 새겨지는 소중한 인연으로 남게 될지 모르기 때문이다.

우리는 때로 아무 이유 없이 책을 읽는다. 목적이나 목표를 달성하기 위한 수단으로 책을 대하기도 한다. 책은 말없이 사람들 앞에 놓여 있다. 책을 어떻게 읽을지는 모두 사람들이 생각할 일이다. 가만히 생각하면 적어도 이종훈 씨나 나 같은 또래들에게 책은 더없이 소중한 재산이다. 그러다가 그 재산이 점점 허물어지는 과정을 다 지켜본 세대다. 1980년대까지 그렇게 많던 동네 책방과 헌책방, 시내 여기저기에 고개를 돌리면 늘 보이던 크고 작은 서점들이 얼마나 소중했는지. 서울만 하더라도 광화문에 나가면 숭문사나 태평서적센터에서 숨을 돌릴 수 있었고, 강남에는 동화서적이나 시티문고 같은 서점들이 있었다. 헌책방과 도매상이 즐비하던 동대문에서 청계천까지 고가 도로를 따라 뻗은 길은 그야말로 천국이나 다름없었다. 평화시장 건너편에는, 아, 생각만 해도 그리운 대학천 상가도……. 어느 동네를 가든지 마치 오래전부터 네가 오기를 기다렸다는 듯 서점은 묵묵히 자리를 지키고 있었다.

그런 쉼터가 1990년대를 거치면서 거의 다 사라졌다. 이제 대형 서점만 남았다. 이제는 헌책방도 대형이 되고 있다. 큰 것은 좋다. 다양한 것을 한자리에 가득 풀어놓으니 편리하다. 그렇지만 나는 무엇이든 큰 것 앞에 서면 숨이 막힌다. 그게 무엇이든 큰 것은 나를 불안하게 한다. 높이를 경쟁하듯 하늘 위로 뻗은 고층 빌딩을 보면 어느 날 갑자기 무너져 내릴 것 같은 무서움을 느낀다.

우리 두 사람은 그런 이야기를 하면서 좁은 방을 나와 점심을 먹으러 갔다. 이제는 발 디딜 틈 없는 부엉이 굴이 전혀 좁게 느껴지지 않는다. 달리 말하면 그 방은 좁고 답답한 게 아니라 한 사람의 꿈과 열정과 상상력으로 가득 찬 곳이다. 이렇게 자기 것이 충만한 공간을 가진 사람에게는 거기가 바로 자기만의 천국이 된다. 얼추 내 키에 머리 하나를 얹은 만큼 더 큰 이종훈 씨가 손가락 두 마디 정도밖에 되지 않는, 아끼는 테디 베어Teddy Bear 그림책을 보면서 웃는다. 영락없는 꿈 많은 어린아이다.

책으로 가는 문 | 미야자키 하야오 지음 | 송태욱 옮김 | 현암사 | 2013년

〈바람 계곡의 나우시카〉, 〈이웃집 토토로〉, 〈천공의 섬 라퓨타〉, 〈센과 치히로의 행방불명〉……. 지브리 스튜디오 소장으로 많은 인기 애니메이션을 만든 미야자키 하야오 할아버지가 어린이 문학을 말한다. 1980년대는 외판원들이 집집마다 돌아다니며 어린이 전집이나 백과사전을 팔았다. 아이가 있는 집에는 늘 '소년소녀명작' 같은 이름이 붙은 전집이 있었다. 또는 그런 전집이 있는 집을 부러워하며 자랐다. 그런 전집은 대부분 일본 것을 그대로 가져와 우리말로 옮겨 만들었다. 대표적인 일본 어린이 전집으로 '이와나미 소년문고'가 있다. 《책으로 가는 문》은 미야자키 감독이 이와나미 소년문고 중에서 어릴 때 감명 깊게 읽은 책 50권을 추려서 소개한다. 오래된 일본 책이 무슨 의미가 있을까 생각할지 모르지만, 우리가 어릴 때 본 전집하고 디자인도 거의 비슷해서 본문에 나온 표지만 봐도 추억이 새록새록 떠오른다. 50권을 소개한 다음에는 이와나미 소년문고 창간 60주년을 맞아 미야자키 감독과 기자가 나눈 대담을 실었다. 책 읽기는 아이들에게 좋은 영향을 미친다고들 한다. 백발이 된 할아버지 감독은 그렇게 말하지 않는다. 좋은 영향을 미치려고 어른들이 아이들에게 무작정 책을 읽히면 안 된다. 자연스럽게 책하고 친해져야 하고, 그런 영향은 어른이 된 뒤 스스로 돌아보며 생각하게 될 것이다. 어릴 때 이런 할아버지가 있었다면 참 좋았겠다 싶을 정도로 생각의 폭과 깊이가 드넓은 사람이다.

**어머니는 나에게 하고 싶은 일을 하라고 하셨다 | 데즈카 오사무 지음 | 정윤아 옮김 |
누림 | 2006년**

1999년에 나왔다가 절판되고 2006년에 다시 펴냈는데, 인기가 없는 탓인지 지금은
새로 나온 책도 품절이다. 그렇지만 데즈카 오사무를 모르는 사람은 별로 없다. 그
이름은 낯설더라도 〈우주소년 아톰〉이라는 만화는 한 번쯤 본 기억이 있을 것이다.
아톰을 만들어낸 만화가가 바로 데즈카 오사무다. 데즈카 오사무는 현대 일본 만
화의 아버지라고 불릴 정도로 후배들에게 영향을 줬다. 우리에게는 아톰 정도로 기
억되지만, 그이의 작품 세계는 SF는 물론 인생을 말하거나 동성애 등 사회 문제를
다루는 등 폭넓다. 그런 만화의 거장이 어릴 적 기억을 되살려 어머니를 말한다. 데
즈카 오사무의 인생을 두루 살펴보면 이때 어머니하고 나눈 짧은 대화가 삶을 크
게 바꾸는 계기가 됐다. 만화를 좋아했지만 지금 살고 있는 곳에서 의사로 살고 싶
기도 한 데즈카 오사무는 이런 고민을 어머니에게 털어놓는다. 그때 어머니는 다른
말 없이 묻는다. "네가 정말 좋아하는 건 어느 쪽이니?" 아들은 대답한다. "만화요."
어머니는 곧장 고민을 정리해준다. "만화가 좋다면 동경에 가서 만화가가 되거라."
데즈카 오사무는 더는 긴 대화가 필요 없었다고 회상한다. 우리가 늘 아이에게 해
주고 싶은 이야기가 바로 이런 것 아니겠는가? 아이들이 하고 싶은 것을 할 수 있
게 도와주는 것. 그렇지만 그 말을 입 밖으로 내려면 또 얼마나 큰 용기가 필요한
가. 어른에게 필요한 것은 용기다. 말할 용기. 그리고 실천할 용기.

누워서 책 읽다
자고 일어나 책 읽고
—
인문학 연구자 최성희

공부한다는 건 어떤 의미일까? 나는 어릴 때부터 공부는 별로 좋아하지 않았다. 책 읽기는 좋아했지만 그걸 굳이 공부로 연결시키지 못했다. 아니, 그렇지 않았다. 나 자신을 잘 알고 있기 때문이다. 무엇이든 꾸준하게 파고드는 성격이 아니었다. 그래서 그럴까? 인문학을 공부하는 사람들을 보면 뜻 모를 동경심이 일기도 한다. 부러움을 뛰어넘는다. 그렇게 공부를 오랫동안 한다는 게 신기하고 놀랍다.

일산에 사는 최성희 씨를 찾아갈 때 먼저 그런 점이 궁금했다. 왜 공부하는지, 그리고 무엇이 그렇게 공부를 하게 만드는지 말이다. 최성희 씨는 얼마 전 이사를 끝낸 깨끗한 새 아파트에 산다. 넓은 건 아니지만 책과 책장을 빼면 별다른 가구가 없어서 그런지 집이 어딘지 모르게 좀 어색해 보인다. 아마 이 집도 머지않아 예전에 살던 그 집처럼 지저분해질까? 나는 그이가 예전에 살던 집에도 간 적이 있다. 이사하려고 책을 정리하는 중이라 정말 집 이곳저곳에 책이 너무 많아서 '어쩌면 사람이 이러고 사나?' 하는 생각이 들 정도였다.

최성희 씨는 지금 박사 논문을 준비하고 있다. 주제는 '파시즘 시기 조선 영화'인데, 말하자면 일제 강점기에 만든 조선 영화에 관한 연구다. 1920년대와 1930년대에 일본 영화 산업은 최전성기를 지나고 있었다. 조선도 그 영향을 받아 영화를 많이 만들었는데, 지금 남아 있는 필름은 고작 20편 남짓이다. 그런데 도대체 이런 주제를 잡은 이유는 뭘까? 재미없을 것 같고 참고할 만한 자료도 거의 없는데 말이다. 최성희 씨는 공부를 그저 재미로 하고 있는 것 같지 않다. 매일같이 책 읽고 글 쓰는 공부가 이미 삶의 일부다.

대학과 대학원에서는 한문학을 전공했다. 재미있을 것 같았다. 그러나 한문 고전 문학은 실제로 공부해보니 재미가 없었다. 잘 맞지 않는 옷을 입고 다니는 듯한 생활을 하며 영화에 빠져들었고, 결국은 대학원을 그만두고 회사에 들어갔다. 이래저래 방황하다가 다시 공부를 시작해야겠다는 마음을 먹고 파고든 게 영화, 그중에서도 일제 강점기 조선 영화였다. "그러니까 좀 늦었어요. 제 생각에 진정한 의미의 공부는 30대 중반부터 시작된 셈이니까요." 이렇게 말하면서 최 씨는 순진한 표정으로 웃었다.

공부를 다시 시작하면서 마음을 다잡고 집에 있던 책을 많이 정리했다. 진에 보던 고전 문학과 한문학, 역사 쪽 책을 정리하니 5000권 가까이 되던 책이 반 정도로 줄었다. 아쉬운 생각도 들었지만 홀가분했다. "한 사람이 갖고 있기에는 2000~3000권 정도가 적당하다고 생각해요. 더 많으면 솔직히 관리도 안 되고, 거의 수집 자체가 목적이 돼버리거든요." 최성희 씨는 말을 마칠 때마다 허허 하고 웃으면서 이제 책 욕심은 부리지 않는다고 덧붙인다.

"저도 대학 다닐 때는 지독한 책 중독이었거든요. 청계천을 비롯해서 서울 시내에 안 가본 헌책방이 없을 정도로 늘 돌아다녔고요, 종로5가 도매 상가에서 엄청나게 많은 책을 샀어요. 얼마나 다녔는지 거기서 장사하시는 분들이 그렇게 책을 많이 사면 생활은 어떻게 하느냐고 오히려 걱정하는 말을 할 정도였죠." 너무 많은 책을 갖고 있다 보면 어느 순간 자기가 무슨 책을 언제 샀는지도 모르는 일도 생긴다. 그래서 이미 산 책을 또 사는 경우도 많았는데, 몇천 권씩 책을 갖고 있는 사람이면 누구나 겪는 일이다. 그래서 욕심을 좀 덜기로 했다. 책은 결국 자기가 감당할 수 있는 능력 안에서 갖춰야 한다는 게 최성희 씨 생각이다. 오랫동안 책을 껴안고 살면서 2000~3000권 정도가 적당하다고 느꼈고, 나머지는 큰마음을 먹고 얼마 전에 처분했다.

지금 남아 있는 책들은 논문 쓸 때 필요한 책들과 서양 철학 이론서들이 대부분이다. 특이할 만한 점은 서양 철학자 중에서도 발터 벤야민, 미셸 푸코, 슬라보예 지젝을 남달리 좋아한다는 사실인데, 그 사람들이 쓴 책은 우리말로 번역된 것을 거의 다 갖고 있다. 아직 번역되지 않은 책은 원서도 갖추고 있다. 공부하는 방에 있는 책장 가득히 세 사람의 책이 보물처럼 가득 쌓여 있다.

이렇게 책을 많이 사기 시작한 때는 대학에 들어간 20대 초인데, 그때만 해도 학술서는 번역이 안 된 책이 많아 학교 도서관이나 가야 찾아볼 수 있었다. 책 욕심이 많던 때라 닥치는 대로 읽고, 또 그 만큼을 사야 직성이 풀렸다. 지금은 생각이 많이 달라졌다. "원하는 책들을 대부분 갖추고 있을 정도로 지역 도서관이 워낙 잘돼 있고, 인터넷으로 정보를 쉽게 얻을 수 있으니까 굳이 그렇게 많은 책을 껴안고 있을 필요가 있나 싶더라고요. 아마 제가 지금 20대라면 옛날처럼 그렇게 책을 많이 사지는 않았을 겁니다." 그러면서 도서관과 인터넷이 지식을 보는 관점을 바꿔놓는 이런 시기에 한 사람이 책을 몇천 권씩 집에 쌓아두는 게 과연 옳은 일인지 깊이 생각해본다는 말을 덧붙였다. "책에 욕심을 내기 시작하면 몇만 권도 부족하다고 느끼는 법이니까요."

최성희 씨는 놀랍게도 책을 분류하는 방법을 따로 갖고 있지 않다. 방 두 곳에 들어가 보니 정말 거의 아무렇게나 책들이 놓여 있어 신기했다. 아무리 그래도 대개 책 좋아하는 사람들은 자기가 중요하다고 생각하는 책을 작가별이라도 나눠서 정리를 해놓는 편인데, 최성희 씨 책장은 정말 아무 기준도 없어 보였다. 방 안은 책의 우주, 카오스 상태라고 말해도 괜찮을 정도다.

가끔 프로이트 전집이나 비평 관련 정기 간행물처럼 비슷한 성격을 지닌 책들끼리 모여 있는 게 눈에 들어오지만, 책들은 대부분 기준이라고 할 것 없이 책장 여기저기를 차지하고 있다. 매일 공부하며 보던 책도 원래 있던 자리에 꽂아두는 경우가 거의 없다는 말을 들으니 게으르거나 지저분하다는 생각보다는 놀랍다는 느낌이 먼저 들었다. 아니나 다를까 컴퓨터가 놓인 책상 옆에는 지금도 책이 위태롭게 쌓여 있다.

이렇게 책 정리를 거의 안 한 상태에서도 공부하고 논문까지 쓰는 것을 보면 참 대단하다. 어쩌면 책을 기억하는 능력이 뛰어난 사람일 수도 있다. 그런 사람들을 꽤 많이 만났다. 얼마 전에는 박원순 서울시장이 그렇다. 희망제작소 상임이사로 일하던 그이가 시장이 되고 나서 집무실에 책을 갖다놓는 일을 도왔는데, 그때 거기 들어간 책이 자료를 포함해서 거의 3000권이 됐다. 주말에 공무원들하고 책을 정리하면서 애먹지 않을까 걱정했는데, 일을 시작한 지 얼마 지나지 않아 시장이 운동복 차림으로 나타났다. "내 책들이니까 내가 정리를 해야겠지?" 놀랍게도 시장은 박스에서 꺼내기 무섭게 그 많은 책들이 있던 자리를 대부분 기억해냈다. 덕분에 책 정리는 걱정하던 것보다 쉽게 끝났다. 자기 책을 자기가 장악하고 있다는 뜻이다.

안내를 받아 들어간 방 두 곳은 거실을 가운데 두고 서로 바라보고 있다. 거실 왼편에 있는 방은 컴퓨터 작업을 할 때 쓰는 방이라고 한다. 어림짐작으로 보니 책장에는 인문학 관련 책이 1000권 정도 빈

틈없이 들어가 있다. 컴퓨터 옆에는 정리하지 않은 책들이 쌓여 있고 바닥에도 책들이 보인다. 논문 작업은 반대편 방에서 한다. 그 방에는 컴퓨터 없이 책상과 책장과 책이 전부다. 바닥에는 여러 자료와 인쇄물이 사람 앉은키 정도 되게 몇 덩어리 쌓여 있고, 책상을 빼면 사방을 모두 책으로 둘렀다.

공부하는 방에 특이하게 생긴 물건이 있어 눈길을 끌었다. 누워서 책을 읽을 때 쓴다고 한다. 하얀색 쇠붙이로 만든 직사각형 틀에 불이 들어오는 스탠드가 하나 달렸다. 누워서 책을 보면 곧바로 잠들 것 같은데, 최성희 씨는 곧잘 누워서 책을 본다. "이게 보기보다 편리하고 좋아요. 누워서 책 읽다가 그대로 잘 수 있고요, 자다가 일어나서 곧장 책을 볼 수 있으니까 아주 편리하죠." 그런 정도로 책을 읽는다는 게 그저 놀라울 뿐이지만 별일 아닌 듯 말한다. "사실은 제가 좀 게으른 것도 한 이유에요. 책을 보다가 자려고 일어나서 불 끄러 가기가 귀찮았거든요. 옛날에는 줄을 잡아당기면 켜고 꺼지는 형광등이 있었잖아요? 그 선을 길게 늘어뜨린 다음 누워서 불을 껐다니까요." 그 모습을 상상하니 우습기도 했지만, 나는 그때 왜 그런 생각 한번 안 해봤을까 하는 마음이 든다.

어릴 때부터 책 읽기를 좋아했다는 최성희 씨가 공부하면서 가장 감명 깊게 읽은 책은 '조변'이라고 불리는 인권 변호사 조영래가 쓴 《진실을 영원히 감옥에 가두어 둘 수는 없습니다》(창작과비평사, 1991년)다. 조영래 변호사는 1974년 줄여서 민청학련이라고 부르는 전국민주청년학생총연맹 사건으로 6년 동안 수배 생활을 했는데, 이때 온힘을 기울여 《전태일 평전》을 쓴 일로 유명하다. 처음에는 사회 분위기 탓에 그이의 이름을 붙이고 나올 수 없었다. 책에 '조영래'라는 이름을 쓴 건 1991년에 첫 개정판을 펴낼 때다.

어떤 사람들은 조영래 변호사가 마지막까지 약자의 편에 서 있었다는 점을 좋아하고 존경한다. 최성희 씨는 글 때문에 조변을 높이 평가한다. 글을 쓰는 처지에서 보니 조변의 변론서는 논리도 논리지만 문장이 아주 뛰어나 놀라웠다. 최성희 씨가 말한 대로 그이가 쓴 변론서는 문학 작품이라고 해도 될 만큼 강한 흡입력으로 사람을 끌어들인다. 《정의의 법 양심의 법 인권의 법》(박영사, 2004년)에 들어 있는 〈부천경찰서 성고문사건 피해자를 위한 변론요지〉를 읽으면서 정말 완전 무결하다는 느낌을 받은 일이 있어서 나도 이 말에 더욱 공감했다. 조영래 변호사는 법조인이기 앞서 어떤 위치에 있는 어느 사람을 위해 변론을 해야 하고 그 내용을 어떻게 말과 글로 표현해야 좋을지 끊임없이 고민한 사람이다.

책을 많이 읽다보면 어떤 직감이 온다고 최성희 씨는 말한다. 그 책이 내게 도움이 되는지 어떤지, 또는 그 책이 무엇에 관해 쓴 것인지 앞부분 조금만 읽어도 감이 오는 경우가 많다. "뛰어난 비평가들을 보면 때로는 책이든 영화든 전체를 다 보지 않아도 나름의 직관을 갖고 거기서 뭘 뽑아내는 능력이 대단해요. 고다르* 같은 사람이 그렇죠. 그렇다면 그런 능력을 지닌 사람들은 뭘 많이 보지 않아도 되느냐 하면 그건 또 아니에요. 결국 이 직관이라는 게 책과 영화를 수도 없이 많이 봐야 생기는 거거든요. 좀 역설적인 관계죠." 논문을 쓸 때도 이런 직관이라는 게 필요한데, 그걸 얻기가 여간해서 쉽지 않단다.

이야기를 마무리하며 꼭 하고 싶은 말이 있냐고 물으니 어릴 때 본 책 얘기를 꺼낸다. 50권짜리 '계몽사 소년소녀 위인 전집'은 아직도 내용을 잊지 않았다. 심지어 한 권 한 권 내용이 눈에 선하다고 한다. 그래서 어릴 때부터 자연스럽게 책을 많이 보게 하는 문화가 중요하다고 믿는다. "자기 신체 리듬에 책이라는 것을 자연스럽게 들여놓으

---

* 장뤼크 고다르(Jean-Luc Godard, 1930~). 프랑스 영화감독. 소르본 대학교를 다니다 그만두고 시네마테크에서 독학으로 영화를 배웠다. 데뷔작은 〈네 멋대로 해라〉(1960년). 1960년대 프랑스의 영화 운동인 누벨 바그(La Nouvelle Vague)를 이끌었다.

면 나중에 무슨 일을 하든지, 인문학 연구자가 아니라 몸을 쓰는 운동 선수가 되더라도 거기서 직관의 능력이 생기는 것 같아요. 그래서 집 가까운 곳에 도서관이 많은 게 참 중요합니다. 연구자들이 고민해야 할 게 자기 집에 얼마나 많은 책을 쌓아두느냐가 아니라, 얼마나 좋은 도서관을 많이 지을 수 있게 하느냐라고 생각해요."

최성희 씨에게 공부라는 것은 삶의 리듬이나 마찬가지다. 등산하는 사람이 산이 거기 있어 오른다고 말하듯 무엇을 성취하기 위한 공부라기보다는 삶을 위한 공부인 셈이다. 멋지게 해서 다른 사람에게 자랑하려는 공부가 아니요, 공부를 마친 다음 돈을 많이 벌고 싶은 마음도 없다. 공부는 늘 그렇게 하는 것이고, 공부해서 얻는 것은 결국 삶을 이해하는 겸손한 직관이다.

**발터 벤야민과 아케이드 프로젝트 | 수잔 벅 모스 지음 | 김정아 옮김 | 문학동네 |
2004년**

발터 벤야민처럼 이해하기 어려운 글을 써놓고 세상을 떠난 사람도 드물 것이다.
그런데도 한국에는 벤야민에 관한 책이 꽤 번역돼 나왔다. 물론 단 하나, 가장 거대
한 저작만 빼고 말이다. 바로 벤야민이 그토록 완성하고 싶어하던 《파사젠베르크》
(아케이드 프로젝트)다. 미완성인 탓에 원고를 보면 과연 이게 철학인가 싶을 정도
로 모호하다. 그렇지만 벤야민은 산업화가 빠르게 진행되던 19세기 파리에서 분명
히 어떤 모습을 포착했다. 그리고 그것들을 무모할 정도로 다양하게 수집하고 기록
했다. 평범한 사람이 보면 벤야민이 남긴 메모들에 담긴 뜻을 전혀 찾아내지 못할
것이다. 많은 벤야민 연구자들이 이 메모들에 매달렸다. 수십 년이 지난 지금도 퍼
즐 맞추기는 계속되고 있다. 언제 끝날지도 알 수 없는 일이다. 그렇기 때문에 더 흥
미로운지도 모르겠다. 이 거대한 퍼즐이 완성되면 어떤 모습일까? 수잔 벅 모스 교
수는 뛰어난 벤야민 연구자로 1970년대부터 벤야민이 프랑크푸르트학파에 미친 영
향을 다룬 책을 발표했다. 《발터 벤야민과 아케이드 프로젝트》는 연구자가 아니라
보통 사람이라도 벤야민이 하려던 작업의 의미를 대강 짐작할 수 있게 해준다. 파리
의 길거리에서 흔히 볼 수 있는 가로등과 지하철, 도로 표지판부터 프루스트와 보
들레르까지 사방에 흩어져 있는 벤야민의 메모들에 일일이 체계를 부여하고 정리하
는 지루한 작업이지만, 한 권의 책으로 만나는 건 아주 반갑다.

진실을 영원히 감옥에 가두어 둘 수는 없습니다 | 조영래 지음 | 창비 | 1991년

존경할 수밖에 없는 뛰어난 성품을 지닌 사람은 때로 너무 일찍 세상을 떠난다. 지난 2010년은 조영래 변호사의 20주기였다. 그이의 후배인 박원순 등이 중심이 돼 조촐한 자리를 마련한 것으로 안다. 변호사라면 당연히 인권을 가장 우선에 두고 일해야 하는 게 아닌가 생각하던 때가 있었다. 그런데 왜 누구에게는 유독 '인권 변호사'라는 말을 붙일까? 다른 변호사들은 인권을 변호하지 않는다는 말일까? 어쩌면 그럴지도 모르겠다. 내가 사는 이 나라의 법조인들은, 그 사람들 중 어떤 이들은 누가 보기에도 명백하게 범죄자인 재벌들을 변호하기도 한다. 심지어 어떻게 그런 일이 가능한지 전혀 알 길이 없는데, 그 범죄자들에게 승리를 안겨주기도 한다. 법대로 하면 나쁜 일도 나쁘지 않게 되는 모양이다. 이런 일이야말로 너무 인간을 저리로 제쳐두는 일 아닌가. 그러니 인권 변호사도 필요한 걸까. 조영래 변호사는 활동 기간이 짧았지만 큼직한 사건들을 많이 맡았다. 아마 1980년대에는 아무도 그런 사건을 변호하려 하지 않았기 때문일지도 모르겠다. 나라고 해도 망설였을 것이다. 그때는 아무라도 정부 눈 밖에 나면 잡아 가두고, 때리고, 죽이고 하던 때가 아닌가. 게다가 그런 일을 한 사람은 여전히 진심 어린 사과 한마디 하지 않았다. 그러니 여전히 우리는 조영래 변호사 같은 사람을 그리워할 수밖에 없다. 《진실을 영원히……》는 조 변호사가 수배 생활을 할 때 쓴 《전태일 평전》을 빼면 유일한 저작 모음이다. 조영래 변호사가 쓴 여러 변론서를 포함해 칼럼과 일기, 편지도 고스란히 들어 있다. 뒷부분에는 조영래 변호사 이야기를 다룬 신문 기사와 잡지 인터뷰 기사 등이 꼼꼼히 정리해놨고, 여러 지인들이 쓴 추모 글도 실었다.

너만의
판타지를
만들어봐

—

대학생 이종민

'왜 쓰는가?'라는 질문만큼 '왜 읽는가?'라는 질문도 대답하기 까다로운 물음 중 하나다. 거기다가 또 하나 덧붙여 '왜 그것을 읽는가?'라는 질문은 더욱 곤란하다. 책 좋아하는 사람들을 많이 만나봤지만, 이런 물음 앞에서 단박에 대답하는 이가 드물다. 이미 '재미'를 넘어선 독서를 즐기기 때문이다. 어떤 사람들은 정말로 흥미거리를 찾아서 재미있는 책을 읽는다. 아니, 그런 책만 읽는다. 그게 옳다고 믿는다. 맞다. 기왕에 읽는 책인데 재미있는 책을 읽으면 그만이지 또 뭐가 필요할까? 책을 밑천 삼아 돈 벌어 먹고사는 사람이 아니라면, 책은 그저 재미로 보면 된다고 말하는 이들이 생각보다 많다.

내가 대학을 졸업할 때만 해도 회사에 낼 자기소개서에 취미가 '독서'라고 쓰는 사람이 더러 있었다. 음악 감상처럼 독서도 아주 고상한 느낌을 주는 취미이기 때문일까. 지금은 이력서를 쓰면서 책 읽기를 취미라고 말하는 사람이 별로 없다. 소개팅 자리에서 처음 만나는 이성 앞에서도 자기소개를 할 때 독서가 취미라고 하면 이내 고리타분한 사람으로 비친다. 어느 때부터 책은 별 의미 없이 그저 재미로 읽는 것 정도로 여겨지기 시작했다.

오늘 만난 대학생 이종민 씨에게도 같은 질문을 했다. 종민 씨가 판타지 소설 작가 이영도에 푹 빠져 있다는 사실을 이미 알고 있기 때

---

* 많은 작가들이 이 고전적인 질문에 답하는 글을 썼다. 편집자들은 이 질문을 책 제목으로 삼기도 했다. 폴 오스터의 《왜 쓰는가?》(열린책들, 2005년)와 조지 오웰의 《나는 왜 쓰는가》(한겨레출판, 2010년)는 번역돼 있으니 읽어볼 만하다. 《소설》(열린책들, 2009년)이라는 소설을 발표해 퓰리처상을 받은 작가 제임스 A. 미치너도 《작가는 왜 쓰는가》(예담, 2008년)에서 자기를 비롯한 다른 유명 작가들이 글을 쓸 수밖에 없는 흥미로운 이유를 풀어낸다.

문이었다. 무협이나 판타지 쪽 책을 많이 읽지 않는 내게 그런 세계는 상상하기도 힘든 먼 외국처럼 느껴진다. 게다가 많은 사람들이 판타지라고 하면 어슐러 르 귄Ursula Kroeber Le Guin이나 톨킨J. R. R. Tolkien, 조앤 롤링Joanne Kathleen Rowling 같은 외국 작가를 좋아하는 게 보통인데, 이영도라니. 물론 한국 판타지 소설계에서 알아주는 필력을 지닌 작가지만, 그래도 이름마저 멋있는 '톨킨'이나 '어슐러' 쪽이 훨씬 매력적이고 남에게 말할 때도 뭔가 있어 보이지 않는가! 빈말이 아니라 '어슐러 르 귄'이라는 이름이 이국적이고 멋있기 때문에 그 작가를 좋아한다고 말하는 사람을 가끔 본다. 나만 해도 고등학생 때 '카프카'라는 이름이 주는 느낌을 좋아해서 무작정 카프카가 쓴 작품을 찾아서 읽었다.

대학에서 수학을 전공하는 이종민 씨가 쓰는 방은 지저분한 것 같지만 사실은 마치 꽉 짜인 방정식처럼 자기 나름의 방식으로 정리돼 있었다. 작은 방에는 공부할 때 쓰는 책상과 의자 하나, 곱게 개어놓은 요와 이불 펼 자리, 옷 놔두는 공간을 빼면 모든 곳이 다 책으로 둘러 있다. 처음에 나는 책들이 어떻게 구분돼 있는지 몰랐다. 요모조모 설명을 듣고 나서야 대강 눈에 들어왔다. 방문을 열고 들어가면 바로 앞에 개어놓은 이불이 있다. 좁은 방에서 이불을 펴놓으면 문을 못 열기 때문에 평소에는 깨끗하게 접어놓는다.

"책상 앞에 앉아서 읽는 것보다 자기 전에 이불 속에서 몇 시간이고 책을 읽는 걸 더 좋아해요. 평소에는 마음 가는 대로 책을 읽지만 학기 중이거나 할 일이 많을 때는 하루에 몇 장씩 정해놓고 읽기도 해요. 그래서 주로 책 보는 곳 옆에 쌓여 있는 책은 대부분 요즘 산 책이거나 지금 읽고 있는 책이에요."

책상 아래 언저리에는 과연 책들이 사람 앉은키 좀 못 되는 높이로 몇 덩이 놓여 있다. 이곳에는 산 지 얼마 안 된 책들을 놓는데, 잠자리에 들기 전 읽는 책들도 이 자리를 차지한다. 특이하게 교원출판사에서 펴낸 19권짜리 《의학 백과》가 소설책들 사이에 껴 있었다. 수학을 전공하는 사람이 웬 의학서인가 했는데 내용을 보니 꽤 흥미롭다. 교원출판사라고 해서 어린이용 책인 줄 알았는데 삽화도 알뜰하고 내용도 꽤 진지하다.

그렇다고 해도 자는 곳 옆에 위태롭게 책을 쌓는 일은 위험하다. 종민 씨도 처음에는 되는대로 그냥 책 탑을 쌓았다가 어느 날 와르르 무너진 적이 있다. 그래서 요즘에는 적당히 쌓으려고 노력한다. 책 둘 곳이 부족한 사람은 쌓아놓은 책이 어느 날 갑자기 무너져내리는 쓰린 경험을 한번쯤 했을 것이다. 그럴 때마다 튼튼한 책장을 갖고 싶은 마음이 간절해지지만, 그런 책장은 비싸다. '책장 하나 살 돈이면 책을 더 많이 살 수 있는데……'라고 생각하며 책을 다시 바닥에 쌓게 된다.

좁은 방이라 앉아 있는 곳 바로 옆 손에 닿을 듯 가까운 곳에 책들이 쌓여 있다. 폭 60센티미터 정도 되는 책장 세 개를 붙여 벽 대부분을 가렸다. 각 책장에는 책이 안쪽과 바깥쪽으로 각각 두 겹씩 들어가 있다.

첫째 책장에서 맨 위의 한 칸 뒤쪽에 선물 받은 책들이 있다. 스무 권 정도 된다. 겉으로 보이지 않더라도 어디에 어느 책이 있을지 대충 알아야 하기 때문에 몇 안 되는 비소설 책들을 주로 안쪽에 놓는다. 맨 위 뒤쪽은 선물 받은 책과 작가별로 분류해 따로 모아둔 책, 그 아래는 철학과 예술 분야 책, 다음은 역사와 과학, 가장 아래는 앞뒤 모두 다시 소설로 채웠다. 둘째 책장은 가장 위에 특별히 좋아하는 외국 소설이 주로 있고, 가장 아래에 한국 소설들이 있다. 몇 안 되는 일본 소설도 여기에 같이 있다. 위에서 둘째와 셋째 책장 앞쪽에는 그럭저럭 좋아하는 외국 소설이나 세계 문학 전집을 둔다. '난쏘공'(《난장이가 쏘아올린 작은 공》)은 가장 좋아하는 책이기 때문에 시선과 높이가 같은 외국 작가 작품 사이에 뒀다.

말 그대로 조세희의 《난장이가 쏘아올린 작은 공》을 빼면 그 일대가 전부 외국 소설이다. 헤르만 헤세, 루이제 린저, 리처드 바크, 파트리크 쥐스킨트, 페터 회, 미하엘 엔데, 생텍쥐페리, 바스콘셀로스'의 책들이 몇 권씩 모여 있다. 책장 맨 아래는 무거운 책들을 주로 둔다. 이를테면 책세상에서 나온 빨갛고 묵직한 《니체 전집》 중 일부가 여기에 있다.

첫째와 둘째 책장 사이 빈 공간에는 책이 두 줄로 사람 허리 높이 정도로 가지런히 쌓여 있고, 그 옆 책장은 방금 본 책장하고 비슷한 크기인데 두 개를 나란히 붙여놓았다. 두 개 중 한쪽 책장은 전공 공부에 필요한 책들이 차지했고, 다른 쪽은 종민 씨가 중요하게 생각하는 책들이 보물처럼 들어가 있다. 바로 이영도와 이우혁의 책이다. 특히 이영도의 책은 가장 잘 보이는 곳을 차지했다. 맨 위는 대표작인 《피를 마시는 새》와 《눈물을 마시는 새》의 애장판이고, 그 아래는 《퓨

---

* Jose Mauro de Vasconcelos, 《나의 라임오렌지나무》로 잘 알려진 브라질 작가. 가난한 어린 시절을 보낸 뒤 청년기에는 권투 선수, 야간 업소 웨이터, 바나나 농장 인부 등 여러 직업을 전전했다. 이런 다양한 삶의 경험이 작가로 성공할 수 있는 밑거름이 됐다. 《나의 라임오렌지나무》는 브라질 현대 소설 역사상 가장 많은 판매 부수를 기록했고, 작가는 브라질 교육부 청사 정원에 세워진 청년상의 모델이 됐다.

처워커》,《드래곤 라자》,《폴라리스 랩소디》,《그림자 자국》, 단편 모음집 《오버 더 호라이즌》이다(이 책들은 모두 황금가지에서 나왔다). 이영도 전작 아래에는 이우혁의 《퇴마록》,《치우천왕기》,《왜란종결자》, 최근작인 《바이퍼케이션》 세트가 자리한다.

다음 책 모둠은 책상 오른쪽, 옷을 걸어두는 곳하고 함께 있는 책장이다. 걸어둔 옷 때문에 손이 잘 안 가는 만큼 잘 보지 않는 책들을 따로 둔다. 이를테면 잔인한 내용을 담은 소설이거나 어릴 때 읽은 동화책, (누구나 갖고 있기 마련인) '도대체 왜 샀는지 자기도 알 수 없는' 책들이다.

책상 위에도 많은 책이 위태롭게 쌓여 있다. 그곳을 다섯째 책 모둠이라고 하자. 이곳이야말로 정말 아무 대책 없이 책을 쌓은 것 같은데, 종민 씨만의 기준은 있다. 이영도와 이우혁을 뺀 판타지, 스릴러 등장르 문학을 종류별로 쌓았고, 추리소설도 많다. 한쪽에는 클래식 음악 관련 책(이종민 씨는 대학에서 고전 음악 동아리 활동을 한다)과 시집들이 보인다.

책상 아래에도 책을 넣은 상자와 2단짜리 책장이 있다. 책 상자에는 이영도의 《드래곤 라자》 구판을 비롯해서 당장은 꺼내 보지 않지만 망가지면 안 되는 하드커버 전집류가 들어 있다. 오른쪽에 있는 작은 책장에는 만화책만 빼곡하게 들어찼다.

마지막으로 책상 오른쪽에는 운동화 상자가 쌓여 있는데, 그 안에도 아니나 다를까 상자 크기에 딱 맞는 문고판 책들이 빡빡하게 들어 있다. 갖고 있는 책 중에서 가장 덜 아끼는 것들이 그 자리를 차지한다. 이렇게 해서 넓지 않은 방에 꽉꽉 들어찬 책들을 둘러보고 나니 갑자기 이 방이 브라질 열대림처럼 빽빽하게 느껴졌다. 쌓여 있는 책들을 걷어내면 또 다른 책들이 나오고 그 속에는 마치 다른 세계가 있을 것 같은, 여기는 끝없이 이어지고 돌아 나오는 이종민의 '바벨의 도서관' 이다.

이 방 주인은 책을 많이 읽는 편이다. 아무래도 학생이라 들쭉날쭉하지만 학기 때는 보통 한 달에 네댓 권을 읽고, 방학 때는 달마다 스무 권 정도 읽는다. 거의 매일 책을 손에 달고 다닌다고 해도 심한 말이 아닐 것이다. 요즘 뭘 읽었냐고 물으니 낚시 실타래에 끌려 올라온 오징어처럼 책 제목이 꼬리에 꼬리를 문다.

"《빨강머리 앤》을 앞의 세 권까지 읽었는데, 갑자기 길버트와 앤이 결혼하고 아이까지 낳는 장면이 나와서 나중에 읽으려고 잠시 멈췄어요. '소녀' 이미지로 생각하던 앤이 갑자기 저보다 나이가 많아지니 왠지 어색해서요. 요즘에는 레마르크에 관심이 생겨서 《서부전선 이상 없다》, 《사랑할 때와 죽을 때》를 함께 읽었고요. 얼마 전 시험 기간에는 짬짬이 《그리스인 조르바》를 봤고, 시험이 끝난 다음에는 가벼운 마음으로 구병모 작가의 《위저드 베이커리》를 읽었어요."

책 이름을 하나하나 들으면서 궁금증이 생겼다. 사람들은 보통 자기가 좋아하는 분야의 책을 모아서 읽는데, 《빨강머리 앤》과 《서부전선 이상 없다》나 《그리스인 조르바》와 《위저드 베이커리》를 같이 읽는 건 어떤 기준인지 이음줄이 잘 그어지지 않기 때문이다. 이유는 생각보다 어렵지 않다. 모든 책은 다 장점과 단점이 있다. 사람 만나는 일하고 마찬가지다. 단점만 볼 수도 있지만 종민 씨는 되도록 장점을 찾아 읽으려 한다. 어떤 책은 문체가 좋고, 또 어떤 책은 내용이 재미있고. 그렇게 좋은 점을 찾아내면서 읽으면 어떤 책도 재미있게 볼 수 있다고 종민 씨는 말한다. 우연찮게 재미있는 책이 걸리기를 기대하는 책 읽기보다 이쪽이 훨씬 괜찮은 방법이다.

어떻게 하면 이렇게 많은 책을 읽을 수 있을까? 특별한 방법은 없다. 이종민 씨는 책 많이 읽는 사람들이 대개 그렇듯 한 번에 두세 권씩 같이 읽는다. 이를테면 집에서 읽는 책과 학교 가면서 지하철 안에서 읽는 책이 따로 있다. 집에서는 크고 무거운 책을 읽고, 가지고 다니면서 읽는 책은 가벼운 것을 고른다. 학기 중에는 밤에 잠들기 전 어느 정도 분량을 정해서 읽고, 방학 때는 집중력을 발휘해 한꺼번에 읽을 수 있는 작가별 전집류를 선택한다.

종민 씨는 어릴 때부터 책 읽기를 좋아했다. 너무 책만 좋아해서 초등학생 때는 부모님이 책 읽기를 금지하는 일까지 있었다. 그럴 때는 책을 갖고 밖에 나가 읽고 들어왔다. 초등학생 때 일이다. 학원에 갈 때는 꼭 롤러블레이드를 탔는데, 심지어는 그걸 타고 달리면서도 책을 봤다. 지금 생각하면 어떻게 그럴 수 있었나 싶다. 학원 가는 길이 익숙해서 그랬겠지만, 지금 똑같이 해보라고 하면 못할 거라며 웃는다. 책에 얽힌 재미있는 이야기는 끊임없이 나온다. 또 초등학생 때 이야기.

"점심시간에 밥을 먹고 교실 뒤에 있는 학급문고에서 책 한 권을 꺼내 읽었는데 거기에 너무 빠져서 다음 수업 시간 때까지 계속 책을 봤어요. 음악 수업이라 아이들이 모두 리코더를 불고 있었는데, 그것도 듣지 못하고 책에 빠져 있었죠. 고등학생 때도 비슷한 일이 있었어요. 그때는 아침에 학급 전체가 30분 정도 책 읽는 시간이 있었는데,

그 시간이 끝나기 전에 선생님이 교내 수학 경시대회에 관련해서 전달 사항을 말하셨어요. 그걸 못 듣고 저 혼자 계속 책을 읽고 있었어요. 선생님이 몇 번씩 부르는 소리도 못 듣고 계속 읽었죠. 선생님을 '무시'한다고 야단맞았는데, 저는 너무 억울했어요. 자주 그렇지는 않지만 이렇게 재미있게 읽는 책에 빠질 때가 있어요. 그러면 주위에서 무슨 일이 있어도 모르고 계속 읽어요."

중학생 때부터는 용돈을 아껴 인터넷으로 책을 주문했는데, 학교에서 돌아오면 택배 상자가 사라져버린 적도 있었다. 집에서 책을 못 읽게 하니까 오기가 생겨서 더 책 읽기에 몰두했다. 중학교 3학년 때부터는 헌책방을 많이 찾아다녔다. 홍익대학교 정문 앞에 있는 온고당 헌책방 지하 매장(지금은 지상 매장만 열고 있다)은 종민 씨가 자주 가서 책을 산 곳이다. 주말마다 공부하러 마포도서관 가는 길에 들러서 교통비와 밥값을 아껴 헌책을 샀다. 시간만 나면 서울 곳곳에 있는 헌책방을 돌아다녔고, 신촌 '숨어있는 책'은 지금도 자주 다닌다. 이 정도 되자 집에서도 차츰 딸의 책 사랑을 더는 막지 못하는 분위기가 만들어졌다.

친구들은 종민 씨가 왜 그렇게 헌책방에 자주 다니는지 모르겠다며 이유를 묻는다.

"언젠가 이런 말을 책에서 읽었어요. 서점은 책을 사러 가는 곳이고, 헌책방은 책을 만나러 가는 곳이라고. 맞는 말이에요. 시내 큰 서점에 가보면 눈에 잘 들어오는 곳은 늘 최근에 나온 책이나 잘 팔리는 책들이 독차지하고 있거든요. 헌책방에 가면 펴낸 시기도 뒤죽박죽이고 유명하지 않은 작가 책들도 눈에 잘 보일 때가 많아요. 그렇게 낯선 책들 중에 하나를 골라 읽어보면 뜻밖의 보물을 찾을 때가 있어요. 그러면 또 서점에 가서 그 사람에 관한 책을 여러 권 찾아서 읽어보는 거죠."

이종민 씨가 가장 좋아하는 작가는 이영도다. 그중에서도 《드래곤 라자》를 첫손으로 꼽는다. 중학교 1학년 때 처음 읽었는데, 금세 다시 읽고 싶은 생각이 들었다. 종민 씨는 읽은 책을 다시 읽고 싶으면 2년을 기다린 다음 읽는다. 자기만의 기준이다. 그래서 중학교 3학년 때 다시 《드래곤 라자》를 읽었는데, 처음 읽을 때는 알 수 없던 깊은 내용과 철학에 크게 감탄했다.

고등학생이 돼 또 읽은 《드래곤 라자》는 더 큰 충격이었다. 중학교 3학년 때 그 책을 어느 정도 이해했다고 믿었는데 다시 읽어보니 여전히 아무것도 이해하지 못한 자기를 발견했기 때문이다. 앞으로 몇 번을 더 읽어도 자꾸만 새로운 것을 발견하게 될 듯한 책이 바로 이영도의 《드래곤 라자》다. 한창 이영도에 빠져 있던 고등학생 때는 친구하고 이야기하거나 토론하다가도 툭하면 '라자' 속 인물이나 대화, 상황을 꺼냈다. 이야기하던 주제에 잘 맞아서 친구도 흥미로워했다. 그렇지만 누가 왜 이영도를 좋아하느냐고 물으면 대답할 수가 없다. 아니, 대답하기 싫은 것이다.

세상에는 별처럼 빛나는 판타지 작가들이 있다. 특히 외국에는 세계적으로도 대작가 반열에 오른 사람들이 많다. 그중에 하필이면 왜 이영도일까? 종민 씨도 적지 않은 판타지를 읽었다. 어떤 것은 흥미로웠고, 재미는 물론 감동을 주는 작품도 많았다. 그 모든 책이 다 좋다. 영화로 만들어진 톨킨의 《반지의 제왕The Lord of the Rings》은 짐작하기도 힘들 만큼 놀라운 작가의 상상력을 만난 기억이 좋았다. 그렇지만 마음에 깊이 와 닿은 건 아니다. 딱 부러지게 말하기 힘든 거리감이 있다. 《퇴마록》은 초기 작품다운 거칠고 순수한 문체 때문에 좋아한다. 그렇지만 이영도의 작품은 재미와 감동을 넘어선 삶의 철학을 느끼게 해줬다. 그런 매력을 한마디로 표현하기는 어렵다.

"이영도 작품에는 수도 없이 많은 매력이 숨겨져 있는데, 그걸 몇 마디 말로 표현하는 게 싫어요. 그렇게 하면 당장 말한 것의 한계에 가둬서 의미를 전달하는 셈이니까요. 그러니까 표현할 수 없는 게 아니라, 표현하기 싫은 거예요."

친구들이 가끔 어떤 책을 읽으면 좋을지 묻는다. 그럴 때마다 종민 씨는 말한다. 그저 무엇 때문에 어떤 책을 읽지 말아라. 내용이 재미있다거나 거기서 얻을 것이 있기 때문에 책을 읽기 시작하면, 그런 이유가 없을 때는 읽지 않게 된다. 책은 읽는 과정 자체를 즐겨야 한다. 책을 읽어서 그 안에 담긴 걸 빨아들여야겠다고 생각하거나, 읽을 책이 너무 많은데 어떻게 다 읽고 제대로 이해하느냐고 생각하면 책 읽기가 어려워진다. 늘 과정이 중요하고, 책마다 숨겨진 매력을 찾아내는 게 즐거운 일이다. 그리고 그럴 때 오히려 많이 발견하고 느낄 수 있다.

세상에 책은 많다. 죽을 때까지 읽어도 모든 책을 다 읽을 수 없을 정도로 많고, 앞으로 더 많아질 것이다. 독자들은 이제 무슨 책을 읽을지보다 무엇 때문에 책을 읽을지를 진지하게 생각해야 한다. 책을 읽는 일은 책을 쓰는 일만큼이나 소중하다. 대형 서점에 가면 마치 사막에 온 것처럼 책이 끝도 없이 널려 있어 숨이 막힌다. 어떤 사람은 이런 풍경이 막막하게 느껴져서 더 책을 안 읽게 된다. 그럴 때는 조금 뒤로 물러서서 이렇게 생각하면 어떨까. 왜, 무엇 때문에 책을 읽을까?

세계의 환상소설 | 이탈로 칼비노 엮음 | 이현경 옮김 | 민음사 | 2010년

요즘은 소설이라고 부르는 것의 경계가 많이 허물어졌다. 얼마 전만 해도 순수 문학과 장르 문학은 뚜렷이 구별됐고, 독자는 물론 작가도 그렇게 인식한 것 같다. '세계 문학'이라는 이름으로 다시 찾아온 문학 전집 유행에 힘입어 출판사들은 경쟁적으로 새로운 작품과 참신한 작가들을 발굴하려 노력 중이다. 수백 권에 이르는 여러 출판사의 문학 전집을 들여다보면, 아니나 다를까 이름도 들어보지 못한 작가의 작품도 꽤 있다. 세계적으로 큰 명성을 얻은 작가라고 하더라도 우리말 번역본이 없으면 독자들은 작가에 관해 알 길이 없다. 그런 작품 중에 우리가 그동안 장르 소설로 취급하던 환상 문학을 적잖이 발견하고는 놀란다. 세계 문학이라고 하면 근엄하고 품격을 갖춰야 하며, 그러니 환상 문학은 그저 재미로 읽을 만한 것들이 아닌가? 어쩌면 이런 생각은 오랜 학습의 결과다. 어릴 때 그런 소설을 붙들고 있으면 어른들에게 혼이 났다. 그렇지만 따지고 보면 내가 가장 멋진 문학 작품이라고 늘 말하는 카프카의 《변신》도 환상 문학이다. 두툼한 하드커버가 인상적인 《세계의 환상소설》은 환상 문학이 결코 가벼운 느낌으로 대할 만한 게 아니라고 힘줘 말하는 것 같다. 이제는 거장이라는 말로 불러도 전혀 이상하지 않은 작가 이탈로 칼비노가 환상 문학의 정수를 뽑아 엮은 이 책 안에는 고골, 키플링, 발자크, 디킨스에 이르기까지 내로라하는 작가들이 쓴 환상 소설이 꽉꽉 들어차 있다. 어른들이여, 그러니 젊은 사람들이 환상 문학을 읽는다고 해도 너무 잔소리는 하지 마시기를. 이런 소설도 지금은 톨스토이나 셰익스피어처럼 고전의 반열에 한자리 당당히 차지했으니 말이다.

그림자 자국 | 이영도 지음 | 황금가지 | 2008년

《피를 마시는 새》,《드래곤 라자》 등으로 많은 팬을 만든 작가 이영도가 '라자' 이후에 쓴 소설이다. 판타지 소설에서 가장 많이 등장하는 것이 바로 전설 속 동물 '드래곤'이다. 드래곤은 동양의 '용龍'하고는 조금 다르다. 여의주를 물고 하늘로 올라가는 동양화 속 용을 생각하면서 판타지 소설을 읽으면 이내 이질감이 찾아온다. 서양 판타지 소설에서 드래곤은 오랫동안 많은 변화를 겪었다. 인간과 마법사는 드래곤을 죽이거나 이용하려고 작전을 펼쳤고, 드래곤 또한 자기 나름의 방식으로 인간들하고 공존하거나 대적하며 이 세상에 존재했다. 판타지 소설에서 드래곤이라는 존재는, 어쩌면 식상한 느낌을 줄 수 있다. 그만큼 많은 작가들이 지금도 신화와 드래곤이라는 소재를 뛰어넘고 싶어 무던히 애를 쓴다. 뛰어넘는 정도 갖고는 안 된다. 드래곤이 누리는 인기를 압도할 수 있는 탄탄한 서사의 힘과 매력이 필요하다. 이영도는 그런 의미에서 드래곤을 이어주는 중간자인 '라자'의 세계를 그리는 데 완벽하게 성공했다. 판타지 장르 소설의 불모지에 가까운 한국의 현실에서 이만큼 팬을 만드는 일은 거의 불가능에 가깝다! 그리고 라자의 시대에서 1000년이라는 시간이 흘렀다. 《그림자 자국》은 《드래곤 라자》가 성공한 지 10년 만에 내놓은 신작이다. 익숙한 계산법으로 우리의 시간은 10년이 지났지만, 그동안 작가는 머릿속에 1000년을 그리고 있었다. 무엇보다 이번에는 이영도라는 작가를 처음 접하는 사람도 부담 없이 읽을 수 있을 만한 분량이라 더 반갑다. 판타지 소설 치고는 드물게 2004년에 고등학교 문학 교과서에 실릴 만큼 작품성을 인정받은 이영도의 세계는 지금도 여전히 우주 속 어디인가를 향해 계속 진행 중이다.

---

* 100만 부 넘게 팔린 《드래곤 라자》는 2004년 태성출판사가 펴낸 고등학교 문학 교과서에 실렸다.

비움의 미덕 아는
활자 중독자
—
선교 정보 전문가 김재서

문화체육관광부가 발표한 '2011년 국민독서실태조사'에 따르면, 한국 성인들은 한 해 동안 10권이 좀 못 되는 책을 읽는다. 2010년 발표에 견주면 1권 남짓 줄어든 수치다. 정부 시책까지 거들어 책을 권하고 어느 때보다도 공공 도서관이 많아졌지만, 사람들은 점점 더 책을 멀리한다. 요즘에는 전자책 단말기도 많이 보급돼 독서 인구 증가에 도움이 좀 될까 싶었는데 여전히 사람들은 책을 많이 보지 않는다.

여러 가지 이유가 있을 것이다. 먼저 1990년대 중반을 지나면서 연예 엔터테인먼트 사업이 몰라보게 성장해 너나없이 연예인과 텔레비전에 눈길이 쏠린 것도 그중 하나일 테지만, 아무래도 스마트 기기가 삽시간에 사람들 두 손을 점령해서 지하철 풍경만 봐도 책보다는 스마트폰이나 태블릿 피시를 만지작거리는 사람이 많아진 게 가장 큰 이유가 아닐까 싶다. 게다가 요즘은 서민들 사는 모양도 팍팍해져서 당장 먹고살 걱정들 하느라 책을 멀리하게 된다. 인터넷 서점이 아무리 책을 '총알 배송' 한다고 떠들고 집 가까운 곳에 잘 만든 도서관이 있어도, '월화수목금금금'을 사는 사람들에게 책 읽기는 때로 사치처럼 생각되는 것이다.

몇 해 동안 헌책방을 하면서 사람들을 겪어보니 책을 읽는 사람들과 그렇지 않은 사람들의 경계가 더욱 넓어지는 걸 느낀다. 무슨 이유에서건 사는 게 여유가 없을수록 책 속에서 길을 찾고 힘을 얻으려는 사람이 있는가 하면 그럴 때 책 읽기를 먼저 끊고 대신 다른 걸 즐기는 이들이 있다. 솔직히 말해 책은 생각하기에 따라 꽤 지루하고 답답한 물건이 아니던가. 요즘처럼 즐길 것 많은 세상을 살면서 가만히 앉아 책을 읽는 일은 여간 의지력이 좋은 사람이 아니면 쉽지 않다.

다만 읽고 쓰기를 오랫동안 직업으로 삼아온 사람이라면 어떨까? 보통 그런 사람을 만나 이야기를 나누다보면 거의 습관적으로 글자에 빠져 있는 경우가 많다. 을지로에 있는 오래된 건물 5층에 작은 사무실을 내고 '기독교 선교 정보 전문가'로 일하는 김재서 씨가 바로 그렇다. 그이는 내가 일하는 헌책방에도 자주 오는 단골손님이다. 그냥 자주 얼굴을 보는 것만으로는 좋다고 말할 수 없다. 책방을 운영하는 사람 처지에서 보면, 오기는 오되 책을 많이 팔아주는 사람이 최고다. 김재서 씨는 분기에 한두 번 정도 책방에 나타나는데, 그때마다 책을 많이 사기 때문에 내심 반기는 사람 중 하나다. 게다가 여러모로 특이한 점이 많기 때문에 만나면 시간 가는 줄 모르고 이야기를 나누게 된다.

평일 점심시간에 인터뷰를 하러 갔더니 갑자기 호텔 뷔페에서 만나자는 것부터 이상했다. 드문드문 만나지만 몇 년 동안 알고 지낸 사이인 만큼 그런 곳에 일절 가지 않을 사람이라는 정도는 짐작하고 있었기 때문이다. 늘 헐렁한 티셔츠에 편한 면바지 차림만 봤는데 이번에는 좀 빼입고 나타나는 건가 싶었다. 그럼 내 쪽이 불안하다. 그저 편하게 다녀올 생각으로 집을 나서서 한 치수 큰 바지 밑단을 대충 싹둑 잘라 만든 반바지에 만화 캐릭터가 그려진 티셔츠 차림이다. 이런 모습으로 호텔 뷔페라니! 그렇지만 걱정은 곧 말끔히 사라졌다. 호텔 입구에서 나를 기다리는 김재서 씨 차림새는 여느 때처럼 오래 입은 티셔츠와 운동복 반바지에 샌들이었다. 과연 이런 차림새로 남자 둘이 호텔 뷔페 같은 곳에 가도 되는 걸까?

미리 걱정할 필요 없었다. 그이가 굳이 이곳 호텔 뷔페에서 나를 보자고 한 이유는 여기가 점심시간에 가장 사람이 붐비지 않는 곳이기 때문이다. 손님이 워낙 적은 탓인지 점심값도 한 사람에 만 원 정도로 낮게 받는 사실을 김재서 씨는 알고 있었다. 근처에 있는 이름난 냉면 집에서 냉면 한 그릇 먹어도 그 가격이 나오는데, 그러느니 조용한 곳 에서 밥을 먹고 싶다는 게 약속을 호텔 뷔페로 정한 이유다. 그건 나 하고도 통한다. 나도 소문나서 사람이 많이 몰리는 식당에는 거의 안 간다. 맛이 좀 없어도 한가한 식당이 좋다. 그런 곳이라면 느긋하게 밥 먹고 나서 신문도 좀 볼 수 있는 여유가 생긴다. 김재서 씨도 그런 이 유 때문에 유명세를 치르는 식당에는 거의 안 간다. 사람이 여유를 좀 갖고 살아야 하는데, 먹는 일부터 여유가 없으면 다른 것은 보나 마나 뻔하다.

점심을 먹은 호텔에서 멀지 않은 곳에 김재서 씨가 일하는 사무실 이 있다. 거기에 주로 책을 놔둔다고 해서 갔는데, 조금 당황스러웠다. 책을 꽤 많이 읽는 분으로 알았는데, 책이 아주 적었기 때문이다. 너비 120센티미터 정도 되는 네 단짜리 책장 두 개가 고작이다. 왼쪽에는 한국을 포함한 동아시아 지역 역사와 관련된 책들이 주로 꽂혀 있고, 오른쪽 책장에는 성경 주석서들이 대부분을 차지한다. 갖고 있는 책이 이렇게 적은 이유가 뭘까?

"책을 사면 한두 번 읽고 나름 판단을 합니다. 이걸 내가 계속 갖 고 있으면서 써먹을 책인지, 아니면 몇 년이 지나도 그냥 꽂아두기만 할 책인지를. 고민을 해본 다음 오랫동안 다시 보지 않을 것 같은 책 은 과감하게 다른 사람에게 줘요. 내가 갖고 있으면 몇 년 동안 책장 안에서 빛을 못 볼 운명인데, 다른 누군가에게는 당장 필요한 책일 수 도 있거든요."

물론 기독교인이고 그쪽 일을 하기 때문에 그런 행동을 하는 것은 아니다. 예전에는 책 욕심이 아주 많았다고 한다. 그때는 책 욕심은 욕심인지도 몰랐다. 마음을 바꾸게 된 계기는 외국에서 공부하던 시절에 만난 어느 선배다.

"1988년 일이에요. 미국에 건너가서 대학원 다닐 때 어느 선배를 알게 됐거든요. 이 선배가 책을 아주 많이 읽고, 가진 책도 많았어요. 유학생들은 대개 가난하고 집도 좁아서 책을 많이 갖고 싶어도 둘 곳이 없었어요. 선배는 부러움의 대상이었죠. 그래서 이 선배 집에 찾아가서 책을 많이 빌려봤어요. 그런데 우리가 책을 좀 빌려달라고 하면 선배는 빌려 가라는 게 아니라 그냥 줘버려요. 자기가 오래 두고 볼 책은 몇 권 따로 빼놓고, 다른 책들은 매번 다 나눠주더라고요. 이상했죠. 선배에게 물었더니 그런 얘기를 들려준 거예요. 책도 다 욕심이라고. 그 뒤로 공부를 마치고 돌아온 다음 저도 똑같이 그렇게 했어요. 그랬더니 책을 읽을 때 마음이 편하고 좋더라고요."

헌책방을 하는 처지인 나도 책을 많이 갖고 싶다는 욕심은 다 버리지 못했는데 이 사람 참 대단하다는 생각을 했다. 책방을 열고 나서 얼마 동안은 내 책이 다른 사람에게 팔려 나가는 것 자체가 몹시 아쉬웠다. 그랬으니 장사가 잘됐을 리 없다. 좋은 책이 있으면 먼저 손님에게 권해도 시원치 않을 판인데 오히려 팔리는 걸 아까워했으니. 지금 생각하면 내가 먼저 책 욕심을 좀 버려야 하지 않았나 싶다.

그러니까 책장에 들어 있는 책 양만 보고 어떤 사람을 판단하는 건 큰 실례다. 앞서 말했듯 김 씨는 거의 하루 종일 뭔가를 읽고 쓰는 일을 한다. 매일 홍수처럼 쏟아지는 나라 안팎의 소식을 모으고 걸러

내 선교 정보로 재가공한 뒤 선교 단체나 목회자들에게 제공하는 일은 한국에서 거의 그이만 할 수 있는 영역이다. 그렇기 때문에 김재서 씨는 늘 뭔가를 읽고 또 하염없이 쓴다. 그게 일상이다.

"일단 신문만 하더라도 한국은 물론 세계 각국에서 매일 나오니까, 중요한 매체는 거의 다 꼼꼼히 읽어요. 미국, 영국, 유럽은 물론이고 선교에 필수적인 중동 지역 매체도 놓칠 수 없거든요. 이를테면 이집트 같은 곳에서 발행하는 신문도 늘 보는 거예요. 제가 언젠가 대강 따지니까 그렇게 매일 읽는 신문과 여러 매체들이 시사 주간지 두세 권쯤 되더라고요. 하루도 쉬지 않고 거의 매일 그러다보니 가끔은 읽는다는 행위 자체에 치여서 지칠 때도 있는 게 사실이죠."

김재서 씨는 이렇게 읽은 내용을 가치 있는 선교 정보로 다듬는 일도 매일 해야 한다. 이 정도로 읽고 쓰는 일에 매여 산다면 나는 몸을 덜 움직여서 당장 병에 걸릴 것이다. 그런데 김재서 씨는 90킬로그램이 넘는 몸무게가 의심스러울 정도로 행동이 민첩하고 운동도 잘한다. 요즘은 자전거를 자주 탄다. 매일 자전거로 출퇴근하는 것은 물론이고 주말을 이용해 가끔 서울 근교를 120킬로미터 가까이 돌고 온다니 입이 딱 벌어진다. 작년에는 한강에서 낙동강을 거쳐 부산까지 자전거로 다녀왔다. 이런 사람은 그냥 타고난 습성 자체가 부지런한 게 아닐까 싶어 부러움마저 생긴다.

어쩌면 매일 이렇게 앉아서 읽고 쓰는 게 일이니까 일부러 활동적인 취미 생활을 하는 게 아닐까? 딱히 그렇지는 않은 것 같다. 놀랍게도 사무실 한쪽에 세워둔 자전거는 거창하게 비싸지 않은, 자전거 타는 사람들 사이에서는 그저 평범한 모델이다. 정말 욕심이 없는 사람이다. 주말에 100킬로미터 넘게 자전거를 타는 사람인데도 장비 욕심이 없다니 말이다. 어쨌든 일하지 않는 시간, 말하자면 퇴근하고 나서는 늘 이렇게 활동적인 일을 하는지 궁금했다.

"제가 집은 돈암동인데요, 평일에는 을지로까지 자전거로 출퇴근만 하고 집에 가면 또 책을 읽어요. 아내랑 아이들도 모두 책 읽기를 좋아해서 퇴근하고 아홉 시 정도 되면 다들 거실에서 책을 읽죠. 저는 조용한 걸 좋아해서 식구들이 잠드는 시간을 기다렸다가 읽습니다. 특이한 게 있다면, 관심사에 따라 책을 정해서 다섯 권을 동시에 읽어요. 한 권당 평균 10장씩, 모두 합쳐 50장 정도를 매일 정해놓고 집중해서 읽는 거죠. 그렇게 읽으면 한 권씩 읽을 때보다 생각하는 범위도 넓어지고 어느 한 가지에 빠지는 위험이 적어서 좋아요. 그리고 대중교통을 이용할 때는 갖고 다니면서 읽는 책 한 권이 있으니까 평소에 여섯 권을 동시에 읽는 거네요. 이렇게 읽으면 한 달에 대여섯 권 정도 정독할 수 있어요."

요즘에는 한국 근현대사에 관심이 많아졌다. 전에도 관심이 많았지만 한국 근현대사는 정리하기가 쉽지 않았다. 워낙 오류투성이 기록이 많아 무엇이 믿을 만한 역사인지 가려서 받아들이는 일 자체가 어렵다. 다행히 강준만 교수가 쓴 《한국 근대사 산책》(인물과사상사, 2008년)이 많은 도움이 됐다. 그밖에 지금 함께 읽는 책은 새롭게 펴낸 칼 세이건의 《코스모스》(사이언스북스, 2006년), 얼마 전 완역된 소설 《로빈슨 크루소》(을유문화사, 2008년)다. 모두 이미 읽은 책이지만 꼼꼼하게 다시 읽는다. 같은 책이라도 시간이 지나면 느낌이 다르기 때문이다. 특히 《코스모스》는 대학 다닐 때하고 20년 넘게 지난 지금 다시 읽을

때 느낌이 많이 다르다. 책을 한 번 읽고 그냥 덮어두면 안 되는 이유가 이것이다. 책은 바뀌지 않지만 사람이 바뀌기 때문이다. 사람이 만드는 책이지만, 그 책이 사람을 변화시키고 만들어간다는 말이 맞다.

하고 있는 일의 특성상 전에는 소설을 거의 읽지 않았다는 김재서 씨도 조정래의 대하소설에는 칭찬을 아끼지 않는다. 지금도《아리랑》(해냄, 2007년)을 천천히 읽는 중이다.

"조정래 선생의 책은 책 자체가 완벽한 역사서라고 해도 틀린 말이 아닐 겁니다. 이런 책은 암기 위주로 역사를 공부하는 학생들이 먼저 읽어야 한다고 생각해요. 역사는 몇 년에 무슨 일이 있었냐를 외우는 따위가 중요한 게 아니라, 그 세월을 몸으로 산 민중의 시각으로 더 넓게 봐야 감이 잡혀요. 선생이 쓰신 대하소설《아리랑》,《태백산맥》,《한강》을 다 읽으면, 이게 바로 우리 근현대사예요."

자기가 하는 기독교 선교 사업이 책 읽기하고 어떤 관계가 있는지 덧붙이면서 김재서 씨는 이야기를 맺었다. 선교는 넓은 의미에서 회복을 뜻한다. 무엇보다 인간성 회복이다. 무조건 어느 나라에 들어가 그 나라 사람들을 기독교인으로 만드는 것만 선교가 아니다. 굶는 사람이 있으면 먹을 것을 주고, 아픈 사람이 있으면 치료해야 한다. 억압받는 사람이 있으면 묶인 끈을 풀어주는 게 먼저 할 일이다. 그래서 종교인들이 여러 분야의 책을 많이 읽어야 한다는 얘기다. 치우친 생각을 하는 사람은 책을 잘 안 본다. 보더라도 한두 분야에 빠져버린다. 책을 통해서 자기를 만들어야 하는데, 오히려 자기 멋대로 책을 판단해버린다. 종교인들이 가장 빠지기 쉬운 치명적인 함정이 바로 편협하고 배타적인 믿음이다. 책을 다양하게 보면 여러 시각으로 세상을 보고 해석하는 데 도움이 된다. 이런 말을 하는 김재서 씨는 피가 펄펄 끓는 청년이 된 듯 얼굴빛이 한껏 생기가 차올랐다.

대한민국사(전 4권) | 한홍구 지음 | 한겨레출판 | 2003년

생김새 자체가 "나는 역사 연구가요" 하고 말하는 듯한 한홍구 교수의 책. 시간 순서를 따라 사건을 단순히 배열하지 않고 시절마다 큰 이야깃거리가 된 것들을 따로 모아 독특한 시각으로 풀어냈다. 무조건 연도를 외우는 식으로 역사에 어렵게 다가가는 것보다 어떤 사건을 보는 시각이 중요하다는 점을 배울 수 있다. 글쓴이는 좌와 우 어디에도 치우치지 않는 역사책을 만들어보려 했다지만 이명박 정부 때는 국방부 불온 도서로 지정되기도 했다. 그런데도 소리 없이 인기몰이를 해 2004년에는 이 책 앞부분을 만화로 각색한 책이 나왔다. 여전히 청소년부터 어른까지 이 책을 찾는 사람이 많다.

한국 현대사 산책(전 18권), 한국 근대사 산책(전 10권), 미국사 산책(전 17권) | 강준만 지음 | 인물과사상사 | 2006년, 2008년, 2010년

도대체 어떻게 하면 이렇게 책을 많이 쓸 수 있는지 궁금한 사람이 둘 있는데, 정을병 소설가와 강준만 교수다. 정을병 선생은 생전에 70권이 넘는 소설을 발표할 정도로, 말 그대로 엄청나게 책을 '생산'해냈다. 그렇다고 가볍게 볼 책들도 아니다. 생전에 여러 문학상을 휩쓸었을 정도로 문학적 성취도 높게 평가받았다. 돌아가시기 전 한국소설가협회 이사장을 맡기도 했다. 강준만 교수는 문학 작품을 쓰는 사람은 아니지만, 그래서 그런지 더욱 '글쓰기 기계' 같은 느낌을 준다. 어느 때는 달마다 단행본이 한 권씩 나올 때도 있다. 만화책도 그렇게는 잘 못 낸다. 강 교수가 2006년과 2008년 사이 야심 차게 펴낸 한국 근현대사 책이 모두 28권이다. 사료를 바탕으로 워낙 꼼꼼하게 글을 쓰기 때문에 읽다보면 본문과 주석이 엇갈릴 정도다. 신문, 방송, 잡지를 따지지 않고 수집한 많은 자료를 책으로 엮어내는 솜씨에 혀를 내두르게 된다. 강 교수가 쓴 책 28권을 섭렵하면 개화기부터 2000년 이전까지 한국 역사에 관련된 지식은 남부럽지 않게 자기 것으로 만들 수 있다. 물론 이 책들은 거의 생각의 재료기 때문에 이 재료를 바탕으로 자기만의 역사관을 만드는 일은 숙제로 남는다. 한국 역사를 방대한 책으로 엮어낸 강 교수는 이어 2010년에 미국 역사까지 섭렵했다. 단행본 17권에 미국이라는 나라가 처음 시작된 이민자 시대부터 버락 오바마의 대통령 당선까지 꼼꼼하게 다뤘다. 이렇게 쏟아져 나오는 '강준만식 글쓰기'를 싫어하는 사람도 많지만 열혈팬도 적지 않다. 철저한 자료 수집 앞에서는 누구나 이런 생각을 하게 된다. "한 번 만이라도 강준만 교수의 컴퓨터 하드디스크에 들어 있는 자료들을 훔쳐보고 싶다!"

대한민국사 1945~2008 | 임영태 지음 | 들녘 | 2008년

올곧은 마음으로 오랫동안 한국 근현대사를 연구한 임영태 씨의 현대사 결정판이다. 1945년 해방부터 2008년 이명박 정부가 들어서기 전까지 꼼꼼하게 다룬다. 강준만 교수처럼 역사적 사건을 따로 해석하지 않고 자료에 근거해 썼는데, 읽기가 한결 쉽다. 두꺼운 분량이 부담스러울 수도 있지만, 천천히 읽다보면 마치 정치 드라마를 보듯이 재미있게 쓰려고 노력하면서도 너무 가볍지 않게 풀어내려 한 글쓴이의 마음이 느껴진다.

책 읽는 도깨비
책 있는 책꽂이

대안 학교 교사 전희정

내가 기억하는 가장 오래된 옛날이야기는 도깨비가 주인공이다. 여름 밤, 잠이 막 들까 말까 하는 그때 어김없이 어머니는 옛날이야기를 해 주셨다. 지금처럼 늦은 시간까지 텔레비전에서 재미있는 프로그램을 내보내지 않던 그때, 어머니가 들려주던 옛날이야기만큼 내 상상력을 풍성하게 만들어주는 건 없었다. 매일 비슷한 옛날이야기를 들으면서도 늘 서로 다른 도깨비 모습을 머릿속으로 상상하는 게 재미있어서 계속 해달라고 졸랐다. 당연히 도깨비를 직접 본 적이 없는 나는 이런 저런 모습을 허공에 그렸다 지우면서 나만의 도깨비를 만들었다.

내가 아는 도깨비는 얼굴과 몸이 빨갛고 흉하게 생겼다. 더벅머리에 뿔이 한 개 아니면 두 개가 달려 있고, 언제 씻었는지 알 수 없을 정도로 냄새가 난다. 눈은 늘 충혈돼 있고 매부리코에다 위아래로 흉하게 삐드렁니가 났다. 아랫도리만 겨우 걸쳤는데, 짐승 가죽 같은 걸 대충 엮어서 만들었다. 손에는 가시가 삐죽삐죽 솟은 방망이를 들고 다닌다. 야구 방망이처럼 생겼지만 훨씬 크고 둔하게 보인다. 그리고 이렇게 생긴 도깨비가 일본 도깨비라는 사실은 어른이 된 뒤에 알았다.

서울에서 멀지 않은 동네에 요괴와 도깨비를 좋아하는 사람이 있다는 얘기를 듣고 조금 흥분된 마음으로 지하철에 올랐다. 과천을 지나 조금 더 가면 인덕원이 나오는데, 전희정 씨가 거기 산다. 전희정 씨는 근처에 있는 대안 학교에서 가끔 수업을 한다. 학교에서는 '나무'라는 별명으로 통한다. 작고 아담한 체구에 늘 웃는 표정을 짓는 그이의 공식 직업은 어린이책을 만드는 편집자지만, 대안 학교에서 청소년들하고 함께 그림책 이야기를 하는 시간도 재미있다고 한다. 수업 내용도 모두 그림책이나 도서관이나 책에 관련된 것이다.

그리 넓지 않은 빌라에 들어서니 거실 겸 주방으로 쓰는 곳부터 책으로 가득 차 있다. 안방에도 한쪽 벽은 책으로 빈틈없이 채웠고, 거실 옆에 딸린 일하는 방은 책상이 차지한 작은 공간을 빼면 벽이며 바닥이 모두 책이다. 그 작은 방은 어린이책과 여행서, 갖가지 지도책들로 꽉 찼다. 집을 한번 둘러보기만 해도 전희정 씨가 얼마나 책을 좋아하는 사람인지 알 수 있다.

거실 한쪽 벽면을 모두 차지하는 책장은 전희정 씨가 특히 좋아하는 책들로 채웠다. 아니나 다를까 거기에 내가 보고 싶은 요괴와 도깨비 관련 책들을 다 모아놨다. 어떤 기준으로 책을 배치했는지 궁금해서 물으려다 책장 옆 약간 빈 공간 벽에 붙어 있는 무슨 종이를 보고 깜짝 놀랐다. 흰 종이에 손 그림으로 책장 모습을 옮기고 책등에 쓰인 글씨를 일일이 베껴놓은 종이가 책장하고 나란히 붙어 있다. 책 좋아하는 사람을 많이 만나봤지만 이런 건 처음 봤다. 왜 이렇게 책장을 베껴 그렸냐고 물으니 그저 종이에 쓰고 그리는 게 습관이란다.

전희정 씨는 워낙 도깨비에 관심이 많아서 그런지 도깨비에 관해 묻기가 무섭게 이야기보따리를 풀어놨다.

"일본에는 도깨비 문화가 생활 속에 익숙할 정도로 넓게 퍼져 있어요. 요괴나 도깨비, 귀신을 다루는 학문이 따로 있을 정도로 연구가 활발하고 어린이책도 그런 쪽이 많아서 부러워요. 한국은 그런 문화가 거의 없거든요. 우리가 잘 알고 있는 도깨비는 일본 도깨비에서 유래된 게 대부분이에요. 어릴 때 많이 듣고 자란 〈혹부리 영감〉을 비롯해서 많은 도깨비 이야기가 사실은 일본에서 건너온 거거든요. 흔히 떠

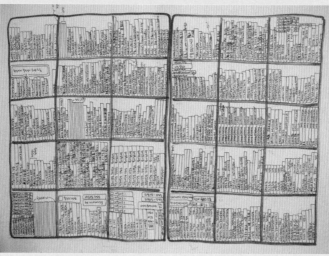

올리는 머리에 뿔 달린 도깨비가 바로 일본 도깨비 '오니'인데, 이게 일제 강점기 때 우리 도깨비 문화에 영향을 미쳤죠."

일본은 요괴와 도깨비와 요정의 천국이다. 예부터 전해 내려오는 설화가 많을 뿐 아니라 지금도 여전히 새로운 모습으로 재생산된다. 일본 애니메이션에 등장하는 '토토로', '도라에몽', '피카츄' 따위가 모두 지금 새 옷을 입고 등장한 요괴다. 한국은 도깨비 설화에 관련된 자료도 부족할뿐더러 연구하는 학자도 드물어서 어엿한 도깨비 문화로 발전시키지 못했다. '아기공룡 둘리'나 '뽀로로'가 이런 문화라고 할 수 있을까? 아이들에게 인기 있는 캐릭터이기는 하지만 뿌리가 튼튼하지 못하다.

전희정 씨는 일본에 가서 사 온 책이라며 어린이 그림책을 몇 권 꺼냈다. 대부분 일본의 대표 요괴인 '갓파かっぱ', '덴구てんぐ', '오니おに'에 관한 책이다.

"참 부러운 게 일본에 가니까 요괴 코너를 따로 마련해놓은 책방이 많더라고요. 그만큼 일본 사람들이 요괴 문화를 친근하게 즐긴다는 거예요. 특히 만화가 히사 구니히코의 《갓파 생활도감》 같은 책은 아주 놀라워요. 갓파라는 요괴를 실제로 존재하는 생물인 것처럼 아주 친숙하고 자세하게 표현해놨거든요. 갓파의 생활 습관부터 생김새, 서식지, 먹이, 갓파 무리의 독특한 문화까지 세세하게 설명한 상상력은 정말 혀를 내두를 정도예요."

일본에는 진지하게 요괴와 도깨비 문화를 연구하는 학자가 많다. 그중 전희정 씨가 최고로 꼽는 사람은 민속학자 츠네미츠 도오루常光徹다. 어린이 책도 많이 썼는데, 한국으로 치자면 제주대학교 석좌교수로 있는 주강현' 교수 정도 된다. 어른들이 이렇게 탄탄한 토대를 만들어주니 어린이는 그 책들을 보고 무한한 상상력을 키울 수 있다. 전희정 씨가 부러워하는 게 바로 이것이다. 상상력은 아무것도 없는 맨바닥에서 나오기 어렵다. 어린이에게 가장 필요한 게 창의력과 상상력인데, 일본 어른들은 그런 힘을 기를 수 있게 많은 재료를 마련해준다.

"물론 한국에도 도깨비 문화가 있어요. 특히 제주도에는 민간 설화가 많고 연구하는 분도 더러 있다고 들었어요. 도깨비 이름도 지역마다 달라서 '돗가비', '도채비', '토채비' 등으로 부르거든요. 우리 도깨비는 친근하고 사람에게 도움을 주는 존재예요. 무서운 괴물이 아니죠. 이렇게 오래된 도깨비 문화가 있는데 그걸 깊이 연구하고 아이들이 쉽게 다가갈 수 있는 결과물로 만들어내는 일에는 소극적이라 아쉽죠."

말을 하면서 그때그때 책장에서 요괴와 도깨비 책을 탁탁 꺼내는데 별별 신기한 게 많아서 놀랐다. '지옥'에 관해 쓴 책도 있다. 우리말로 번역되지는 않았지만 《지옥의 세계》와 《지옥에 간 소베》라는 책이 특히 눈에 띈다. 《지옥의 세계》는 마치 일본 어느 절에 있는 탱화를 옮겨놓은 듯 종교색이 짙은데, 어른인 내가 봐도 자극적이고 흉측한 그림들이 많아서 대체 왜 어린이용 그림책으로 만들었는지 궁금했다. 책 속지에 있는 지은이 말을 보고서야 이해했다. 지은이는 자기도 지옥이라는 게 없으면 좋겠고 있다 하더라도 가고 싶지 않다면서 그림책을

---

* 주강현 교수는 우리 고유 민속에 관한 연구를 오래 해왔다. 특히 제주와 바다에 관해 연구해 책을 많이 펴냈고, '굿' 같은 무속 신앙도 연구했다.

통해 어린이들에게 죽음을 설명하고 생명의 소중함을 말한다. 《지옥에 간 소베》도 어린이에게 교훈을 주는 책이다. 한 남자가 죽어 지옥에 갔는데 거기서 여러 사람들을 만나 이야기를 나누다가 삶의 소중함을 깨닫고 천신만고 끝에 다시 살아 돌아온다는 내용이다. 죽음과 지옥을 소재로 삼고 있으면서도 이야기는 어김없이 삶과 생명이라는 주제에 닿아 있다.

일본어를 전공한 전희정 씨가 처음 도깨비 책하고 인연을 맺은 때는 대학을 졸업한 뒤다. 순전히 우연과 행운이 겹치는 바람에 어린이책 출판사를 다니게 됐다. 출판사에서 일하게 될 줄은 전혀 생각도 안

하고 그저 면접이나 한번 보자는 마음으로 갔는데, 면접관으로 학교 선배님이 앉아 있었다. 그게 인연이 돼서 출판 일을 하게 됐고, 일 때문에 일본에 갔다가 책방에 요괴 코너가 따로 있는 모습을 보고 놀랐다. 그때부터 틈날 때마다 요괴와 도깨비, 요정에 관한 책을 사 모으기 시작한 게 이렇게 많아졌다.

책장을 찬찬히 살펴보니 과연 갖가지 요괴 관련 책들이 많다. 요괴뿐 아니라 오컬트* 책들도 꽤 된다. 그중에서도 도감들이 눈에 많이 들어온다. 《마녀도감》, 《드라큘라도감》, 《산타클로스도감》에 핀란드 작가 토베 얀손이 그린 요정 '무민Moomin' 시리즈까지. 책장을 그대로 옮겨 동네에 작은 요괴 박물관을 만들어도 괜찮다 싶을 정도로 자료가 많다. 다만 이 모든 게 대부분 외국 사람이 만든 책이라는 점이 아쉽다.

"민간 설화가 발달한 나라를 보면 사람 사는 곳이 오랫동안 보존돼 있는 경우가 많아요. 북유럽이 그렇죠. 울창한 숲과 드넓은 자연이 파괴되지 않고 선조 대대로 남아 있으니 후세는 거기에 얽힌 설화들을 상상하고 다듬어서 다음 세대에 전해줄 수 있는 거예요. 그런데 우리는 한국전쟁 뒤 국토 개발을 우선에 둔 정책이 수십 년 동안 이어지면서 그런 여지가 많이 사라졌어요."

전문 연구자도 아닌데 전희정 씨는 흥부 박속에서 나온 보물처럼 끝도 없이 다양한 이야기를 풀어냈다. 이런 사람은 당연히 어릴 때부

---

* Occult. 요술이나 주술, 심령, 점성, 예언 등 초자연적인 것을 찾고 따르는 문화.

터 책에 빠져 살았을까?

"어릴 때는 집에 책이 많지 않았어요. 계몽사에서 펴낸 10권짜리 《컬러학습대백과》와 50권짜리 《소년소녀세계명작》이 있을 뿐이었죠. 책을 많이 보지는 않았지만 《컬러학습대백과》는 그림이 많아서 좋아했어요. 줄곧 평범한 독서 생활을 하다 고등학생 때 한창 유행이던 이문열과 한수산의 소설을 읽었는데, 재미를 못 느꼈어요. 그렇게 대학을 가니까 손에서 책을 놓게 되더라고요. 졸업하고 출판사에서 일하기전까지 책을 거의 안 봤어요. 출판사에서 일하면서 책의 소중함, 특히 어린이책이 얼마나 중요한지 절실히 알게 됐죠."

출판사에서 10년 넘게 어린이책을 만들다 어린이 잡지 만드는 팀으로 옮겨 일 년 반 동안 일했는데, 재미도 있고 보람도 크지만 무척 힘들었다. 그즈음 아무래도 책 일을 그만두고 좀 쉬어야겠다는 생각을 했다. 남편하고 함께 1년 동안 유럽과 동남아시아 자전거 여행을 다녀왔다. 많은 것을 보고, 듣고, 느꼈고, 돌아와서 다시 책 만드는 일을 할 힘을 얻었다.

전희정 씨는 읽고, 쓰고, 그리는 일을 어릴 때부터 거의 습관처럼 해왔다. 1년 동안 자전거 여행을 하면서 일기장 일곱 권을 썼다. 일기는 하루하루 꼼꼼하게 적은 글과 그림으로 가득한데, 완성도가 높아서 지금 이대로 엮어 책을 만들어도 될 정도다.

"일기를 블로그 같은 곳에 쓸 수도 있지만 이렇게 그림으로 그리면 나중에 볼 때 더 의미가 깊어요. 그리고 제가 사진을 잘 못 찍어서 이렇게 그림으로 그리는 게 더 좋아요. 그림을 그린다는 건 사진하고 또 다른 맛이 있거든요. 자기가 본 것을 지극히 주관적으로 표현할 수

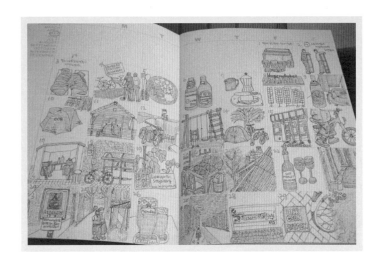

있고 하나하나에 질감이 느껴진다는 게 좋죠. 나중에는 사진보다 그림을 중심으로 해서 여행 책을 내보고 싶어요."

헌책방 일 때문에 가끔 일본을 다녀온다. 바로 옆 나라인데도 한국에 견줘 책 문화가 부러울 정도로 잘 정착돼 있어서 새 책이건 고서이건 일단 가면 배울 점이 많다. 전희정 씨가 말한 대로 그림책과 손으로 그린 도감이 많고, 그런 일을 하는 사람이나 책을 펴내는 출판사도 적지 않으니 마루젠* 같은 서점에 가보면 과장을 약간 섞어 천국에 들어선 느낌마저 든다. 그런 곳에 가면 먼저 도감만 따로 모아놓은 서가를 찾는다. 그러면 또 한 번 부러움에 눈이 빛난다.

---

* 의사인 하야시 유테키(早矢仕有的)가 1869년에 만든 기업. 처음에는 문구류를 수입해 팔다가 서점을 시작했다. 도쿄 역 앞에 있는 서점은 지금도 여전히 건재하고 연간 매출도 1조 원대에 이른다.

도무지 이런 책을 왜 만들었을까 싶을 정도로 단순한 생각에서 출발한 것들이 많다. 여러 중년 아저씨들을 관찰해서 모습과 특징을 세세하게 분류한 《아저씨 도감》, 도쿄 시내 곳곳에서 길고양이가 자주 출몰하는 골목을 알아보고 거기 사는 고양이들을 그린 《도쿄 길고양이 도감》,[*] 헌책방을 하나하나 찾아다니면서 손으로 내부 모습을 그린 《고서점 그라피티》,[**] 심지어 어떤 사람이 자기가 사는 동네를 돌아다니다가 길에서 주운 것들만 모아서 그려 도감으로 만든 책도 있다.

손으로 그린 그림이 주는 느낌은 똑같은 걸 사진으로 볼 때하고 차이가 크다. 사람의 눈은 디지털 사진기보다 그림을 더 친숙하게 이해한다. 특히 일본 사람들은 이런 느낌을 더 잘 포착해낸다. 몇 해 전부터 세노 갓파라는 일본 만화가가 그린 책이 몇 권 우리말로 번역돼 나왔다. 손 그림의 매력이 무엇인지 궁금하다고 묻는 사람에게 나는 종종 이 사람이 쓴 책을 권한다. 《펜 끝으로 훔쳐본 세상》(서해문집, 1999년)은 여러 해 전에 나와 품절된 책이지만 여전히 찾는 사람이 많다. 뒤이어 나온 《작업실 탐닉》(씨네21북스, 2010년), 《유럽낭만 탐닉》(씨네21북스, 2011년), 《세노 갓파의 인도 스케치여행》(서해문집, 2008년)도 갓파 팬들 사이에서 인기다. 한국에서도 얼마 전 시인과 소설가 몇 명의 작업실을 찾아 글을 쓰고 사진과 그림을 곁들인 《작가의 방》(서해문집, 2006년)이 나왔지만, 기대하던 손 그림 자료가 많지 않아서 조금은 싱

---

[*] 2009년에 《도쿄 고양이 골목 산책》이라는 제목으로 한국어 번역본이 나왔지만 지금은 품절됐다.
[**] 모두 세 권이 나온 고서점 그라피티 시리즈 중에서 두 권은 신한미디어 박노인 선생이 번역해서 펴냈지만, 얼마 전 나온 한 권은 아직 번역이 안 됐다. 번역된 두 권도 지금은 품절돼 서점에서 구할 수 없다.

거웠다. 우리 책 동네에도 더 많은 그림 작가들이 다양한 곳에서 활동할 수 있는 분위기가 만들어지면 좋겠다.

책에 손으로 그린 그림이 많으면 여러모로 도움이 된다. 책을 읽을 때 어떤 사람들은 줄거리나 주인공 이름 따위를 기억하는 것 때문에 스트레스를 받는다. 예전에 읽은 책인데 내용이 생각나지 않거나 하면 자기에게 실망하는 경우도 적지 않다. 그러다가 책하고 멀어지는 사람도 많이 봤다. 그럴 때 책 안에 들어 있는 그림 한두 장이 책 전체의 느낌을 더 확실히 드러내기도 한다. 전희정 씨는 책을 읽을 때 그 안에 담긴 정보 하나하나보다는 전체를 아우르는 인상이 중요하다고 말한다. 그림책은 더욱 그렇다.

"그래서 책을 읽으면 맨 앞 속지에 느낌을 간단하게 적어요. 그림으로 그려두기도 하죠. 다음에 그 책을 또 읽으면 이미 적어놓은 것 뒤에 이어서 적거나 그리고요. 그렇게 하면 같은 책을 여러 번 읽을 때 매번 다른 느낌을 받는다는 걸 알게 되고, 책이라는 게 정보를 얻는 것만 목적이 아니구나 하는 생각을 하죠."

며칠 뒤 서울에서 대안 학교에 관련된 행사를 할 때 다시 전희정 씨를 만났다. 그때 내가 갖고 있는 《귀신론》과 1980년대에 한국에서 어린이 잡지 부록으로 나온 요정에 관한 책을 선물로 줬다. 다행히 이 책은 전희정 씨도 갖고 있지 않았다. 나도 좋아하는 책 중 하나지만, 내가 갖고 있는 것보다 전희정 씨의 '요괴 박물지' 책장에 함께 있는 게 더 의미 있다고 생각했다. 어쩌면 멀지 않은 훗날 그이가 한국 도깨비를 되살릴 멋진 책을 만들 수 있지 않을까.

귀신론 | 고야스 노부쿠니 지음 | 이승연 옮김 | 역사비평사 | 2006년

어릴 때는 밤에 길을 가다 귀신을 봤다고 하는 사람 얘기를 심심찮게 들었다. 지금
처럼 골목마다 가로등이 환하게 들어올 때가 아니니 귀신이 아니라 다른 무엇을 봤
다고 해도 의심하지 않았을 것이다. 그렇지만 지금 누가 귀신이나 외계인을 봤다고
하면 대개는 우스운 사람 취급을 받는다. 보통 때는 눈에 보이지 않고, 봤다고 해도
손으로 만질 수 없는 귀신은 우리가 아는 자연법칙을 거스르는 존재, 말 그대로 초
자연 현상이다. 도대체 귀신이 진짜로 있느냐는 문제는 제쳐두더라도 우리 선조들
이 귀신 연구를 진지하게 받아들인 사실은 그냥 넘어갈 수 없는 흥미로운 일이다.
《귀신론》에 따르면 귀신을 본격적으로 연구한 흔적은 유가 사상이 발생하던 때 중
국에서 찾을 수 있다. 학자 주희는 문답을 하는 방식으로 제자들을 가르쳤는데, 이
때 귀신이라는 현상을 학문적으로 접근한 일화가 있다. 그 뒤 이 연구는 더욱 발전
해서 일본과 한국으로 건너와 풍성해졌다. 한국에서는 귀신 연구가 비교적 활발하
지 못했는데, 일본은 이토 진사이와 오규 소라이 같은 학자들이 귀신을 공부해서
남긴 글이 적지 않다. 이런 연구를 보면 귀신이 있고 없고는 문제가 아니다. 귀신론
은 귀신이 있고 없음을 떠나 이 초자연 현상이 사람들의 인식 세계를 어떻게 바꿨
는지 살피고, 나아가 사회에 미친 영향까지 분석한다. 일본에는 예부터 별의별 귀신
이 있고, 귀신을 신앙처럼 섬기는 사람들도 많다. 《귀신론》은 이렇게 다양한 귀신하
고 가깝게 지내는 일본 문화를 살펴보고, 나아가 천황제에도 이어진 엮인 복잡한
사회 구조와 역사 문제까지 들여다볼 수 있는 책이다.

일본의 요괴문화 | 중앙대학교한일문화연구원 엮음 | 한누리미디어 | 2005년

제목 그대로 일본의 요괴 문화를 설명한 책인데, 우리가 때로 하찮게 여기는 요괴와 도깨비가 일본에서는 얼마나 두터운 학문적 바탕 위에 있는지 잘 보여준다. 요괴는 말 그대로 괴물은 괴물이되 무섭지 않거나, 사람을 해치지는 않을 듯한 느낌을 주는 괴물이다. 한국에서 귀신이나 요괴는 갑자기 나타나 사람에게 해코지하는 공포의 대상이지만 일본에서는 딱히 그렇지도 않다. 요괴는 어린이 그림책에도 심심찮게 나오고 애니메이션에서 친근하게 탈바꿈하기도 한다. 이런 일본의 요괴 문화는 하루아침에 어떤 사람이 노력한 결과가 아니다. 남들이 하찮게 여기는 것이라도 끊임없이 연구하는 학자들 덕분이다. 이렇게 깊고 탄탄한 학문 토대는 그대로 후세대에 건네져 풍성한 문화를 일구는 자양분이 된다. 세대가 바뀌면서 선배들이 한 연구는 풍부해지거나 새로운 옷을 입는다. 《일본의 요괴문화》는 꼭 요괴에 관한 책이라기보다는 일본 사람들이 문화를 전달하고 재생산하는 방식을 보여주는 귀한 자료다.

저기 도깨비가 간다 | 김종대 지음 | 다른세상 | 2000년

우리 설화에 등장하는 도깨비와 일본의 도깨비를 비교하면서 오해와 편견을 바로잡고, 진짜 우리 도깨비가 무엇이고 도깨비 이야기는 우리에게 무엇을 말하려 하는지 되짚어본다. 많은 자료를 볼 수 있는 책은 아니지만 우리 도깨비를 다양하게 해석하려는 시도라는 점에서 의미가 깊다. 진짜 우리 도깨비는 어디에 살고 있을까? 일본 요괴하고 생김새가 다른 이유는 뭘까? 무엇을 좋아하고 무엇을 싫어할까? 도깨비는 왜 사람 앞에 나타날까? 도깨비를 달래려고 굿을 하는 이유는 뭘까? 우리는 오랫동안 여러 모양으로 우리 곁을 지켜온 우리 전통 도깨비를 제대로 알고 있는 걸까? 김종대 교수는 아무도 쉽사리 도전하지 않은 도깨비와 우리 민속에 관한 연구에 열정을 다해 그 결과물로《저기 도깨비가 간다》를 비롯해 여러 책을 펴냈다. 앞으로 이런 연구를 더욱 풍성하게 만들 책임은 뒤에 오는 젊은 세대에게 있다. 우리는 언제쯤 진짜 우리 도깨비를 만나볼 수 있을까?

오지 방랑자의 한옥 책 거실

다른 것도 그렇겠지만 특히 책은 사람에게 완전히 서로 반대쪽에 있는 것을 선물한다. 사람 마음을 풍요롭게 하는 게 책이다. 반면에 빈곤하게 만드는 것도 책이다. 책은 어떤 사람에게는 지식을 알게 한다. 그러나 책 한 권 때문에 자기가 지금껏 가져온 지식을 버리는 사람도 있다. 책은 사람을 숨 쉬게 하고 거칠게 움직이며 춤추게 한다. 그렇지만 어떤 사람은 책을 읽고 나서 그냥 거기 머물러 앉아버리기도 한다. 누군가는 책 속에서 세계를 향한 문을 여는 열쇠를 찾는다. 또 다른 누군가는 책 속에 들어앉아 안에서 문을 걸어 잠그고 나오지 않는다. 책은 대화하게 하지만 단절하게도 만든다. 벽을 허물기도 하지만 사람 사이에 장벽을 쌓는 것도 책이다. 책을 읽고 베푸는 사람이 있는가 하면 책을 통해 그러모으고 빼앗는 방법만 배우는 이들도 있다.

책을 좋아하는 사람들을 적잖이 만나면서 어느 정도 사람과 책을 견주어 볼 줄 아는 눈을 갖게 됐다. 이를테면 책 좋아하는 사람과 책 모으는 사람은 다르다. 앞쪽은 '애서가', 뒤는 흔히 '장서가'라고 부른다. 애서가이면서 동시에 장서가인 경우는 뜻밖에 많지 않다. 반대도 똑같다. 책을 많이 갖고 있는 사람이 반드시 애서가는 아니다. 어느 집에 들어가서 책장을 한번 눈으로 훑어보면 주인이 어떤 사람인지 대강 짐작할 수 있다. 애서가인지 장서가인지, 아니면 이도저도 아니어서 그저 책을 물건 삼아 진열해놓은 사람인지.

나는 장서가보다 애서가를 좋아한다. 둘 다 나름의 의미를 갖고 책을 사랑하는 사람들이겠지만, 마주 앉아 차 한잔 마시며 이야기 듣기에는 애서가가 좋다. 애서가들은 일단 사람과 책을 대할 때 모두 겸손하고 때로는 책 자체를 인격적으로 생각하기 때문에 불편하지 않다.

그런 사람하고 함께 있으면 시간 가는 줄 모르게 즐겁다.

　사람들로 북적대는 인사동을 뒤로하고 찻길을 건너, 학교 정문 옆으로 난 길을 쉬엄쉬엄 걸어 올라가면 정독도서관 가는 길이다. 이 길로 가다가 왼쪽으로 난 좁은 골목으로 접어들어 오래된 세탁소를 끼고 더 좁은 골목길로 조금 걷다보면 평범한 회사원 정무송 씨가 아내하고 둘이 사는 작은 집이 나온다. 정씨는 몇 해 전 결혼하고 여기로 전세를 얻어 들어왔는데, 골목이라 조용하고 한옥을 손봐서 만든 덕에 작은 마당까지 딸려 있어 제법 아늑한 곳이다.

　오래전 한 헌책방에서 직원으로 일하던 정무송 씨를 알게 됐고, 그게 인연이 돼 이 집에도 몇 번 와봤다. 그렇지만 오랜만에 다시 온 것

치고는 변한 게 거의 없어서 오히려 이상했다. 하룻저녁 자고 일어나면 길이며 건물들이 달라지는 서울에서 거의 10년 가까이 변하지 않는 곳이 있다는 건 반가운 일이다. 그러니까 이 집은 변함없이 듬직한 오래된 친구 같다. 게다가 마루에 걸터앉으면 바로 보이는 거실 책장도 내가 마지막으로 이 집에 온 몇 년 전 그 모습 그대로 있어서 얼마나 반가웠는지!

잘 정돈된 책장에서 가장 먼저 눈에 들어온 것은 한곳에 모아놓은 박상륭의 책과 프랑스 작가이자 알베르 카뮈의 스승인 장 그르니에 Jean Grenier의 선집이다. 1980년대부터 후반부터 10여 년에 걸쳐 청하에서 펴낸 장 그르니에 선집은 귀한 책이다. 카뮈는 워낙 유명한 작가라 여러 출판사에서 책이 나왔는데, 카뮈를 있게 한 장 그르니에의 번역서는 여전히 많지 않다. 카뮈와 장 그르니에의 관계도, 사람들은 그저 장 그르니에의 《섬》에 카뮈가 서문을 쓴 것만 알고 있을 정도다. 두 사람은 스승과 제자라는 관계를 넘어 친구이자 동역자였다. 다행히 얼마 전 책세상에서 《카뮈-그르니에 서한집 1932~1960》을 펴낸 덕분에 우리는 이 두 사람의 친밀한 관계를 엿볼 수 있다. 카뮈가 열아홉 살이고 장 그르니에가 서른네 살일 때 시작된 편지 왕래는 카뮈가 마흔일곱 살에 세상을 떠날 때까지 이어졌다. 그런데도 우리는 카뮈만을 기억하고 있다.

제대로 편집한 그르니에 전집은 언제 만나볼 수 있을까? 민음사에서 유명한 책만 몇 권 따로 편집해서 선집을 냈지만, 여전히 부족하다. 그렇기 때문에 장 그르니에를 좋아하는 사람들은 여전히 청하출판사가 펴낸 절판된 책을 찾아다닌다. 헌책방에서도 귀한 대접을 받기 때

문에 20권이 넘는 책을 다 모으기가 여간해서 쉽지 않다.

헌책방에서 볼 때도 느꼈지만 정 씨는 책 정리에 관해서라면 '달인'이라고 불러도 될 만큼 깔끔하다. 책장도 가지고 있는 책의 크기에 맞게 따로 주문해 만들었다. 책 높이가 일정하고 책장에 남는 틈이 없어서 멀리서 보면 마치 책으로 만든 벽지 같다.

책은 크기뿐 아니라 주제와 작가에 따라 정직하게 분류돼 있다. 전체를 보면 문학 작품이 가장 많은 공간을 차지하고, 역사와 인문, 자연과학, 그리고 정 씨의 관심사인 사진 관련 책과 여행서가 또 한 부분을 차지한다. 여행 쪽은 거의 다 아프리카, 네팔, 히말라야처럼 사람 발길이 많이 닿지 않은 오지를 다룬 책들이다. 결혼하고 나서 조금 뜸해지기는 했지만 정 씨는 정말로 그런 곳을 많이 여행했다. 아내도 아프리카 여행 정보를 주고받는 인터넷 카페에서 알게 됐다.

"결혼 전에는 방랑자처럼 살았어요. 평생 그렇게 살 수 있을 줄 알았어요. 정해진 것 없이 떠돌아다니면서 말이죠. 결혼하면서 좀 달라졌지만, 마음은 여전히 방랑자예요. 대학 졸업하고 나서는 2~3년에 한 번씩 책을 정리했어요. 여행 갈 때는 주변을 다 정리하고 가야 한다는 게 제 생각이거든요. 그러니까 갖고 있던 책도 친구나 후배 주고 배낭 안에 진짜 좋아하는 책 두어 권만 넣고 떠나는 거예요. 한번 외국으로 여행을 가면 적어도 몇 달은 거기서 지내요. 거의 거기서 살다시피 해야 여행하는 맛이 느껴지거든요. 그러다 다시 돌아오면 작은 집 구해서 살고, 또 헌책방 다니면서 책 사고, 한 2년 살다 또 정리해서 떠나고. 그렇게 살았어요."

결혼하고 나서는 그렇게 살지 못하니까 지금은 집에 책이 많이 늘었다. 그렇지만 내가 아는 정 씨의 독서량에 견주면 이 정도는 적은 편이다. 그렇다고 책을 따로 모아두는 곳이 있는 것도 아니다. 정무송 씨는 책을 상자에 담아서 안 보이는 곳에 쌓아놓는다거나 하는 일은 하지 않는다.

"책은 딱 읽을 것만 사요. 어떤 사람들 보면 표지가 예쁘거나 장정이 좋아서 책을 사는 경우가 있잖아요? 또 많은 사람들이, 사놓으면 언젠가 읽을 책이기 때문에 이것저것 일단 사는 경우도 있고요. 저는 그렇지 않아요. 내가 읽을 책만 사고 다른 욕심은 부리지 않아요. 헌책방에 가서도 책이 싸다고 해서 무리하며 사지 않아요. 늘 내가 읽을 만큼만 사는 게 좋아요. 그리고 사람들이 집에 와서 책을 빌려달라고 하면 빌려줘요. 빌려줄 때는 돌려받을 생각은 잘 안 해요. 진짜로 돌려주지 않는 사람도 있지만, 그래도 뭐라 하지 않아요. 그냥 잊어버리죠. 그리고 책이 책장에서 좀 넘친다 싶으면 다시 헌책방에 내다 팔든지 통째로 덜어내 남을 줘버리든지 그래요. 그렇게 하니까 이 정도 책 양이 늘 유지가 돼요."

빈 말이 아니라, 정무송 씨는 누가 책을 빌려달라고 하면 군말 없이 빌려주고 돌려받을 생각을 잘 안 한다. 그렇다보니 같은 책을 여러 번 산 일이 많다. 가장 많이 산 책은 민음사에서 1990년대 중반에 펴낸 까만색 표지의 보르헤스 전집이다. 《알렙》과 《픽션들》은 특히 인기가 좋아서 빌려주면 거의 돌려받지 못한다.

---

* 민음사는 이 두 책만 따로 떼어 세계문학전집에 넣었다. 전집은 각각 《알레프》(281번), 《픽션들》(275번)로 출간됐다.

말 나온 김에 여행 이야기를 더 들어본다. 정무송 씨는 여행하고 책을 거의 같은 의미로 보고 있는 듯하다. 여행을 할 때는 늘 책을 갖고 가고, 여행 가서 책을 읽지 않으면 여행 같지 않다는 말을 들은 적이 있다.

"여행 갈 때는 주로 철학 책이나 고전을 가져가요. 니체나 도스토옙스키, 동양 고전도 좋아요. 그런 책들을 여행지에서 읽으면 느낌이 완전히 달라요. 두껍지 않은 책 몇 권을 배낭에 넣고 이곳저곳 돌아다니다가 책을 펼쳐서 읽으면 이해가 잘돼요. 니체가 쓴 《짜라투스트라는 이렇게 말했다》를 히말라야 어느 곳을 여행하다가 읽는다고 상상해보세요. 서울 같은 도시에서, 깔끔하게 정돈된 북카페에서 읽는 것하고는 차원이 달라지는 거예요. 그렇지만 꼭 수준 높고 어려운 책일 필요는 없어요. 여행 중에 가장 기억에 남는 책이 있는데, 지금은 제목도 기억이 안 나요. 카트만두에 갔을 때 어느 허름한 여행자 숙소에 묵었어요. 거기 로비에 책이 몇 권 보이는데, 한글로 된 책이 한 권 있더라고요. 반가운 마음에 방으로 가져와서 읽어보니 조선족 작가가 쓴 추리소설 비슷한 거예요. 솔직히 내용은 진짜 유치하다 싶을 정도로 별로 좋지 않았지만, 바로 내가 있는 곳, 타멜 거리의 분위기하고 소설 내용이 미묘하게 맞아떨어지면서 무척 재미있었어요. 그게 바로 여행하면서 책 읽는 재미죠."

내가 알고 있는 사실 중에 가장 놀라운 것이 무엇이냐면, 정무송 씨가 해병대에 지원 입대해서 군 생활을 마쳤다는 거다. 대개 책을 좋아하는 사람은 성격이 내성적이거나 적어도 활동적이지 않아서 군대처럼 거친 조직에서는 어려움을 겪는다고 하는데, 왜 하필 해병대에,

게다가 지원 입대까지 했을까?

"어릴 때는 그저 평범한 아이였어요. 특별히 모나지 않게 조용했어요. 중학생 때는 학교 도서관에 가서 살다시피 했어요. 생각해보면 지금까지 살아온 날들 중에 그때 책을 가장 많이 읽었어요. 유명한 고전들도 많이 읽었으니까요.《젊은 베르테르의 슬픔》이나《이방인》은 아직도 생생하게 장면들이 기억나요. 그리고 보르헤스 같은 작가들이 좋아졌어요. 니체와 러시아 작가들도 이때부터 많이 읽기 시작했죠. 한동안 그렇게 문학 작품을 많이 읽었고, 지금은 관심이 자연과학과 환경쪽으로 좀 옮겨갔어요."

정무송 씨가 사는 집은 처음부터 책을 읽으려고 그렇게 만든 것처럼 '책 거실'이 아주 편안하다. 찬찬히 뜯어보니 한옥과 책이 그렇게잘 어울린다. 거실 문은 활짝 열 수 있고, 문 바깥은 작은 마루가 있는 소박한 마당이다. 집 너머까지 탁 트인 곳은 아니지만, 거실에 앉거나 마루에 슬쩍 걸터앉은 채 마당을 친구 삼아 책을 보는 일상은 생각만 해도 즐겁다. 이런 곳에 산다면 하루 중 어느 때든 손에 잡히는 대로 책을 읽을 수 있을 것 같다. 정씨는 먼저 조용한 분위기가 책을 읽는 데 좋다고 말한다.

"잡음이 있으면 책에 집중이 안 돼요. 주위가 조용해야 책이 잘 읽혀요. 그리고 날씨가 좋으면 책을 잘 못 읽겠더라고요. 궂은 날씨, 특히 비가 오는 날에 책 읽는 걸 좋아해요. 날씨가 좋으면 밖으로 나가고 싶지 않아요? 비가 오면 대개 감성이 풍부해지니까 이렇게 마루에탁 나와 앉아서 책을 읽으면 더없이 좋아요."

정무송 씨에게 책 읽기는 어떤 분야의 전문가가 되기 위한 지식을 쌓는 수단이 아니다. 정 씨는 자기가 아는 지식은 얕다고 당당하게 말한다. 나아가 지금보다 더 깊은 지식을 바라지도 않는단다. 그런 말을 들으면서 책장을 보니 참 여러 분야의 책들이 눈에 들어온다. 다양한 책들 사이를 이러저리 여행하는 느낌이 이런 걸까? 우주와 신의 본질을 다루는 철학 책부터 우리 풍속에 관한 책까지 정말 폭넓다. 얼마 전까지 국궁國弓에 관심이 있었다며 따로 모아놓은 활에 관한 책들도 보여준다.

"좀 이상하게 들릴지도 모르겠지만 저는 깊게 파는 것보다 얕고 넓게 아는 걸 좋아해요. 안 그래도 알고 싶은 게 많은데, 깊이 있게 들어가게 되면 다른 것들을 놓치기가 쉽거든요. 어떤 분야에 전문가가 되려고 다른 쪽을 포기할 필요는 없다고 생각해요. 어차피 프로가 되지 않을 거라면 관심 있는 분야를 되도록 폭넓게 보는 게 좋아요. 여행을 다니면서 느낀 건데, 세상은 상상하는 것 이상으로 정말 넓고 다양하거든요. 살아 있는 동안 그 모든 걸 이해하는 건 둘째 치고, 경험해보는 것도 불가능할 거예요. 그러니까 얕은 지식이라도 되도록 넓게 펴서 알고 싶은 거죠."

여기 내 앞에 앉아 있으면서도 늘 여행자 같은 느낌을 주는 정무송 씨에게 책은 무엇을 의미할까? 책 속에서 찾은 건 무엇일까? 책이 선물하는 이쪽과 저쪽의 경계 사이에서 정 씨가 어디에 속해 있는지 아주 조금은 알 것 같다. 마지막 질문에 정무송 씨는 아주 짧게, 하지만 오랫동안 잊히지 않는 대답을 내놨다.

"제가 사는 세상에서 필요한 건 딱 세 가지뿐이에요. 여행, 책, 술. 더 필요한 게 없어요. 그중 책은 멋을 내기 위한 장식품이 아니고, 책장에 모셔두고 감상하는 용도는 더욱이 아니죠. 그 시간, 그 장소에서, 바로 그 책을 읽는 것. 그런 요소가 알맞게 딱 갖춰지면 그것보다 더한 행복이 없을 겁니다."

책을 통해 무엇을 얻을 수 있다는 생각은 잘못된 믿음일 수 있다. 우리는 책에게서 무엇을 가져올 수 없다. 오히려 그 반대다. 진심을 다해서 책을 대하고 묵묵히 읽는 사람들에게 책은 어느 날 수줍은 소녀처럼 선물을 건넨다. 그 선물은 사람들이 선택할 수 없다. 책 속에서 뭔가를 계속 얻어 가려고 하는 사람은 그저 자기 욕심만 챙겨 갈 뿐이다. 그리고 사람들 앞에 그 욕심을 내세우며 책 속에서 뭔가를 얻었다고 자랑하기 바쁘다. 사실 그것은 책 속에서 받은 게 아니라 책을 이용해 자기가 만들어낸 것이다.

그런 사람들에게 말하고 싶다. 조용히 비가 오는 날 마당이 있는 작은 집에서 창문을 열어놓고 마음이 이끌어주는 책을 한번 읽어보라고. 그 시간, 그 장소에서, 바로 그 책을 읽는 일만큼 풍성한 기쁨을 누릴 수 있는 일상은 생각보다 그렇게 많지 않다.

아프리카 대륙의 일대기 | 존 리더 지음 | 남경태 옮김 | 휴머니스트 | 2013년

얼마 전 인포그래픽을 전문으로 보여주는 한 인터넷 사이트[*]에서 아프리카라는 땅
이 얼마나 큰지 알려주는 그림을 봤다. 아프리카라고 하면 막연하게 그냥 큰 땅덩
어리라는 생각만 하고 있었지 크기가 어느 정도인지는 사실 관심 밖이었다. 아프리
카에 가본 적도 없고 앞으로 갈 기회가 없을 것 같기는 하지만, 그래서 그런지 아프
리카를 향한 동경은 늘 꿈속에서 본 장면 같은 인상하고 함께 내 마음 한구석에 자
리한다. 그렇지만 아프리카 관련 정보를 찾으려면 마땅한 게 없는 것도 사실이다.
도서관에 가도 전문 서적을 찾기가 쉽지 않다. 《아프리카 대륙의 일대기》는 독특하
게 아프리카를 설명한다. 영국에서 태어났지만 오랫동안 아프리카에서 산 저자는
아프리카라는 대륙을 앞에 놓고 마치 한 사람을 대하듯 역사와 전통에 관해 쓴다.
지금까지 본 아프리카 관련 책은 대개 외국 사람이 아프리카라는 미지의 땅을 그럴
듯하게 묘사한 것 아니면 아프리카 사람이 쓴 조금은 이데올로기에 치우친 것이었
는데, 존 리더의 아프리카 책은 신선하다. 딱히 아프리카에 관한 깊은 지식이 없는
사람에게도, 또는 아프리카를 별로 알고 싶지 않은 사람에게도 이 책은 흥미로운
이야기가 가득하다. 그저 아프리카라는 무지막지하게 큰 대륙에 관한 정보가 아니
라, 그 땅에서 벌어진 일들에 관한 이야기를 아프리카라는 한 사람의 입을 통해 듣
는 재미있는 경험을 하게 된다.

[*] http://www.informationisbeautiful.net/2010/the-true-size-of-africa/.

죽음의 한 연구 | 박상륭 지음 | 문학과지성사 | 1997년

박상륭은 읽을 수 없다. 그냥 박상륭이 쓴 글을 보고 있을 뿐이다. 이게 내가 대학생 때 처음으로 박상륭의 책을 '보고' 난 다음 받은 인상이다. 도대체 무슨 말인지, 줄거리가 뭔지, 뭘 어쩌라는 건지 모르겠다는 말이다. 워낙 유명한 책이라고 해서 읽어봤는데 도무지 내 상식으로는 이해할 수 없었다. 한글로 써 있지만 마치 외국어로 된 책을 보는 듯한 느낌이 들고, 억지로 계속 붙들고 있으니 멀미가 날 지경이다. 그래서 나중에 임금복 씨가 쓴 《죽음의 한 연구 깊이 읽기》라는 책도 사 봤는데 역효과만 낳았다. 그 책을 보고 난 다음 《죽음의 한 연구》를 읽으니 더 수렁에 빠지는 느낌이었다. 마치 들뢰즈와 가타리가 쓴 《천 개의 고원》을 이해하고 싶어서 이진경의 《노마디즘》을 읽었을 때 든 기분하고 비슷하다. 시간이 조금 더 지난 다음, 내가 박상륭을 읽는 방법 자체가 완전히 틀렸다는 사실을 알았다. 박상륭이 대단한 작가라고 해서 높은 산을 오르듯 정복하려는 욕심이 앞섰다. 어떤 책이든지 그렇게 읽으면 탈이 나는 법이다. 그다음부터는 마음을 달리해 내 호흡과 리듬을 작가가 쓴 문장에 맞추며 읽었다. 비로소 '보기'에서 '읽기'가 됐다. 박상륭은 한국의 제임스 조이스라는 말이 그제야 이해됐다. 이제 어느 집 책장에 박상륭 책이 있으면 반갑고, 동지를 만난 것처럼 기쁘다. 정무송 씨 집 책장에는 《죽음의 한 연구》는 물론이고 《열명길》과 《칠조어론》도 나란히 들어앉아 있다. 사람에 앞서 이런 책장을 만나는 것만으로도 때로는 들뜬 기분이 든다.

---

* 질 들뢰즈(Gilles Deleuze)와 펠릭스 가타리(Fe'lix Guattari)가 함께 구상하고 쓴, 1000쪽이 넘는 책이다. '자본주의와 분열증'이라는 부제가 달려 있다. 워낙 유명한 책이라 딱히 전공자가 아니더라도 많은 사람들이 도전하지만 이해는 둘째 치고 처음부터 끝까지 그대로 읽어가는 것도 힘들다. 수유너머에서 연구한 이진경 씨가 친절하게도 이 책을 바탕으로 《노마디즘》(휴머니스트, 2002년)이라는 책을 썼는데, 허망하게도 이 책도 읽기 어렵다. 다른 책으로는 《천개의 고원》을 영어로 번역한 브라이언 마수미(Brian Massumi)의 《천개의 고원 ─ 사용자 가이드》(접힘펼침, 2005년)이 있지만, 어렵기는 마찬가지다. 게다가 지금은 절판됐다.

아프리카 술집, 외상은 어림없지 | 알랭 마방쿠 지음 | 이세진 옮김 | 랜덤하우스코리아 | 2007년

일본에 '심야식당'이 있다면 아프리카 콩고에는 술집 '외상은 어림없지'가 있다. 이 책은 아프리카를 좋아하는 정무송 씨가 추천했다. 일본에 있는 심야식당이 사연 있는 사람들에게 음식을 만들어주고 마음을 어루만지는 곳이라면, '외상은 어림없지' 에서는 그런 사람들에게 술을 권한다. 술집이기 때문에 술을 찾는 사람들이 많이 오는 건 당연하다. 그런데 워낙 기구한 사연을 지닌 사람들이 단골이라서 술집 주인은 이 사람들의 이야기를 기록으로 남기면 어떨까 생각하게 된다. 특이한 술집 이름처럼 이런저런 이야기를 달고 다니는 술손님들 이야기를 하나하나 듣다보면 술을 잘 못 마시는 나도 언젠가 아프리카에 가면 이 술집을 한번 찾아가고 싶다는 생각이 든다.

도스토옙스키를 쓰다 | 슈테판 츠바이크 지음 | 원당희 옮김 | 세창출판사 | 2013년

도스토옙스키는 어떻게 읽어도 재미있는 책을 쓰는 작가다. 요즘은 '고전'을 읽는 사람들이 많고 출판사들도 유명한 고전을 많이 펴내고 있는데, 대개 고전은 읽기 어렵고 지루하다. 저 유명한《레미제라블》만 해도 재미있는 장 발장 이야기를 기대하고 도전하면 큰코다친다. 어릴 때 짧게 읽고 지나간, 장 발장이 빵 훔치는 이야기는《레미제라블》전체를 볼 때 방 한구석에 쌓여 있는 먼지 같은 분량이다. 물론 읽다보면 나름대로 재미가 있기는 하지만, 재미를 느끼기도 전에 그 엄청난 분량에 이미 손사래를 치게 된다.《모비 딕》은 어떤가? 이 책도 어릴 때 그토록 흥분하며 읽은 축약본을 기대한다면 완역본을 보는 순간 벌써 겁에 질리고 말 것이다. 그런데도《모비 딕》을 끝내 다 읽으면 얻는 소득은 하나 있다. 그 사람은 이제 더는《노인과 바다》와《모비 딕》을 혼동하는 실수는 저지르지 않을 것이다. 이런 책들에 견주면 도스토옙스키가 쓴 소설은 너무 재미있다. 물론 긴 것도 있지만, 길어도 긴 것 나름이다. 도스토옙스키의 소설은 무조건 재미있다. 그렇지만 소설만 읽어서는 진정한 재미를 느끼기 어렵다. 이 작가가 이렇게 재미있는 소설을 쓰게 된 내막을 모르면 도스토옙스키를 읽는 즐거움의 절반은 사라져버린다. 다행히 우리말로 번역된 전집도 있고, 도스토옙스키의 삶을 다룬 책도 여럿 나왔다. 그중 가장 걸작은 역시 '평전계의 레전드'라고 할 만한 슈테판 츠바이크의 《도스토옙스키를 쓰다》다. 평전이나 전기라고 하면 보통 시간 순서에 따라 한 사람의 일거수일투족을 늘어놓는 글이라고 할 수 있지만, 츠바이크는 다르다. 도스토옙스키의 일생을 사실에 근거해 다루면서도 특유의 섬세함을 발휘해 인물 내면을 잘 묘사해서, 읽다보면 평전이라기보다는 소설 같은 느낌이 든다. 한국에서는 아직 슈테판 츠바이크의 작품을 체계적으로 번역하지 못하고 있다. 그래도 여기저기서 펴낸 책들이 꽤 있으니, 기회가 되면 츠바이크가 쓴 책만 따로 모아서 읽어봐도 좋다.

책무지개 뜨는
붙박이 옷장
—
자유기고가 전영석

책 많이 읽었다고 자랑하는 사람 치고 그렇게 자랑하는 만큼 책을 좋아하는 이는 드물다. 자기만의 관심사라는 시야가 있기 마련이고, 대부분은 그 테두리를 벗어나기가 쉽지 않다. 책을 읽고 쓰는 일을 직업으로 하는 사람도 그럴 정도인데, 평범한 독서가라면 두말할 나위가 없다.

어떤 사람이 근엄한 표정을 지으면서 이렇게 너스레를 떤다. "제가 일본 소설을 엄청나게 좋아해요. 안 읽어본 게 없다니까요." 십중팔구 이런 사람하고는 대화가 쉽지 않다. 틀림없이 자기가 알고 있는 일본 작가나 작품 쪽으로 이야기를 끌고가려 하기 때문이다. 심지어 들어보지 못한 작가나 작품 얘기가 나오면 불편한 마음을 내비치기도 한다. 어떤 분야든 다 그렇겠지만 책은 확실히 겸손함이 중요하다. 책처럼 범위가 넓고 깊은 매체도 없기 때문에 책을 잘 안다고 자부하는 것 자체가 무리수다. 무엇보다 책 자체에 겸손함을 가져야 더 넓은 곳까지 책 여행을 떠날 수 있다. 자기 배에 제아무리 큰 돛을 갖고 있다고 해도 그 사람이 다른 어떤 사람보다 바다를 잘 아는 건 아니다.

책 여행은 몇 년 동안 하는 세계 여행에 견줄 수 없을 정도로 지평이 넓다. 그러니 자기가 알고 있는 (또는 알고 싶은) 몇 가지 분야에만 머물러 있기보다는 더 먼 곳까지 바라보는 게 좋다. 무엇보다 책이라는 세계는 한곳에 머물러 있거나 자기가 좋아하는 분야만 깊이 파고들면 오랜 시간을 거쳐 화석처럼 굳어 자기만의 믿음이 돼버리는 경우가 많다. 그런 믿음은 때로는 위험하다. 비싼 비행기를 타지 않아도 되고 집에 있는 소파에 편안히 앉거나 지하철을 타고 가면서 할 수 있으니, 책 여행은 얼마나 경제적이고도 놀라운 모험인가! 부디 독서가들이여, 좁은 세계에 머물지 말고 과감하게 먼 곳을 향해 떠나보기를 권한다.

책을 좋아하는 사람 중에서도 내가 좋아하는 이는 어릴 때부터 시작해 다양한 곳으로 관심사를 뻗친 책 여행가들이다. 이런 사람은 지식이 특별하게 깊지 않더라도 만나는 것 자체만으로 무궁무진한 재미가 있다. 삶에서 재미라는 요소를 빼면 얼마나 무미건조할까? 그래서 나는 재미있는 이야기를 많이 들려주는 사람 만나는 걸 즐긴다. 가락동에 사는 전영석 씨가 바로 그런 사람이다. 전 씨는 얼마 전 결혼해 작은 아파트에 신혼살림을 차렸다. 신혼집이라고는 하지만 부모님하고 함께 살기 때문에 책은 전 씨가 일하는 작은 방 하나에 몰았다. 결혼 전에는 지금 방에 있는 양의 몇 배나 되는 책이 있었다고 한다.

"영화 관련 일을 좀 해서 책은 물론이고 비디오테이프와 디브이디 자료들도 꽤 많아요. 혼자 살 때는 그걸 다 집에 놓고 있었거든요. 그런데 결혼을 하니 저 혼자만 집을 쓰는 게 아니라서 전처럼 해서는 안 되겠더라고요. 그 전에는 발 디딜 틈 없이 쌓아놓고만 지냈는데, 결혼하고 싹 치웠죠. 대충 정리를 해놓은 게 지금 이 상태예요. 전에 갖고 있던 책들은 전부 박스에 포장해서 아는 사람 집 창고에 쌓아놨어요. 그걸 지금 못 보여드려서 아쉽네요."

방이 작다고는 하지만 창문 쪽을 빼면 벽마다 거의 틈이 보이지 않을 정도로 책을 쌓아놓은 모습을 보니 그 전에 혼자 살 때는 방이 어떤 상태였을지 짐작이 간다. 책과 자료가 워낙 많아서 붙박이 옷장 안쪽을 개조해서 책 두는 곳을 만들었는데, 어쩐지 비밀스런 느낌이 나는 서재가 특이하다. 평소에는 문을 닫아놓아서 누가 보더라도 옷

장이지만 손잡이를 잡고 양쪽으로 당겨 열면 안에는 깊숙한 곳까지 책들이 쌓여 있다. 옷장 서재 깊은 곳은 어둡기 때문에 마치 《나니아 연대기》에 나오는 비밀 옷장 통로처럼 그 끝이 다른 세계로 통할 것만 같다.

비밀 서재 오른쪽으로, 드나드는 문 옆에는 벽 전체를 차지하는 커다란 책장이 있다. 어린이책과 옛날 문고본, 시집이 보인다. 한눈에 보기에도 이 책장에 들어 있는 책들은 따로 소장하려고 모아둔 책이다. 책장만 봐도 여기 어떤 사연들이 숨어 있을지 궁금해진다. 책 한 권은 때로 한 사람의 인생만큼 많은 이야기를 담고 있기도 하다. 하물며 이렇게 많은 책 더미라면 어떨까?

옷장 서재에는 요즘 산 책이거나 곧 읽을 책들을 놔둔다. 안쪽을 대강 훑어보니 몇 해 전 열린책들에서 나왔다가 절판된 '미스터 노' 세계문학 시리즈가 가지런히 놓여 있고, 요즘 한창 주가를 올리는 민음사 세계문학도 여러 권 보인다.

'미스터 노' 시리즈를 좋아한 사람 중 한 명으로서 이 책들을 다시 보니 반가운 마음이 컸다. 한 권에 8000원이 안 되는 낮은 가격에 편집은 좀 빡빡한 편이지만, 그래도 그만한 세계문학 컬렉션이 있다는 건 책을 좋아하는 사람에게 물어보면 다들 반가워할 만한 일이다. 그렇지만 얼마 지나지 않아 이 시리즈는 갑자기 자취를 감췄고, 똑같은 내용에 똑같은 디자인을 한 책이 다시 나왔다. 이때는 하드커버를 입고 가격도 더 비싸졌다. 절판한 뒤 재고로 남아 있던 미스터 노 시리즈는 나중에 무역센터에서 열리는 국제도서전 때마다 열린책들 부스에서 싼값에 팔렸다.

전영석 씨는 만화책도 즐겨보는 편이라는데, 옷장 서재에서도 잘 보이는 곳을 차지한 여러 판본의 세계 문학 책들 옆에 《보노보노》와 《맹꽁이 서당》을 차곡차곡 쌓아둔 게 특이하다. 만화책이지만 두 책 모두 명작이다. 일본 만화 《보노보노》는 바다에 사는 해달 '보노보노'가 주인공이다. 어린 보노보노가 사는 바다에는 친구가 많지 않아서 숲에서 만난 다람쥐 '포로리'와 너구리 '너부리' 등하고 어울려 재미있게 논다는 게 내용의 전부다. 그렇지만 어린 등장인물들이 노는 모습에서 어쩌면 그렇게 배울 점이 많은지. 《보노보노》는 만화지만 철학적인 내용도 많이 담고 있어서 '보노보노 어록' 같은 게 따로 편집돼 나오기도 했다.

《맹꽁이 서당》은 모르는 사람이 없을 정도로 독자층이 폭넓은 역사 만화다. 만화가 윤승운 선생은 1970년대부터 한국 명랑 만화계를 이끈 장본인이다. 얼렁뚱땅 막 그려내는 것 같은 그림이지만 인물 하나하나 표정이 살아 있고 저마다 개성을 잃지 않는다. 처음에는 명랑 만화를 주로 그렸지만 1983년부터 만화 잡지 《보물섬》에 《맹꽁이 서당》을 연재하면서 본격적으로 역사 만화를 그렸다. 《맹꽁이 서당》은 조선 시대 후기 어느 마을에 있는 서당에서 개성 넘치는 동네 아이들이 훈장님하고 글공부를 하면서 조선 시대 역사를 이야기로 듣는다는 구성이다. 천방지축 아이들과 훈장님이 옥신각신하며 우리 역사 이야기를 풀어내는 게 단순한 것 같지만 묘한 매력이 있어서 연재는 조선 시대 편과 고려 시대 편까지 25년 동안이나 이어졌다.

"윤승운 선생님의 《맹꽁이 서당》은 제가 정말 좋아하는 책이에요. 지금 하는 일 하기 전에 논술 학원 입시반 강사를 한동안 했거든요.

주로 고등학교 2, 3학년 학생들 대입 논술을 지도했는데, 아이들이 활자로 된 역사책을 읽기 싫어해서 생각 끝에 이 책을 보라고 했어요. 스키마 수련용 교재로 활용하니까 역사를 재미있게 접근하는 데 도움이 되더라고요. 그런 이유로 고우영 선생님 책이나 이원복 선생님의 책도 지금껏 즐겨봐요. 고우영《삼국지》는 만화지만, 어떤 판본의《삼국지》보다 내용이 훌륭하다는 건 다들 인정하죠. 이원복 선생님 만화는 보수 성향이라는 견해가 많지만, 그래서 더욱 논술에 필요한 주제들을 많이 담고 있어요."

처음 직업을 물었을 때 자유기고라고 했는데, 둘러보니 집에는 영화 관련 자료들이 많다. 그런데 한동안 논술 학원 강사를 했다. 도무지 종잡을 수가 없다. 학교 다닐 때부터 지금까지 어떻게 살아왔는지 자연스레 궁금해졌다.

"어릴 때부터 책 읽고 글 쓰는 걸 좋아했고 나름 재능도 있다고 생각했어요. 그래서 대학은 문예창작학과를 들어갔죠. 시나리오 작가가 되고 싶었어요. 학교 다니는 내내 영화에 빠져 있었거든요. 고등학교 2학년 때인가, 동네에 있는 동시 상영 극장에서 〈대부〉하고 〈흑녀〉를 함께 틀어줬거든요. 물론 친구들이랑 저는 성인 영화인 〈흑녀〉를 보려고 간 거였죠. 결과적으로는 그때 본 〈대부〉의 영향을 받아서 나도 그런 멋진 시나리오를 쓰고 싶다는 꿈을 갖게 됐어요. 그런데 제가 85학번이에요. 그때 대학에 다닌 사람들은 알 거예요. 어딜 가도 캠퍼스는 공부하는 분위기가 아니었어요. 그런 사회 분위기 속에서 방황했어요. 시나리오 공모전 같은 데 한 번도 도전을 안 해봤으니까요. 졸업하고 뮤지컬 기획사랑 영상 관련 일도 더러 했는데, 잘 안 풀렸어요. 돈은 벌어야 되겠고, 지금껏 배운 게 글 쓰는 일이라 논술 학원에서 일한 거예요. 그렇게 살다가 마흔이 훌쩍 넘은 나이에, 조금 늦었지만 이제라도 제가 진짜 하고 싶은 일에 도전해보려고 다시 글을 쓰고 있어요."

이렇게 다양한 이력 덕분인지 정리를 많이 했다고는 하지만 전영석 씨 방에는 다양한 분야의 책들이 쌓여 있다. 박스에 넣어서 창고로 보낸 책들에 견주면 지금 방에 남은 책은 아주 적은 양이다. 자주 보고 참고할 만한 책들만 남긴 셈이다. 그런 책들 중에는 어린이책과 오래된 문고본 책이 꽤 포함돼 있다. 어릴 때부터 책을 많이 본 사람이라는 사실을 짐작할 수 있다. 나만 해도 어릴 때 어린이를 대상으로 해나온 책들을 거의 보지 않았기 때문에, 지금 갖고 있는 책 중에 어릴 때 본 책은 몇 권밖에 없다. 어릴 때 본 책들을 여전히 갖고 있는 사람은 그만큼 사연이 깊다.

"어릴 때는 아버지가 책을 많이 사주서서 집에 책이 넘쳐났죠. 실향민인 아버지는, 우리 아버지 세대가 대개 그렇듯 당신이 목말라하던 배움의 욕구를 자식 세대에게 투사하는 식이었어요. 그때 다들 집에 한 질씩 갖고 있었을 법한 계몽사 소년소녀세계문학전집*과 위인전이 있었고요, 금성출판사에서 펴낸 세계 명화 전집**도 기억나요. 덕분에 또래 아이들보다 책을 많이 접할 수 읽었죠. 이솝 우화를 비롯해서 〈잭과 콩나무 이야기〉, 〈벌거벗은 임금님〉 따위를 재미있게 읽은 기억이

---

* 1959년에 처음 시리즈를 펴내기 시작해서 1980년대까지 판을 거듭하며 인기를 누렸다. 모두 60권 세트다. 여전히 어릴 때 읽은 이 책을 기억하고 연도를 맞춰가며 한 권 한 권 수집하는 사람이 적지 않다.
** 1973년에 금성출판사가 펴낸 책으로 12권짜리 세트. 1980년대에도 계속 판을 거듭해 나왔다. 정식 명칭은 《현대 세계미술 대전집》. 일본에서 먼저 낸 책의 구성을 그대로 옮겨 왔다.

여전히 생생히 기억에 남아 있어요. 전집으로 된 책을 다 읽으면 그걸 처음부터 다시 읽고 그랬어요. 그러다 초등학교 4학년 때인가, 김내성의 《쌍무지개 뜨는 언덕》을 만났어요. 친구한테 빌려서 읽었는데 너무 재미있어서 난생처음으로 밤을 새워 책을 읽었죠. 세계 문학에만 길들여져 있던 제게 큰 충격을 안겨줬죠. 그즈음 과학소설 쪽에도 눈을 돌리게 됐어요. 지금은 책 제목도 생각이 안 나는, 외계인이 지구를 침략하는 내용의 소설을 읽고는 밤에 악몽을 꾸기도 했죠. 그런 일들을 계기로 말하자면 잡식성 독서가 시작됐어요."

초등학교 시절부터 이렇게 책에 관한 다양한 이야기가 쏟아져 나오는 사람은 드물다. 전 씨는 마치 '독서 편력기'라고 할 만한 책 이야기를 계속 들려줬다. 이미 초등학생 때 책 읽기에 눈을 뜬 전 씨는 중학교에 들어가면서 본격적으로 드넓은 책의 바다를 헤엄칠 준비 작업에 들어갔다. '문고본'이라는 신세계를 알게 된 것이다.

"중학생이 돼서 '삼중당 문고'라는 걸 알게 됐어요. 신세계였죠. 장정일 작가가 시나 산문에서 종종 언급했듯, 까까머리 중학생이던 저도 삼중당 문고라는 나침반을 들고 세계 문학의 바다를 항해하기 시작했어요. 동네 헌책방을 돌아다니면서 문고본 책을 300원에 사 모으는 일이 너무 즐거웠어요. 《데미안》, 《죄와 벌》, 《카라마조프가의 형제들》, 《어린 왕자》, 《마의 산》, 《톨스토이 민화집》을 그렇게 읽었어요. 더욱이 그때 제 주변에는 책 읽기에 푹 빠진 다른 친구들이 있어서 수업 끝나면 무슨 할 말들이 그리 많은지 책 이야기를 서로 나누며 시간 가는 줄 몰랐죠. 학교 운동장 스탠드에 모여 앉아서 해가 질 때까지 온갖 개똥철학에다 제 나름의 평론을 주고받았어요. 제 삶 전체를 보더라도 이때가 가장 책을 많이 읽은 시기예요."

고등학생 때까지 열심히 삼중당 문고를 섭렵하고 나니 책 읽기는 꼬리에 꼬리를 물고 자꾸만 곁가지를 쳤다. 할 수만 있다면 타임슬립*을 해서 이때로 돌아가고 싶다는 말을 했다. 시험 공부도 잊은 채 죄책감에 시달리며 밤새 책을 읽고 친구들을 만나 얘기를 나누던 그 시절이 그립다며 특유의 푸근한 웃음소리를 들려줬다.

전영석 씨의 책 읽기는 대학에 들어가서도, 군대에 가서도 멈추지 않았다. 군에 있을 때는 히틀러 자서전인 《나의 투쟁》을 몰래 숨겨 읽다가 불온한 사상을 가진 병사로 몰려 곤욕을 치르기도 했다. 그렇지

---

* Time-slip. 어떤 일을 계기로 한 사람 또는 어떤 집단이 갑자기 과거로 시간 여행을 가게 되는 것. 기계 장치에 의존하지 않고 의도하지 않은 상태에서 일어나는 일이기 때문에 타임머신하고는 다르다. 이 말은 필립 K. 딕의 소설 《화성의 타임 슬립(Martian Time-slip)》(1964년)에서 처음 쓰였다고 알려져 있다.

만 이런 일들이 전 씨의 책 사랑을 멈추게 하지는 못했다. 오히려 제대하고 나서 더욱 책에 빠지는 계기가 됐다.

"제대한 뒤에 알 수 없는 목마름 같은 게 느껴져서 서초동 국립중앙도서관에 거의 석 달 내내 하루도 빠짐없이 출근하듯 가 책을 읽었어요. 도시락까지 싸갖고 다니면서 책을 봤으니 말 다했죠. 고전 문학에 푹 빠진 중고생 때를 1기라고 하면, 제가 생각하는 '폭풍 독서 세 2기'라고 할 만하죠. 하하."

책을 많이 보는 사람들은 책 보는 습관도 남다르다. 작가 장정일은 오로지 초판만 보고 책을 볼 때는 손을 깨끗이 씻는다는데, 내가 만난 많은 사람들도 저마다 습관이 있다. 어슷비슷하지만 사람마다 다른 독서 습관에 관한 이야기를 듣는 것도 책 좋아하는 사람들을 만나 이야기할 때 빠질 수 없는 즐거움이다.

"책 좋아하는 분들 중에 결벽 증세가 있는 경우가 많은데요, 저도 심하지는 않지만 그런 부류예요. 일단 책을 보면서 밑줄을 긋지 않고요, 책을 접거나 구기는 걸 싫어해요. 요즘에는 좀 덜하지만 한때는 그런 게 싫어서, 다른 사람 손 타는 게 싫어서 책을 거의 빌려주지 않았어요. 그리고 빌려줬다가 돌려받지 못한 경험을 몇 번 하고 나서는 더욱 책 빌려주는 걸 싫어하게 됐죠. 빌려줄 바에는 차라리 새 책을 사서 줬어요. 그래서 똑같은 책을 여러 번 산 경우가 더러 있어요. 가장 많이 산 책이 데즈먼드 모리스의 《털없는 원숭이》예요. 여덟 권 정도 산 거 같네요. 마빈 해리스의 《문화의 수수께끼》하고 《음식문화의 수수께끼》도 여러 번 샀어요. 어느 때인가 도서관처럼 조용한 곳에서는 책을 잘 못 읽게 됐어요. 조용하려면 아무 소리도 없이 고요해야 하는데, 작은 소음이 신경을 거슬리게 하더라고요. 그래서 집중해서 책 읽을 때는 차라리 사람 많은 서점이나 지하철역, 공원에 가요. 웅성거리는 부드러운 소음이 오히려 마음을 편하게 하더군요. 가장 집중력 있게 책을 볼 때면 화장실에 들어가 읽어요. 그리고 김훈 선생의 《칼의 노래》처럼 뼈를 저미는 문장을 읽을 때는 아무 방해도 받고 싶지 않을 만큼 예민해져요. 그런 책을 읽을 때는 아예 전화도 받지 않을 정도예요."

책 읽기와 책 자체에 관한 대화를 거쳐 번역 문제까지 이야기는 거침없이 이어졌다. 전영석 씨는 번역에도 꽤 까다로운 잣대를 갖고 있는데, 이건 많은 사람들이 공감할 것이다. 문학 작품을 바라보는 풍부한 식견 없이 그저 기계적으로 번역만 한 듯한 작품을 읽을 때 우리는 얼마나 고통스러운가.

"삼중당 문고본으로 《달과 6펜스》을 다 읽는 데 꼬박 석 달이 걸렸어요. 원서를 읽을 수준이 안 되니 번역서를 볼 수밖에 없는데, 제 나름대로는 문장에 예민해서 잘못된 번역이라고 생각되는 문장이나 비문, 의미 전달도 안 되는 허술한 문장들을 읽다보면 진도가 안 나가서 짜증만 나요. 《위대한 개츠비》와 《호밀밭의 파수꾼》은 여러 번역본을 구해서 비교하며 읽었어요. 《위대한 개츠비》는 김욱동 씨 번역, 《호밀밭의 파수꾼》은 공경희 씨 번역이 탁월했어요. 책을 읽을 때, 특히

---

* 한동안 몰아닥친 고전 열풍에 힘입어 출판사들의 경쟁이 치열하다. 단점도 많았지만 좋게 생각하면 여러 사람이 서로 다른 느낌으로 번역한 책을 읽어볼 수 있는 좋은 기회다. 특히 《위대한 개츠비》는 유명 배우가 출연한 할리우드 영화가 개봉하는 때에 맞춰 번역본이 많이 나왔다. '한국 최고의 번역가'라는 말을 책 앞에 붙인 김석희 씨 번역이 열림원에서 나왔고, 여기에 문학동네가 소설가 김영하의 번역으로 맞섰다. 민음사는 김욱동 교수 번역본을 내놨다. 그밖에 이기선 번역본과 방대수 번역본도 서점에서 구할 수 있다.

번역서를 읽을 때는 줄거리만 생각하지 말고 더 깊은 의미를 되새기기 위해서라도 몇 가지 번역본을 비교하며 읽으면 좋아요."

인터뷰는 시간 가는 줄 모르고 오랫동안 계속됐다. 대강 정리하고 밖으로 나가 함께 냉면으로 점심을 먹으면서도 책에 관한 이야기는 그칠 줄 몰랐다. 영세한 우리 출판계 현실, 유행에 민감한 독서 풍토, 자기계발서의 범람, 가벼운 글 읽기와 그런 글을 양산해내는 작가들, 민음사 세계문학전집과 얼마 전 나온 문학동네 새 시집 시리즈의 책 판형……. 차가운 냉면에 반찬은 하나뿐인 밥상이었지만 책 얘기를 나누다보니 어느 만찬보다 훌륭한 차림이 됐다.

요즘은 무슨 책을 읽고 있느냐는 질문에 전 씨는 작은 문고본 책 두 권을 보여줬다. 톨스토이의 단편을 모은《톨스토이 민화집》과 찰스 디킨스의《두 도시 이야기》다.《톨스토이 민화집》은 얼마 전 텔레비전을 보다가 드라마 대사에《사람에게는 얼마만큼의 땅이 필요한가》가 나오길래 톨스토이가 생각나서 읽고 있다.《두 도시 이야기》는 크리스토퍼 놀란 감독이 영화〈다크 나이트 라이즈〉를 만들 때 이 소설을 많이 참고했다는 얘기를 들어서 다시 꺼내 읽는 중이다. 지금 읽는 이 두 책 모두 세로쓰기 문고본이다. 책은 언제 어디서든 가볍게 읽을 수 있어야 한다. 무거운 독서는 책 읽는 사람도 무겁게 만든다. 겸손한 독서가는 몸 전체가 겹겹이 쌓아 올린 생각들로 가득 차 있지만 그 사람이 풍기는 느낌은 바람처럼 가볍다.

모처럼 둥실 떠오를 듯 가볍고 청량감 넘치는 만남을 뒤로하고 내가 일하는 헌책방으로 돌아왔다. 더운 날씨 탓에 흐르던 땀은 지하철을 타고 오는 동안 깨끗하게 말랐다.

쌍무지개 뜨는 언덕 | 김내성 지음 | 맑은창 | 2010년

전영석 씨가 초등학교 4학년 때 읽고 큰 감명을 받은 바로 그 책이다. 김내성(사실 '김래성'이 더 익숙하다)은 일본에서 유학한 작가로 에도가와 란포˚의 영향을 받아 탐정소설을 썼다. 어린이 잡지《소년》에 연재를 했는데, 한국전쟁 때문에 중단되기도 했다. 중학생 때 우연히 동네 헌책방에서 이 책을 발견한 나는 표지에 있는 예쁜 여학생 두 명을 보고 흥미가 일었다. 출판사가 어디인지 기억은 나지 않지만, 소설 속 무대가 내가 살던 정릉에서 그리 멀지 않은 곳이어서 더 현실감이 느껴졌다. 1950년대가 배경이라 내가 이 책을 읽은 때하고는 30년이라는 거리가 있었지만, 적당히 윤색해서 그런 줄도 몰랐다. 소설에는 가난한 동네인 돈암동, 혜화동, 종로, 청계천, 동대문 일대에 관한 묘사가 종종 나오는데, 몇 번 자전거를 타고 소설 속 장소를 찾아본 기억도 있다. "은주와 민구는 삼선교역에서 내려 오른편으로 개천을 끼고 한참 걸어가다가 언덕길을 올라갔다. 그 언덕에는 일제 시대에 방공굴로 팠던 구멍이 삥 돌아가며 예닐곱 개 뚫려 있었다. 그러나 지금 그 방공굴에는 모두 사람이 살고 있었다"(57쪽). 여기는 지금 어디일까? 1980년대에도 삼선교 주변에 이런 풍경이 있었다는 말은 못 들었다. 아리랑고개 언저리가 아닐까 짐작할 뿐이다.

˚ 본명은 히라이 타로(平井太郎). 에도가와 란포라는 필명은 미국 작가 에드거 앨런 포(Edgar Allan Poe, 1809~1849)의 이름을 딴 것이다. 기괴하고 음울한 란포의 작품이 에드거 앨런 포하고 닮은 점이 많다. 일본탐정작가클럽을 만들어 초대 회장을 맡았다.

마의 산 | 토마스 만 지음 | 곽복록 옮김 | 삼중당 | 1981년

가끔 옆 나라 일본에 갈 일이 있으면 150년 전통의 서점 마루젠에 꼭 들른다. 크기로 따지면 한국에 동양 최대급 서점이 있기 때문에 놀랄 것도 없지만, 다양한 책을 깔끔하게 정리해놓은 서가를 보면 부러운 마음이 생긴다. 정말 별별 책이 다 있다. 도대체 이런 책을 내면 누가 읽을까, 팔리기나 할까 싶은 책들이 버젓이 판매대에 올라와 있는 모습을 보면 이 나라 출판 시장이 더욱 궁금해진다. 무엇보다 신기한 건 바로 문고본이다. 일본은 예부터 문고본 책이 많이 나왔다. 마루젠에는 이 문고본만 따로 모아놓은 서가가 있다. 이것만 해도 양이 엄청나서 그냥 훑어보는 데도 시간이 오래 걸린다. 한국도 1970~1980년대에 문고본 책이 많이 나왔다. 문고본을 펴낸 대표 출판사는 삼중당, 범우사, 을유문화사, 삼성문화문고 등이다. 그때 나온 문고본 책은 세로쓰기에 글자도 작다. 대부분 일본 책을 겉모양부터 번역까지 그대로 따라했다. 일본의 문고본 시장이 여전히 큰 반면 한국 출판사들은 값싼 문고본을 많이 만들지 않는다. 그래서 헌책방에 문고본 책을 구하러 다니는 사람들이 종종 있다. 언제 어디서든 꺼내 읽을 수 있는 장점을 지닌 문고본을 이제 헌책방에서, 아니 헌책방에서도 쉽게 만날 수 없다. 그래서 그런지 문고본 책을 한곳에 모아놓은 전영석 씨를 보고 기분이 좋았다. 나도 소중히 간직하는 문고본 책이 있다. 그중 하나가 삼중당에서 펴낸 토마스 만의 소설 《마의 산》이다. 독문학자 1세대 격인 곽복록 교수가 번역한 책으로 믿고 읽을 만하다. 꽤 길어서 문고본 세 권에 나눠 펴냈다. 덕분에 더 가볍고 갖고 다니기 편해졌다. 이런 책은 한 번 읽고 책장에 모셔두는 게 아니다. 여러 번 읽을수록 더 진한 맛이 난다. 이 책을 크고 두꺼운 장정으로 펴냈다면 한 번 읽고 난 다음 갖고 다니면서 다시 읽을 생각은 못했을 것이다. 그러니 문고본은 얼마나 고마운 존재인가. 책도 공장에서 생산하는 물건이기 때문에 시장성이 중요하겠지만, 작고 가벼우면서도 값도 싼 책이 서점에 더 많아지면 좋겠다.

애묘하고 애서하니
야옹야옹

―

수의사 임희영

책이라는 것은, 책을 읽는다는 것은 누군가에게는 그저 많고 많은 평범한 일들 중 하나일 뿐이다. 책 한 권을 읽고 인생이 바뀌었다는 얘기도 심심찮게 듣지만, 어떤 사람에게 책은 그저 글자만 가득한 종이뭉치일 뿐이다. 그런데도 여전히 날마다 다 세기 힘들 정도로 새로운 책이 쏟아져 나오고, 책을 붙들고 밤을 지새우는 사람들이 우리 주위에는 많다.

책에는 어떤 매력이 있을까? 딱딱하고 네모난 책의 매력을 물으면 말하는 사람마다 모두 다르게 대답할 것이다. 글자와 종이로 만든 단순한 물건이지만 그 안에 담긴 내용이 무궁무진하기 때문이다. 이렇게 작은 물건에 어쩌면 그렇게 많은 것을 담을 수 있는지 때로는 감탄하며 책장을 넘긴다.

읽고, 듣고, 느끼고, 만지고, 냄새 맡고. 책으로 할 수 있는 일은 생각보다 많다. 책을 좋아하는 방법도 여러 가지다. 주머니에 돈이 들어오기 무섭게 책을 사들이는 사람이 있다. 그런가 하면 책을 거의 사지 않고 빌려 보는 사람도 많다. 다독가는 그런 사람들 중에 많은데, 물어보면 하나같이 우스개로 이런 말을 한다. "제가 읽고 싶은 책을 다 사려면 억만장자는 돼야 할 겁니다. 그러니까 애초에 책을 안 사는 것도 방법이죠." 그런 이들에게는 모든 도서관이 곧 자기만의 서재이기 때문에 책 욕심이 없다.

멋진 말처럼 들리지만 따져보면 이것도 좋은 것만은 아니다. 도서관은 열고 닫는 시간이 정해져 있는데다 쉬는 날도 있기 때문이다. 게다가 그 넓은 자료실에 내가 좋아하는 책만 가득한 것도 아니기 때문에 내 서재라고 생각하기에는 무리가 있다. 게다가 도서관은 많은 사

람들이 함께 이용하는 곳이라 내 마음대로 떠들거나 바닥에 굴러다니면서 책을 읽을 수도 없지 않은가! 그래서 책을 좋아하는 사람들은 대부분 크든 작든 자기만의 공간, 그리고 자기가 좋아하는 책을 무한정 넣어둔 책장을 갖고 싶어한다.

동물 치료하는 일을 시작한 지 이제 7년째 된 임희영 씨 방에 처음 들어가서 책장을 둘러보면서 자기가 좋아하는 책을 참 알차게 모아뒀다는 인상을 받았다. 방은 크지 않다. 책이 많이 있어서 더 좁아 보이는 탓도 있겠지만 어림잡아 한 면 길이가 5미터도 채 안 될 것 같다. 여기에 작은 침대와 긴 책상 하나가 있고, 나머지는 책장뿐이다. 다른 것은 없다.

책장은 벽 쪽에 세 개가 있는데, 따로 만들어 맞춘 게 아니라서 생김새가 다 다르다. 책이 점점 많아지니까 넘치는 책을 정리해두려고 때마다 하나씩 샀을 것이다. 특히 가운데 책장은 이 방에 하나밖에 없는 창문 전체를 다 가리고 있다. 많은 애서가들이 그렇듯 임 씨도 책을 위해 창문을 포기한 것이다. 책은 작가별로 정리가 잘 돼 있어서 책등만 구경해도 어떤 작가를 좋아하는지 한눈에 알 수 있다. 크게 보면 가장 왼쪽 책장에는 지금 하는 일에 관련된 전문 서적들이 있고, 가운데는 어슐러 르 귄을 비롯한 장르 문학, 오른쪽에는 교양 과학 등 인문학 책들이 자리한다.

가운데 책장 맨 위에는 열린책들에서 펴낸 폴 오스터 책들이 있다. 그 아래에는 이영도의 판타지 소설이 가지런히 들어 있다. 이영도 아래는 무라카미 하루키다. 하루키 작품은 얼마 전 나온 《1Q84》를 비롯해 거의 모든 책을 다 갖추고 있다. 그 옆에는 일본 작가들이 쓴 추리소설이 책장 두 칸을 빼곡하게 채운다. 한국에서도 큰 인기를 누리고 있는 일명 '미미 여사', 미야베 미유키의 책이 많다. 추리소설 위쪽에는 에쿠니 가오리나 요시모토 바나나 같은, 장르 소설이 아닌 책들도 꽤 있다. 그런데 자세히 보니 책등에 난 상처가 간간히 눈에 들어온다. 그중에 황금가지에서 펴낸 어슐러 르 귄의 '어스시 전집' 네 권은 안타까운 마음이 들 정도로 뭔가에 쓸려서 상처가 많다. 같이 사는 고양이가 저지른 일이다.

"어릴 때부터 동물을 좋아해서 수의사라는 직업을 갖고 있기도 하지만, 고양이를 특히 좋아해요. 부모님도 좋아하셔서 집에 두 마리를 키우고 있어요. 한 마리는 네 달밖에 안 돼서 작고 다른 한 마리는 큰 녀석인데, 그 녀석이 잠깐 커피 가지러 밖에 나갔다 온 사이에 저렇게 해놨지 뭐예요. 저 책 표지가 고양이들이 긁기 좋아하는 재질이라서 특히 관심이 갔나 봐요. 책이 망가져서 속상한 마음도 있지만 평소에 책을 애지중지 다루는 성격은 아니어서 크게 상관하지 않아요. 음식 먹으면서 책 보고, 그러다가 책에 뭐가 떨어지거나 해도 신경 쓰지 않아요."

들고 보니 그렇다. 좋아하는 작가별로 책이 잘 정리돼 있기는 하지만 전에 만난 어떤 사람처럼 책의 크기나 무게에 따라 책장을 관리하고 있는 것처럼 보이지는 않는다. 이야기를 나누고 있는 사이에도 고양이가 방에 들어와 책상이며 침대를 오르락내리락하는데, 방 주인은 별로 신경을 쓰지 않았다. 임 씨는 스스로 아주 편협한 책 읽기를 한다고 말한다. 되도록 좋아하는 책만 읽는다는 얘기다.

"지치고 힘든 일상 속에서 잠시라도 위안을 얻으려고 책을 읽어요. 그러니까 읽을 때 이해가 안 되거나 나한테 잘 맞지 않는 책은 손이 안 가요. 그리고 어느 한 작가에게 몰입하면 그 작가 책을 거의 다 찾아 읽는 방법으로 책을 읽어요. 그런 이유 때문일까요, 책은 거의 빌려서 보지 않고 되도록 사서 읽는 편이에요. 도서관도 거의 안 가요. 도서관은 너무 조용한 분위기라서 답답하다고 할까요? 어쩔 수 없이 도서관에 가는 경우는 대개 절판돼 서점에서 살 수 없는 책을 빌려서라도 읽어볼까 하는 마음이 들 때뿐이에요."

도서관도 이용하지 않고, 게다가 읽고 싶은 책이 있을 때마다 전부 사면 얼마 안 가 방에 책이 넘쳐날 텐데 어떤 대책을 갖고 있는지 궁금하다. 임 씨는 대답 대신 침대 아래를 덮고 있는 천을 걷었다. 마치 침대를 받치고 있는 게 아닌가 싶을 정도로 많은 책이 빼곡하게 들어차 있다. 눈을 돌려 긴 책상 아래를 보니 거기도 책이 가득하다.

"계속 보는 책들은 잘 보이는 책장에 두고요, 사놓고 한두 번 읽고 마는 책은 이렇게 안 보이는 구석으로 밀려나요. 때로는 상자에 담아서 다른 곳에 따로 보관하기도 하고요. 그래도 무작정 쌓아놓으면 문제가 되니까 이렇게 쌓아둔 다음 1년에 한두 번 정도 싹 정리해요. 대개는 활동하는 온라인 독서 모임 카페 회원들에게 정리하는 책 목록을 보여주고 필요한 사람에게 택배비만 받고 넘겨요. 그러면 책장이 좀 비기 때문에 한숨 돌리지만 그러기 무섭게 또 책을 사고, 몇 달 있다 정리하고……. 보통 그렇게 책을 사고 정리하는 주기를 반복해요."

어릴 때부터 습관이 들어 따로 속독 따위를 배우지 않았는데도 임희영 씨는 책을 읽는 속도가 빠르고, 한번 책 읽기를 시작하면 집중력이 대단하다. 보통 사람들은 되도록 조용한 분위기나 이런저런 방해를 받지 않는 환경에서 책을 잘 읽는데, 임 씨는 그런 주위 환경에 연연하지 않는다.

"좋아하는 책을 읽을 때는 아주 집중하기 때문에 멈출 수가 없어요. 출근할 때 버스 안이나 걸으면서 책을 읽는 건 보통이고요, 밥 먹으면서 책 보기, 텔레비전 드라마 켜놓고 동시에 책 보기도 해요. 병원에서 같이 일하는 분들이 '선생님, 그러면 위험하니까 길에서 걸어 다니며 책 읽는 것만큼은 하지 마세요'라고 할 때가 있어요. 물론 이어폰까지 끼고 걸으며 책을 읽는 건 위험하다는 걸 저도 알지만, 너무 재미있으니까 그걸 멈추기가 힘들어요. 매일 언제 어디서든 짬이 나면 책을 읽기 때문에 가방엔 늘 습관처럼 책을 한 권씩 넣고 다녀요."

방에 책이 많지만, 특히 고양이에 관한 책들이 여기저기 눈에 들어온다. 고양이를 좋아해 고양이를 키우고 고양이 모양 장식품도 눈길

닿는 곳마다 보이는데, 고양이에 관한 책까지 읽는 수의사라니. 동물을 키운 일이 있어서 나도 동물병원에 가끔 가봤지만, 이런 정도로 동물을 좋아하는 의사가 있을까 싶다.

"수의사들은 대부분 동물 자체를 좋아해요. 모든 수의사들이 그래요. 의료 차원도 있지만 동물을 좋아하지 않으면 일을 할 수 없어요. 제가 일하는 병원은 강아지와 고양이를 주로 보는데요, 남들이 보기에도 제가 고양이를 볼 때 더 많은 애정을 드러낸다고 하더라고요. 그렇다고 강아지를 좋아하지 않느냐 하면 그것도 아니에요. 단지 고양이를 너무 좋아할 뿐이죠. 그래서 고양이 관련 책도 많이 봤어요. 일이기 때문에 전문 서적도 봐야 하지만, 이렇게 고양이를 모티브로 쓴 소설이나 만화책 같은 걸 보면 병원에 온 고양이 보호자하고 이야기할 때 좋아요. 그때만은 저도 수의사가 아니라 고양이를 사랑하는 한 사람이 되기 때문에 얘기를 더 잘 풀어갈 수 있어요."

이렇게 말하면서 고양이에 관한 책을 여러 권 찾아서 내놨다. 피터 게더스의 유명한 고양이 3부작인 《프로방스에 간 고양이》(미디어2.0, 2006년), 《파리에 간 고양이》(미디어2.0, 2006년), 《마지막 여행을 떠난 고양이》(미디어2.0, 2006년), 《고양이 문화사》(들녘, 2008년), 《고양이에 대하여》(사이언스북스, 2005년), 일본 호러 만화가 이토 준지가 고양이를 주인공으로 해 그린 단편 만화집 《욘&무》(대원씨아이, 2010년), 고양이가 사람처럼 행동하며 집안일을 돕는다는 재미있는 설정의 만화 《오늘의 네코무라 씨》(조은세상, 2009년)의 원서까지. 고양이를 주제로 이렇게 다양한 책을 갖고 있는 사람은 흔치 않을 것이다.

임희영 씨는 바쁜 수의사 생활을 하면서도 시간을 쪼개 독서 모임도 한다. 책장에서 가장 좋은 자리를 차지하고 있는 폴 오스터의 책들이 첫 모임 때 읽은 것이다. 그다음 자연스럽게 무라카미 하루키나 미야베 미유키 등 작가별로 책을 정해 여러 사람들하고 함께 읽었다.

"진지한 독서 모임은 아니에요. 만나서 책에 관한 얘기를 조금 한 다음에 맛있는 것 먹고 수다 떠는 게 전부예요. 책을 중심으로 해 만들어진 온라인 카페에서 활동하다가 운영자하고 친분이 생긴 게 시작이었어요. 책 읽기 취향은 물론이고 좋아하는 음식도 비슷한 몇몇이 온라인 밖에서 만나 작가를 정해 책을 읽었죠. 여러 사람을 함께 만나 책을 읽으니까 책 정보도 많이 얻고, 무엇보다 같은 책을 읽은 다른 사람들 얘기를 다양하게 듣는다는 게 좋았어요."

좋아하는 책만 가려서 읽는다고 하지만 책장에는 꽤 다양한 책들이 있다. 이런 책을 다 어떻게 알고 사서 읽는 걸까? 사람들이 책 읽기를 어려워하는 이유 중 하나가 바로 무슨 책을 읽어야 하는지 모르기 때문이다. 매일 쏟아져 나오다시피 하는 새 책 중에서 무엇을 어떻게 골라 읽어야 할까? 임 씨가 알려주는 방법은 생각보다 간단하다.

"처음에는 자기가 좋아하는 분야를 선택해서 읽는 게 좋다고 생각해요. 만화를 좋아하면 일단 만화를 보는 거죠. 저도 어릴 때는 만화를 정말 좋아해서 많이 봤어요. 집에 《캔디 캔디》가 있었는데, 그 책은 어머니도 좋아하셔서 둘이 같이 봤어요. 어머니는 제가 만화책 보는 걸 말리지 않았어요. 오히려 함께 봤죠. 심지어 《드래곤 볼》 해적판도 구해서 함께 봤을 정도니까요. 그러다가 자연스럽게 명랑 소설 같은 걸 읽다가 조금씩 무게가 있는 책들로 발전한 거예요. 무엇보다 어릴 때 가정 환경이 중요해요. 어떤 사람은 아이가 동화책을 보고 있으면 책 그만 보고 공부하라고 다그치기도 하거든요. 어릴 때 자연스럽게 책이랑 친해지지 않으면 어른이 돼서도 책 읽기가 쉽지 않죠. 무엇이든 관심 있는 분야부터 읽기 시작하면 그 책 본문에 나온 책이라든지, 참고 문헌이나 주석 같은 데 또 다른 책이 소개돼 있기 마련이거든요. 그런 책을 찾아서 읽으면 지금 읽는 책 다음에 어떤 책을 읽을지 쉽게 알수 있어요."

이렇게 나무가 가지를 뻗듯 책을 읽는 임희영 씨 책장은 가지에 매달린 열매처럼 구석구석 맛깔스런 주제를 담고 있다. 그렇지만 색깔이 전혀 다른 책들이 한 책장에 들어가 있는 이유가 궁금하다. 어슐러 르 귄, 폴 오스터, 이영도, 무라카미 하루키, 요시모토 바나나, 에쿠니 가 오리는 아무리 생각해도 한 줄기에서 나오지 않았다.

"과학소설이나 환상 문학, 추리소설은 에쿠니 가오리 같은 작가가 쓴 사랑 이야기하고 전혀 다르죠. 그런가 하면 같은 일본 작가라도 에 쿠니 가오리와 무라카미 하루키가 다르고, 이 둘은 또 요시모토 바나 나나 온다 리쿠 같은 작가하고도 완전히 다른 느낌이에요. 처음에는 장르 문학을 주로 봤어요. 인간 존재와 구원이라는 문제가 마음에 와 닿았거든요. 그러다가 하루키를 추천받아서 읽었는데, 나중에 생각하 니 크게 보면 하루키 소설도 모두 말하려고 하는 것은 같더라고요. 우 리는 모두 이 커다란 세상 속에서 아주 작은 존재잖아요? 어떤 때 세 상은 모두 악으로 가득 찬 것처럼 생각될 때가 있어요. 그럴 때 나라 는 개인은 더욱 작아지죠. 그런데도 인간이기 때문에 자기를 지키고 작은 마음을 소중하게 간직하며 살아야 할 이유가 있는 거예요. 작가 들이 각자 표현하는 방법이 다를 뿐 장르 문학이든 사랑 이야기든 결 국 큰 틀에서 보면 이런 문제를 다루고 있어요."

임희영 씨는 사람들이 더욱 주체적인 책 읽기를 해야 한다고 말한 다. 그렇게 해야 이 많은 책들 중에서 자기에게 필요한 책을 찾을 수 있고, 말 그대로 마음의 양식도 된다는 얘기다. 다른 사람 말이나 이런 저런 미디어에서 하는 광고를 따라가면 책 읽기의 즐거움을 다 누리지 못한다는 것이다. 진짜 책 읽기는 책 내용을 읽고 즐기기에 앞서 자기 에게 맞는 좋은 책을 스스로 찾아 읽는 일에서 시작한다.

"오르한 파묵의 《내 이름은 빨강》이라는 책을 처음 보고 정말 좋아서 제가 주변 사람들에게 추천했거든요. 그런데 그때는 오르한 파묵이 노벨 문학상을 받기 전이라 별로 유명하지 않았어요. 사람들은 이름도 들어보지 못한 터키 작가인데다 책 제목도 낯설어서 그런지 외면했어요. 그러다가 파묵이 노벨 문학상을 받고 유명해지니까 그때서야 제가 전에 추천한 책을 찾아 읽더라고요. 유명한 작가라고 해서 무조건 읽고, 연예인이 텔레비전 드라마에 들고 나와서 책이 많이 팔리는 책 읽기 문화는 잘못된 거예요."

임 씨는 동네 책방이 사라지는 현실이 많이 아쉽다고 말했다. 사람들이 자연스럽게 책 읽는 문화를 만들려면 삶터 가까운 곳에 책방이 있어야 한다. 책 읽기는 워낙 중요한 일이라 정부도 때때로 책의 해를 정해 여러 사업을 펼친다. 딱히 그런 정책 덕분은 아니지만 요즘 책 읽는 사회를 만들자는 분위기가 널리 퍼지고 있는데, 정작 가장 중요한 동네 책방이 점점 줄어들고 있어서 안타깝다.

"제가 학교 다닐 때만 해도 이 동네에 책방이 몇 군데 있었어요. 물론 처음에는 주로 참고서 사러 갔는데, 어느 때부터 주인아저씨랑 친해져서 더 자주 갔어요. 고등학생 때는 겉멋이 들어서 그랬는지 《이집트 사자의 서》나 《바가바드 기타》 같은 책을 읽어보고 싶었는데, 책방에 없는 그런 책을 아저씨가 일부러 찾아주기도 했어요. 점점 책방에 가는 횟수가 늘었고, 한번 가면 책방에서 몇 시간씩 있었어요. 덕분에 책이랑 더 친해질 수 있었죠. 지금은 동네 책방이 다 없어져서 이런 식으로 책하고 자연스럽게 친해질 수 있는 계기가 아예 없잖아요. 정말 안타깝죠."

도쿄 고양이 골목 산책 | 잇시 아츠코 지음 | 하성호 옮김 | 오오모모 | 2009년

일본 사람들 고양이 사랑은 예부터 유난하다. 언제부터 그랬는지 모르겠지만 일본 하면 먼저 고양이부터 생각난다. 가장 쉽게 떠올리는 건 음식점 앞에 앉아 앞발을 흔들고 있는 도자기 고양이 인형이다. 일본 어디를 가든 고양이 모양을 한 여러 가지 물건을 만날 수 있다. 그래서 그런지 길고양이들도 많다. 도쿄의 아무리 번화한 곳을 가도 골목길을 끼고 들어서면 어슬렁거리는 고양이를 자주 만난다. 《도쿄 고양이 골목 산책》은 한국에서 모두 두 권으로 번역해서 낸 책으로, 제목처럼 도쿄에 있는 길고양이들 이야기다. 각 구역이나 전철역 근처마다 지도를 그리고, 고양이가 잘 나타나는 곳도 표시했다. 유명한 길고양이는 따로 스케치해뒀기 때문에, 도쿄에서 길고양이를 만나면 금세 반가운 인사를 나누고 싶어진다. 아쉽게도 번역서는 절판됐다.

도해로 읽는 고양이 생활백과 | 타마키 미케 지음 | 이윤혜 옮김 | 보누스 | 2013년

고양이를 키우고 있거나 키울 계획이 있는 사람에게 좋은 정보가 될 책이다. 고양이 키우기 실전 가이드북이라고 할까? 친절하게 그림으로 설명해서 고양이 초보자도 쉽게 다가갈 수 있다. 물론 고양이를 좀 안다고 말하는 사람도 책을 읽다보면 자기가 놓치고 있던 걸 발견할 수 있다. 고양이는 그냥 혼자 놔둬도 알아서 잘 지낸다고 믿는 사람이 많다. 그렇지만 고양이는 환경에 민감하고 잘 챙겨줘야 하는 동물이다. 고양이 입양에서 길고양이 데려와서 키우는 것까지 요모조모 자세히 다루고 있는 만큼 참고서처럼 한 권 사서 때마다 넘겨보기 좋다. 타마키 미케는 고양이 관런 책을 몇 권 더 냈는데, 아직 번역은 안 됐지만 《전셋집에서 고양이 몰래 키우는 방법》은 제목만큼 내용도 꽤 흥미롭다.

고양이말 대사전 | 가켄 편집부 지음 | 장혜영 옮김 | 니들북 | 2012년

같이 사는 고양이가 무슨 말을 하는지, 무슨 생각을 하는지 알 수 있다면 얼마나 좋을까? 엉뚱하지만 여기 해답이 있다. 《고양이말 대사전》을 펼치는 순간 고양이하고 혼연일체가 되는 나를 만날 수 있다. 세상 모든 생명이 그렇듯 고양이도 뭔가 원하는 게 있으면 독특한 소리를 내거나 몸짓을 한다. 이 책은 쉽게 말해 그런 몸짓을 보고 울음소리를 들어 고양이가 지금 뭘 원하는지 짐작할 수 있게 해주는 데 목적이 있다. 얼굴 표정, 눈동자 움직임, 꼬리 움직임, 잘 때 웅크리는 자세, 관심을 기울이지 않으면 늘 비슷하게 들리는 "냐" 하는 울음소리까지. 책을 정독하고 나면 이제 멋진 집사가 되는 일만 남는다. 비슷한 주제를 다룬 책으로 고이즈미 사요의 《우리 고양이는 왜?》와 《고양이의 사생활》 등이 있다.

언제 어디서나 고양이 마을 나고 | 모리 아자미노 지음 | 윤지은 옮김 | 부즈펌 | 2011년

세 권짜리 시리즈. 1편 《언제 어디서나 고양이 마을 나고》과 2편 《나고의 아기고양이들》에 이어 《나고 고양이와 동네 한 바퀴》가 마지막이다. 고양이를 좋아하는 사람이라면 그냥 넘어갈 수 없는, 책장을 넘기는 순간 지갑을 열어 사게 되는 책이다. 작가 소개를 보면 모리 아자미노는 아버지가 네덜란드인인 혼혈 일본인이다. 여행하는 걸 좋아해서 세계 여러 곳을 다니다가 고양이가 많은 동네 '나고'에 매력을 느껴 눌러앉았다는 건 꾸며낸 이야기고, 사실 나고라는 마을은 작가가 상상 속에서 만들어낸 곳이다. 그곳에서 다들 독특한 개성을 갖고 살아가는 많은 고양이들을 일일이 손으로 그려 책을 엮었다.

장래 희망 문인의
책 커버 뒤집기
—
대안 학교 교사 김유림

책 읽기란 무엇인가? 이런 질문을 받았을 때 당황하지 않고 곧장 대답할 수 있는 사람은 거의 없다. 헌책방에서 일하는 나는 거의 매일을 책하고 함께 보낸다고 해도 지나치지 않은데, 가끔 사람들이 책 읽기에 관한 물음을 던지면 겁부터 난다. 며칠 전에는 책방 근처에 사는 금정연 씨가 신간 《서서비행書書飛行》을 한 권 선물로 들고 왔는데, 마침 내가 자리에 없었다. 책방에 돌아와 보니 두툼한 책 한 권만 그저 둥둥 떠서 저 혼자 비행하고 있었다. 오랜만에 금정연 씨가 쓴 책을 보며 다시 책 읽기가 무엇인지 나 자신에게 질문을 해봤다.

금 씨는 자기를 당당하게 '글을 팔아 돈 버는' 사람, 곧 '매문賣文'을 하는 사람이라고 말한다. 사람에 따라 이 말은 건방지거나 무모하게 보일지 모르겠다. 그렇지만 한동안 일한 인터넷 서점에서 '매서賣書'를 하다가 이제 드디어 진짜 책 좀 읽어보고 싶다며 그곳을 뛰쳐나와 책 읽고 쓴 글로 생계를 유지하는 모습을 보면, 용기 하나만큼은 대단하다는 생각이 든다. 책 읽기란 때로 그렇게 심지 굳은 용기가 필요한 일은 아닐지.

책 읽기에는 어느 정도의 용기가 필요할까? 커다란 파도만큼? 모든 걸 날려버릴 정도로 강한 허리케인? 그 용기는 우리가 용기라는 이름을 붙여도 될까 싶을 만큼 아주 작은 것이라고 나는 오래전부터 믿었다. 봄을 알리는 첫 산들바람 같은 용기가 꽃에 전해지듯이 그런 작은 것들이 때로는 가슴을 흔들고 세상을 움직이게 할 때가 있다. 말하자면 시詩가 지닌 힘이 바로 그렇다고 믿는다.

서점마다 시집 코너에 시집들이 산더미처럼 쌓여 있는데 지하철을 타고 가다 둘러보면 책 읽는 사람 중에 시집을 들고 있는 경우가 많지

않아서 늘 이상하다 생각했다. 주위에도 시집을 자주 읽는 사람이 별로 없어 시에 관한 이야기를 진지하게 들어볼 기회가 적었는데, 마침 대안 학교에서 아이들을 가르치는 선생님 한 분이 시를 특히 좋아한다는 말을 듣고 곧장 약속을 잡아 집으로 찾아갔다.

크게 봐야 10제곱미터나 될까 싶은 원룸 오피스텔에 소박한 세간살이만 갖고 사는 김유림 씨 책장은 아주 작다. 세 단짜리인데, 갖고 있는 책은 대부분 시집이다. 시집은 되도록 빌려 읽지 않고 사서 본다고 김 씨는 말한다.

"시가 지닌 함축성을 좋아해요. 짧은 글을 읽다가 어느 순간 불현

듯 깨닫게 되는 경험이 좋아요. 시집은 주로 사서 보는 편이에요. 다른 책도 시집만큼은 아니지만 많이 보는데, 시집 말고는 보통 도서관에서 빌려 봐요. 특별한 이유가 있는 건 아니고요, 제가 읽고 싶은 시집이 도서관에 없을 때가 많더라고요. 시집은 다른 책에 대면 가격도 크게 부담이 되지 않으니까 사서 봐요."

시집을 좋아하는 사람은 대개 작가를 대할 때 좋고 싫은 게 분명하다. 좋아하는 시인이 있으면 모든 작품을 다 섭렵하는가 하면 한두 번 읽어보고 별로 좋은 시가 아니라고 생각하면 두 번 다시 거들떠보지 않는 일이 많다. 그만큼 시는 흥미 위주로 읽는 것이라기보다 한 사람의 가슴을 어루만지는 힘이 있기 때문에 독자가 생긴다. 김유림 씨는 1990년에 문단에 나온 이진명 시인을 좋아한다.

"딱히 열렬히 좋아하는 시인이라고 할 것까지는 없는데요, 한 사람 추천해달라 하면 늘 이진명 시인이라고 말해요. 여기에도 지금 몇 권 갖고 있어요. 이진명 시인의 시는, 한마디로 표현하기 쉽지는 않은데, 편파적인 느낌이 없다고 할까요? 그런 게 좋아요. 억지로 짜내지 않는 그런 느낌이요. 우리들 일상의 평범한 이야기를 소재로 다루면서도 그 안에서 자연스럽게 심오한 영성을 끄집어내는 게 좋아요."

책을 좋아하는 사람들은 두 부류다. 하나는 아주 어릴 때부터 책과 무작정 친하던 사람, 그런 환경이나 계기가 어릴 때부터 잘 갖춰진 사람. 그리고 다른 하나는 어릴 때는 책을 거의 만나지 못하다가 나중에 그 매력에 끌려 깊이 빠진 사람이다. 김유림 씨는 앞에 속한다. 울보로 지낸 어린 시절 덕에 책하고 친해질 수 있는 기회가 많았다.

"어릴 때는 많이 울었대요. 유치원에 가서도 너무 많이 우니까 몇 달 못 다니고 엄마가 그냥 집으로 데려왔어요. 그때부터 집에 있던 그림책을 많이 봤어요. 몇 살 더 먹고 나서는 책장을 넘기는 일 자체에 흥미를 느꼈어요. 매번 넘길 때마다 재미있는 내용이 나오니까 계속 넘겼죠. 유치원도 얼마 못 다니고 누가 가르쳐준 것도 아닌데, 집에 있는 잡지책을 보면서 한글을 익혔어요. 잡지 보면 광고가 많이 나오잖아요. 사진을 보고 거기 나온 글자를 짐작하면서 자연스럽게 글자를 알았어요. 그때부터 습관이 된 건지 지금도 책 읽기를 좋아해요."

학생 때는 한때 골목마다 있던 도서대여점을 자주 다니며 책을 읽었다. 중학생 때 특히 책을 많이 읽어서 학교에서 알려준 필독 도서는 말할 것도 없고 이름난 베스트셀러는 다 읽어야 직성이 풀렸다. 동네 도서대여점에 얽힌 재미난 일화도 여럿 있는데, 지금은 그렇게 동네에서 책을 만날 수 있는 공간이 점점 줄어드니 아쉽다.

"책은 중학생 때 가장 많이 봤어요. 한창 사춘기 시절이라 거의 닥치는 대로 많이 읽은 거죠. 분야도 따지지 않고 많이 봤어요. 그때만 해도 도서대여점이 집 근처에 있어서 거기를 주로 이용했어요. 한창 인기 있던 공지영의 《고등어》, 창비에서 나온 《소설 동의보감》 같은 책을 아주 재미있게 읽었죠. 대여점에 자주 다녀서 주인아저씨랑 친해졌는데, 조정래 선생의 《태백산맥》을 읽는다고 하니까 아저씨가 안 빌려준 기억이 나네요. 그때는 왜 그랬는지 이유를 몰랐는데, 지나고 나서 생각하니까 아마 책 내용이 중학생한테 안 맞을 거라고 보고 그랬나 봐요."

도서대여점 주인이 《태백산맥》을 읽어보지 않았다면 빌려달라는 책 그냥 빌려줬을지도 모른다. 그래서 책방을 하는 사람은 책을 더 열심히 보고 공부해야 할 의무가 있다. 책은 쉽게 먹고 자리를 뜰 수 있는 음료수 같은 게 아니기 때문이다. 적게는 몇 시간, 신중하게 읽는 사람은 몇 달 동안 책 한 권에 매달리기도 한다. 이런 것을 사고파는 사람이 어찌 책을 쉽게 생각할 수 있을까? 헌책방을 몇 년 동안 하면서 나도 특히 이 점을 깊이 느꼈다. 책 한 권을 볼 때마다 삶의 선배를 대하듯 겸손할 일이다.

어린 시절부터 책을 좋아한 사람들은 누구나 작가가 되고 싶다는 생각을 한두 번씩 하기 마련이다. 그 꿈을 이루어 정말 문단에 나가기도 한다. 그렇지만 시를 좋아하는 것과 시인이 된다는 건 아주 다른 일처럼 느껴진다. 김유림 씨 책장에도 어김없이 시 창작에 관한 책이 몇 권 보인다. 오규원의 《현대시작법》(문학과지성사, 1991년) 등은 어른이 되고 나서 짬짬이 시 창작 수업을 들으며 산 책이다.

"어릴 때부터 글 쓰는 걸 좋아했고 대학에 갈 때 문예창작학과에 지원할까 생각한 적도 있어요. 20대 때까지는 일기도 열심히 썼고요. 시를 좋아해서 시 창작 수업에도 더러 참여했어요. 그렇지만 직업 시인이 되고 싶은 마음은 없어요. 시인이라고 하는 말 자체가 조금은 부담스럽다고 할까요? 전에 김경주 시인이 이끄는 수업에서 들은 말이 생각나요. 자기는 어떤 사람에게 자기를 소개할 때 '시 쓰는 김경주입니다'라고 한대요. '시인詩人'이라는 한자어를 풀어 말하는 게 '시 쓰는 사람'이라고 해도 되겠지만, 두 말이 주는 느낌은 많이 다르잖아요. 시인이라고 하면 마치 시하고 사람이 완전히 같아져야 될 것 같은 부담을 갖게 돼요."

김유림 씨는 몇 년 동안 병원에서 간호사로 일하다 대안 학교 교사가 된 특이한 이력이 있다. 평소에 책 읽고 글 쓰는 일을 습관으로 삼고 사는 사람이라 학교에서도 학생들하고 함께 시를 읽고 쓰는 수업을 한다. 수업 제목은 해마다 다르다. '시심전심詩心傳心', '시노래', '시그림', '시청자詩請者'처럼 재미있는 이름을 붙였다. 얼마 전에는 학생들하고 함께 《시시詩詩한 이야기》라는 비매품 시집을 펴내기도 했다.

"고등학생 때 선생님이 저를 부르더니 너는 대학 갈 때 문예창작학과에 지원하라는 말씀을 하셨어요. 그때는 정말로 학생기록부 장래 희망 쓰는 곳에 '문인'이라고 쓰기도 했죠. 고등학교도 문과를 공부했는데 바로 위 언니가 교대에 가서 공부하는 모습을 보니 별로 재미가 없더라고요. 빨리 독립해서 자리를 잡고 싶은 마음도 커서 고등학교를 졸업하고 간호전문대학에서 공부했어요. 거기를 졸업하고 4년 정도 병원에서 간호사 생활을 했죠. 그러고는 우연한 기회에 청소년 대안 학교에서 자원교사 모집하는 데 지원했다가 계속 여기에 있게 됐죠. 지금은 정교사로 일해요."

하루 시간의 대부분을 학교에서 아이들하고 함께 지내는 일과 책 읽기는 각각 김 씨에게 어떤 의미를 지닐까? 이야기는 자연스레 책 읽기와 생활의 관계로 넘어갔다. 어떤 사람은 책을 자기 삶의 중심에 놓는다. 또는 변두리에 놓는 사람도 있다. 책으로 자기 둘레에 울타리를 만드는 사람도 있고, 책을 머리 꼭대기에 올려놓고 아슬아슬하게 고갯짓하는 사람이 있다. 그런가 하면 책을 자기 밑에 깔고 앉아 그 위에 올라타서 너스레를 떠는 이들도 더러 봤다. 지금껏 여러 사람이 책 읽기의 의미를 들려줬지만, 김 씨가 말한 책 읽기의 의미는 한동안 잊히지 않을 것 같다.

"책 읽기는 내게서 뻗어 나오는 희미한 자기장을 미세하게 자극하는 거라고 생각해요. 제가 특별히 다른 무엇에 견줘서 책에 굉장한 애정을 갖고 있는 건 아니거든요. 반드시 책을 통해야만 인간 정신이 고양된다든지 하는 그런 말에는 조금 회의적이에요. 그렇지만 마음이라고 하는 고여 있는 물에 결을 만드는 데 책 읽기는 큰 도움이 돼요."

김유림 씨는 혼자만의 시간을 보내며 조용히 사색할 수 있는 공간에서 책을 읽으라고 권한다. 여행하면서 책 읽는 것 또한 다른 일 못지않게 소중한 경험이다. 책은 같은 책이지만 집에서 읽을 때, 지하철에서 읽을 때, 도서관에서 읽을 때, 때마다 다 다르다. 여행할 때 읽는 책은 그만큼 흥미롭고 진한 감동을 남긴다.

"주말에 한가하게 혼자만의 시간을 가지면서 시집을 읽는 게 좋아요. 일이나 인간관계, 그런 것들에서 좀 떨어져서 혼자 사색하는 느낌을 즐기는 거죠. 가끔은 여행 갈 때 그동안 읽은 시집 중에서 한 권을 뽑아 가방에 넣어 가는데, 그런 것도 아주 좋아요. 짧은 시를 여행하는 내내 읽으면 같은 책이라도 매번 다른 느낌을 받을 수 있거든요."

그런데 특이하게도 책 많이 읽는 사람 치고 책장이 너무 소박하다. 다른 건 몰라도 시집은 늘 사서 읽는다고 했는데, 세 단짜리 작은 책장에 들어 있는 책은 백여 권이 채 안 된다. 그 이유는 김 씨가 책을 대하는 습관에 있다.

"책을 다 보고 나서 다른 사람들에게 줘버리는 일이 많아요. 친구가 집에 놀러오면 책장을 보여주면서 뭐 읽고 싶은 거 있으면 가져가라고 해요. 책을 사서 읽고 나면, 책 자체에 관한 욕심이 크지 않아서 그냥 주는 게 속 편해요. 책이 많아지면 짐이 되기도 하고요. 그래서

지금 책장에 거의 시집만 남게 된 거예요. 누가 보면 제가 시집만 읽는 줄 알 거예요. 사실은 친구들이 다 가져가고 시집만 남은 건데 말이죠. 시집은 인기가 없어서 잘 안 가져가더라고요."

책장을 살피다 보니 재미있게도 겉표지가 하얀 책이 많이 보였다. 이상하다 싶어 책을 뽑아 보니 책 커버를 벗겨서 거꾸로 씌워놓았다. 책 좋아하는 사람들 중에서 더러 있는 '책 결벽증'의 하나가 아닐까 싶었지만, 들어보니 이것도 그럴 만한 이유가 있다.

"겉 커버가 있는 책은 밖으로 갖고 나가서 읽을 때 꼭 커버를 벗겨 반대로 씌워요. 책 표지를 깨끗하게 하려고 그러는 거 아니냐는 말을 많이 들었는데요, 그게 아니라 지하철 같은 곳에서 책을 읽을 때 사람들에게 내가 무슨 책을 읽는지 보여주고 싶지 않아서 그래요. 전부 그런 건 아니겠지만 어떤 사람들은 내가 읽는 책을 가지고 나를 평가하거든요. 딱히 평가까지는 아니더라도 책으로 그 사람이 주는 느낌을 안다는 게 부담스러워서 책 표지를 가리는 거예요."

그런 이유라면 책에 따로 커버를 씌워서 읽어도 되지 않느냐고 되물었는데, 김유림 씨가 하는 대답이 간단하면서도 재미있다. 게으른 성격 탓에 커버를 따로 씌우는 일이 귀찮다는 것이다.

요즘 읽은 책 중에 다른 사람들에게도 꼭 권하고 싶은 게 있냐고 물으니 단박에 페터 빅셀의《나는 시간이 아주 많은 어른이 되고 싶었다》를 소개한다. 얇은 책이지만 곧 다가올 가을에 마음의 여유를 갖고 천천히 곱씹어 읽어보면 좋을 거라고 말한다. 그런데 이 책이 책장 안에 있는데도 한참 동안 못 찾았다. 나중에 찾고 보니 이 책도 커버를 거꾸로 씌워놓았다. 그렇게 함께 웃으며 이야기 나누다보니 밤이 깊었고, 소박한 책장에 가지런히 어깨를 대고 있는 시집들도 함께 섞여 놓고 싶은지 재잘거리는 소리가 들리는 듯했다.

책상은 책상이다 | 페터 빅셀 지음 | 이용숙 옮김 | 예담 | 2001년

1978년에 김광규 시인이 번역해 처음 나온 이 책은 꾸준히 인기를 끌었고, 지금도 서점에서 쉽게 만날 수 있다. 김유림 씨가 갖고 있는 《나는 시간이 아주 많은 어른이 되었다》를 쓴 바로 그 작가, 페터 빅셀의 대표작이다. 짧은 단편을 모은 소설집인데, 대부분 외롭고 쓸쓸한 사람들에 관한 이야기다. 또는 우리가 '괴짜'라고 부르는 사람들이 이야기의 중심에 있다. 그렇지만 이 내성적인 주인공들은 결코 세상에 속거나 억압당하지 않는다. 자기만의 방식으로 세상과 삶을 바꾸고 있다. 소설 속 어떤 남자는 왜 침대를 여태 침대라고 불렀는지 의문을 갖는다. 침대를 사진이라고 부르면 안 될까? 안 될 것도 없다! 거울은 의자라고 부른다. 사진첩은 거울이다. 신문은 시계다……. 이 얘기를 읽으면서 떠오르는 것이 있다. 르네 마그리트의 그림 〈이것은 파이프가 아니다〉. 워낙 유명한 그림이라 아이들도 안다. 그림 속에는 담배를 피울 때 쓰는 파이프가 있다. 그 파이프 아래쪽에 필기체로 써 있는 글자가 바로 그림 제목이다. 그림 속에 있는 것은 파이프가 아니다. 그럼 무엇인가? 엄밀히 말하면 파이프 모양을 한 그림이다. 그래도 그 안에 있는 건 분명히 파이프인데? 시시껄렁한 말꼬리 잡기 농담 같지만 여기에는 깊은 철학이 숨어 있다. 우리가 늘 익숙하게 보고, 듣고, 느끼는 것들은 어쩌면 우리가 그만큼 삶에 둔감해졌다는 것을 알려주고 있는 게 아닐까? 오늘 하루 한 사람이 살아가는 건 쉴 새 없이 펄떡이는 물고기처럼 생명력이 가득한 축복이다. 이 기적 같은 하루하루를 사람들은 대개 평범한 일상으로, 늘 비슷한 감정을 갖고 살아간다. 마치 그게 당연하다고 믿는 것처럼.

김수영 육필시고 전집 | 김수영 지음 | 민음사 | 2009년

시인이 직접 쓴 원고를 책으로 내는 이유는 뭘까? 소설가가 자필로 쓴 원고를 모아 책으로 내는 경우는 없어도, 시인의 글씨로 된 책은 더러 있다. 원고를 하나하나 스캔해서 만드는 것도 있고 사진을 찍어서 책으로 엮기도 한다. 절판된《윤동주 자필시고 전집》이 유명한데, 이 책은 사진판이다.《김수영 육필시고 전집》은 시인이 쓴 원고뿐 아니라 시를 구상할 때 적은 메모 등도 함께 실려서 의미가 깊다. 16만 원이라는 책값이 사실 부담이 되기는 하지만, 이렇게 알찬 내용에 장정도 튼튼해서 충분히 소장 가치가 있다. 김유림 씨가 좋아하는 시인으로 이진명을 든다면, 나는 누가 언제 물어보든 김수영이다. 너무 이른 나이에 아쉽게 세상을 떠난 김수영의 시가 좋은 이유는 상반된 두 이미지를 교묘하게 시 안에 섞어놓았기 때문이다. 여리면서 강하고, 서정적인 동시에 투박하다. 우스운 한편으로 슬프고, 속 시원하게 가려운 곳을 긁어주는 동시에 또 다른 곳은 몹시 불편한 감정을 느끼게 만든다. 이게 김수영만이 지닌 재능이다. 어떻게 해서 이런 시가 태어날 수 있었을까? 활자로 인쇄된 시를 보면 이해하기 어렵다. 시인이 한 자 한 자 꾹꾹 눌러 쓴 원고를 모아 엮은《김수영 육필시고 전집》을 보면, 전부는 아니더라도 가만히 어디선가 불어오는 바람처럼 느껴지는 것이 있다.

황토 | 김지하 지음 | 풀빛 | 1984년

1970년 한얼문고에서 초판을 낸《황토》는 김지하의 첫 시집이다. 이 책을 풀빛출판사에서 독특한 구성으로 다시 펴냈다. 판화와 시를 엮는 방식은 지금 봐도 아주 신선하다. 유명한 '풀빛판화시선' 이야기다. 이 시리즈로 첫 시집을 낸 작가가 한둘이 아니다. 박노해의《노동의 새벽》도 판화시선으로 처음 나왔다. 당연히 지금은 모두 절판됐고, 몇몇 유명한 시인의 시집은 헌책방에서 사려면 정가의 몇 배나 되는 웃돈을 줘야 한다. 김지하, 박노해, 황지우 같은 작가의 시집이 그랬다. 자주 있는 일은 아니지만 아직 살아 있는 작가인 경우 어떤 계기로 작가의 인기가 떨어지면 절판된 책 가격도 함께 떨어질 때가 있다. 풀빛판화시선에서는 김지하와 박노해가 그렇다. 시집마다 판화가 두 장씩 들어 있는데, 김지하의《황토》는 풀빛판화시선의 제 1권이다. 판화와 표지는 시선이 나온 2년 뒤 요절한 판화가 오윤이 맡았다. 그러니 판화까지 온전히 보존된 초판이라면 안 비쌀 리가 없다. 박노해의 경우는 노동자 시인의 첫 시집이라는 데 의미가 있다. 정말 유명한 시집이라 읽어보지 않았어도 제목을 모르는 사람은 없는 책이《노동의 새벽》이다. 그렇지만 좌파 성향을 버렸다는 평가가 이어지면서 지금 이 책들을 찾는 사람이 크게 줄었다. 책값도 떨어졌다. 사람만 운명이 있는 게 아니라 책도 이렇게 저 나름의 운명을 겪으며 산다.

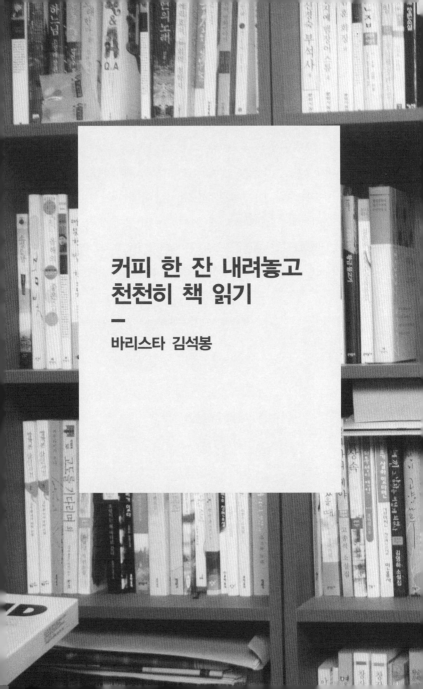

커피 한 잔 내려놓고
천천히 책 읽기

—

바리스타 김석봉

얼마 전 일주일 정도 도쿄에 머물다 왔다. 도쿄는 서울보다 더 큰 도시니까 그만큼 바쁘게 돌아가는 모습을 상상했다. 그런데 도쿄라는 크고 발전한 도시는 한국의 여느 대도시하고 다르게 더없이 한가한 곳이었다. 사람들도 어딘지 모르게 느릿해 보였다. 출퇴근 시간에도 지하철역 계단에서 뛰는 이가 별로 없고, 카페나 식당에 들어가도 늘 조용한 음악만 흘러나왔다. 도쿄라는 거대 도시의 작은 일면일지 모르지만, 서울로 돌아온 뒤에도 오랫동안 신선한 느낌으로 남았다.

이런 느낌이 드는 이유는 무엇일까? 며칠 동안 사진으로 찍어 온 도쿄의 도시 풍경을 살피며 생각했다. 결론은 바로 책이었다. 요즘은 많이 줄었다고 하지만 여전히 일본 사람들은 어디서나 책을 읽는다. 많은 사람들이 가방에 문고본 책을 넣고 다니다가 지하철을 기다리거나 카페에 앉아서 쉴 때 꺼내 읽는다. 나이와 성별을 가리지 않고 어디서든 손에 책을 들고 있는 모습을 많이 봤다. 지하철 안은 아주 조용해서 마치 도서관 같은 분위기라고 해도 괜찮을 정도였다. 스마트폰에 열중하는 사람보다는 앉거나 서서 책을 읽는 사람이 많았다.

한국은 정부가 나서서 '책의 해'를 정하는 등 사람들이 책을 더 많이 볼 수 있게 여러 가지 행사와 축제를 기획하는데, 책 읽는 사람 수를 늘리는 데는 큰 효과를 거두지 못하고 있다. '가을은 독서의 계절'이라는 말이 가을에 사람들이 책을 가장 안 읽어서 만들어낸 표어라는 사실을 출판 쪽에 관심 있는 사람은 다 안다. 여행을 가거나 운동을 하면서 날씨 좋은 계절을 즐기려는 이들이 더 많기 때문이다.

책 읽기 습관은 어느 날 갑자기 가르친다고 해서 가질 수 없다. 어릴 때부터 익숙해진 환경을 바탕으로 자연스럽게 몸에 익히는 게 좋다. 다들 알고 있는 사실이지만 실천하기 어려운 게 이런 환경 만들기가 아닐까. 바리스타로 일하는 김석봉 씨는 먼저 어릴 때 책을 많이 사주신 부모님께 감사하다는 말을 먼저 꺼냈다.

"어릴 때 아버지는 책 외판원이 집으로 찾아오면 종종 책을 사셨어요. 제게도 많이 사주셨죠. 과학소설 전집이나 세계 문학 전집 같은 걸 사놓고 읽게 해주셨어요. 삼성출판사에서 펴낸 만화로 된 삼국지가 생각나네요. 그때는 그렇게 외판원 통해 책 사는 게 흔한 풍경이었잖아요. 길에서 초등학생들 모아놓고 외판원들이 영업하는 경우도 많았어요. 아마 1980년대를 기억하는 분들이라면 다들 아실 겁니다. 아버지는 그런 책들을 당연하다는 듯 사주셨는데, 지금 생각하니 어릴 때 책 읽는 환경은 참 좋았습니다."

김석봉 씨가 어릴 때 읽은 책은 대부분 과학소설이나 세계 문학이다. 특히 상상력을 자극하는 과학소설은 이야기꾼이 되고 싶다는 꿈을 키우는 데 큰 구실을 했다. 김 씨는 전체 줄거리보다는 작지만 사소한 재미를 더 잘 기억하는 편인데, 이를테면 외계인이 침략해 지구가 황폐해진 뒤 살아남은 사람들이 어떻게 살았는지 같은 것이다.

"과학소설 읽은 건 특히 기억에 많이 남아 있어요. 《우주 전쟁》은 몇 해 전에 영화로 만들어지기도 했잖아요. 내용이 전부 기억나는 건

---

* 허버트 조지 웰스(Herbert George Wells, 1866~1946)가 1898년에 발표한 소설. 1938년에 미국에서 라디오 극본으로 만들어 방송했는데, 첫 회가 외계 우주선이 지구에 접근하는 장면이었다. 연출가는 이 부분을 실감나게 처리하려고 라디오 뉴스처럼 만들어 내보냈는데, 방송을 들은 많은 사람들이 실제로 일어난 일인 줄 알고 큰 소동이 벌어졌다. 라디오 방송은 성공을 거뒀지만, 방송을 듣고 놀란 사람들이 소송을 걸어와 곤욕을 치렀다. 허버트 조지 웰스는 《타임머신》과 《투명 인간》 등이 크게 성공하면서 베스트셀러 작가로 이름을 알렸다.

아닌데, 어떤 소설을 읽든지 늘 폐허가 된 지구에서 살아남은 사람들이 비스킷을 먹으며 숨어서 구조를 기다리거나 외계인에 맞서 싸우는 게 참 이해가 안됐어요. 하고 많은 음식 중에 왜 비스킷이었을까요? 어쨌든 많은 소설에 외계인의 공격을 피해 살아남은 사람들이 비스킷 먹는 장면이 꼭 나온 게 지금 생각해도 재미있어요."

책을 읽으며 기른 호기심과 상상력 덕분에 김 씨는 이야기꾼이라는 막연한 꿈을 꾸게 된다. 글을 쓰는 작가일 수도 있고, 다른 무엇을 통해 이야기를 만들어내는 직업일 수도 있다. 어떤 일을 하든 기계적으로 그 일만 하는 건 큰 의미가 없다. 거기서 또 다른 이야기를 만들어낼 수 있어야 한다. 요즘 말로 하면 '스토리텔링'이라고 할까.

"작가가 되고 싶은 꿈은 아직도 갖고 있어요. 어릴 때는 작가라는 구체적인 모습보다는 이야기하는 사람이 되고 싶었어요. 글 쓰는 작가가 아니더라도 노래를 하거나 영상 연출하는 쪽 일에 늘 관심이 있어요. 어릴 때 한국전쟁 이야기가 나오는 《학 마을 사람들》을 읽었는데, 그렇게 이야기를 풀어내는 게 너무 멋있어 보였어요."

김 씨는 지금 동네 커피 가게에서 바리스타로 일한다. 한 잔 한 잔 정성을 들여 만드는 커피를 사람들에게 대접할 때마다 그 안에 무궁무진한 이야기를 담아 내주는 느낌이 든다. 여러 가지 일을 거쳐서 여기까지 왔고, 만족하면서 커피 내리는 일을 하는 중이다.

"1년 좀 넘게 바리스타로 일하는 중이에요. 예전에는 드라마 작가

---

† 이범선의 단편 소설. 평범한 서민들의 삶을 그린 초기 작품에 속한다. 후기 작품은 주로 사회 고발에 풍자적인 느낌이 강하다. 후기 작품 중 잘 알려진 것은 영화로 만들어진 《오발탄》이다.

나 연출을 하고 싶었어요. 한창 한류 열풍이 불던 때라 한국 드라마를 디브이디로 만드는 일을 했는데, 늘 사무실에 앉아서 일하는 게 마음에 들지 않았어요. 내가 만든 뭔가로 사람들을 기쁘게 해주는 일을 하고 싶었는데, 그렇지 못했어요. 그래서 주문 제작 가구 만드는 일도 알아봤는데, 사람들이 주문하는 걸 그대로 만들어주기만 하는 게 싫었어요. 다음으로 찾은 일이 커피 만드는 일이에요. 커피는 맛도 그렇지만 커피 내리는 사람에게 기대하는 게 있어요. 저 사람이 내리면 맛이 있겠다 또는 없겠다 같은 그런 거죠. 이 일을 잘하려면 커피 재료와 기술이 당연히 중요하지만, 손님과 바리스타가 인간적인 교감을 만드는 게 큰 구실을 한다고 생각해요."

출퇴근 시간이나 커피 가게에 손님이 없을 때 주로 책을 읽는다. 한적한 동네에 있는 카페라서 책 읽을 여유가 꽤 있는 편이다. 책 읽기 속도가 빠르지 않다고 겸손하게 말하는 김 씨는, 많으면 한 달에 여섯 권 정도 책을 읽는다고 한다. 책 말고도 종이로 된 매체를 읽는 게 중요하다는 말을 덧붙였다.

"바쁠 때는 한두 권밖에 못 볼 때도 있지만, 보통은 한 달에 대여섯 권 정도 책을 읽어요. 요즘은 사람들이 종이와 그 안에 활자가 들어간 매체를 예전만큼 잘 안 보는 것 같아요. 잡지나 신문을 읽을 때도 종이보다는 인터넷이나 스마트폰, 태블릿으로 많이 보니까요. 전자 매체는 대부분 편집된 기사를 쓰니까 사람들이 넓은 시야를 갖고 정보를 바라보기가 그만큼 어려워요. 신문만 해도 매일 한 부를 사서 천천히 훑어보는 것과 인터넷 뉴스에서 입맛에 맞는 기사를 골라 편집된 내용만 보는 것은 차이가 크거든요. 그러니까 종이 책, 종이로 만든 매체를 읽는 게 중요한 것 아닐까요?"

책 이야기를 할 때 눈은 커지고 빛이 난다. 바로 위 형님이 문예지 구독하는 모습을 보고 영향을 받아 몇 년째 문예지를 정기 구독할 정도로 책에 관심이 많은 김석봉 씨는, 거기서 자연스레 작가와 작품에 관한 많은 정보를 얻는다.

"주로 소설책을 많이 봅니다. 요즘에는 한국 소설 위주로 보고 있어요. 2년 전부터 《문학동네》를 정기 구독하고 있는데요, 거기서 소개하는 작품이나 작가들 정보를 갖고 읽을 책을 선택하는 편이에요. 잡지를 보면 해외 작가 소개하는 코너가 있는데, 거기에도 알찬 정보가 많아요. 처음에는 형이 《창작과비평》을 구독하고 있어서 어깨 너머로 봤는데, 꽤 재미있더라고요. 내가 모르는 분야의 책이나 작가에 관한 정보를 얻을 수 있는 게 큰 장점이에요. 그래서 여러 문예지를 둘러보다가 《문학동네》를 계속 보고 있는 거죠. 우리 집은 단독 주택이고 형네 집이 아파트라 경비실이 있어서 그쪽을 배송지로 했거든요. 잡지가 도착하면 형이 갖다주거나 제가 가져오거나 그래요. 재미있는 게 2년 정기 구독이 이미 끝났는데도 잡지가 계속 오더라고요. 물어보지는 않았지만, 구독 기간이 끝나니까 아마 형이 연장 신청을 해준 게 아닌가 싶네요."

아니나 다를까 주로 읽는 작가에 관한 이야기를 시작하니까 고구마 줄기처럼 줄줄이 이름이 쏟아져 나왔다. 책을 좋아하는 사람들이 문예지를 읽는 이유도 어느 정도는 이런 재미 때문이다. 책만 읽다보면 다음에 어느 작가의 무슨 작품을 읽을까 고민하다가 그냥 남들이 많이 읽는 책을 따라서 보는 경우가 많은데, 그러면 자기만의 독서 색

깔을 갖기 어렵다. 이럴 때 문예지가 많은 도움을 준다.

"김영하, 박민규, 이청준 작가를 좋아합니다. 이청준 작가는 문장이 주는 느낌이 김영하나 박민규하고 완전히 다른데, 돌아가시고 나서 얼마 전에야 관심을 갖게 됐어요. 특히 마지막으로 나온 소설《그곳을 다시 잊어야 했다》(열림원, 2007년)를 본 다음 다른 책들도 읽게 됐어요. 헌책방에 가서《병신과 머저리》같은 초기 작품 몇 권을 더 사서 봤는데, 그건 또 잘 안 읽히더라고요. 이청준 작가는 후기 작품을 더 좋아합니다. 여성 작가는 한강과 공선옥을 좋아합니다. 요즘 활동하는 젊은 작가 중에는 김성중 씨 작품을 흥미롭게 보고 있습니다. 외국 작가 작품은 많이 보지 않는 편이지만, 미셸 우엘벡Michel Houellebecq이 쓴 책들을 요즘 정말 재미있게 봤습니다.《소립자》(열린책들, 2009년)는 워낙 유명하고요, 얼마 전 나온《지도와 영토》(문학동네, 2011년)도 아주 좋았습니다. 유럽 작가 중에서는 르 클레지오Le Clezio만큼 좋아합니다."

한국은 유럽 작가들 책이 그렇게 많이 번역되지 않아서 사람들의 관심도 그만큼 낮은 편이다. 베르나르 베르베르Bernard Werber나 기욤 뮈소Guillaume Musso 같은 작가가 적지 않은 팬을 거느리고 있기는 하지만, 여전히 한국 시장에 나오는 유럽 소설은 대개 이미 검증을 거친 베스트셀러 작가로 한정돼 있다. 미셸 우엘벡과 르 클레지오가 나온 김에 유럽 작가와 작품에 관한 이야기도 이어봤다.

"유럽 소설들이 영미권이나 일본 소설에 견줘 재미가 없고 내용이 지루하다는 편견이 많은데요, 그렇지 않아요. 지명이나 등장인물 이름이 낯설어서 그런지 부담을 주기도 하는데, 그런 것에 일단 익숙해지면 잘 읽혀요. 그리고 여전히 많이 소개되지 않은 유럽의 문화와 전통,

역사, 사회 문제 등을 책을 통해서 경험할 수 있으니 그것도 좋은 점이에요. 일본 추리소설 같은 것 보면 좀더 재미있고 튀는 내용으로 이야기를 만들려고 하는 흔적이 보여요. 트릭이나 반전도 훌륭하고요. 유럽 소설은 그런 기술적인 측면보다는 진짜로 사람이 살아가는 이야기, 그 안에서 주인공들이 고민하는 걸 몸으로 느낄 수 있어요."

이렇게 책에 관한 깊은 생각을 거침없이 쏟아내지만, 김 씨는 책을 천천히 읽는 문제 때문에 늘 고민이다. 그런데 천천히 읽기는 그만큼 집중해서, 음식에 비유하면 꼭꼭 씹어 먹는 식이기 때문에 책 내용을 더 잘 소화한다는 점에서 좋은 방법이기도 하다. 특히 유럽 소설은 이렇게 자근자근 천천히 읽어야 더 큰 매력을 얻을 수 있다.

"책을 천천히 읽는 편이에요. 읽다보면 힘들기도 하고요. 한 번에 50쪽에서 100쪽 정도 읽으면 힘이 빠져요. 그럴 때는 쉬었다 읽기도 하고, 읽은 내용을 잊어버려서 앞쪽을 다시 보기도 해요. 그렇게 읽다 보니 책 읽는 속도가 느린데, 그래서 천천히 곱씹으며 볼 수 있는 유럽 소설을 좋아하는 것이기도 해요. 여전히 한국 사람들은 유럽 소설을 별로 좋아하지 않아요. 아는 사람 중에 시나리오를 공부하다가 사정이 생겨 그만두고 회사 다니는 친구가 있어서 제가 재미있게 읽은 미셸 우엘벡 책을 빌려줬는데요, 읽지 않더라고요. 재미가 없대요. 일본 추리소설은 만날 때마다 매번 바꿔 들고 다니면서 말이죠……."

책을 천천히 읽어 호흡이 느린 단점을 보완하려고 선택한 책 읽기 방법은 동시에 여러 권 읽다. 문학 작품뿐 아니라 잡지나 신문 따위도 중간에 섞어서 그때그때 돌려 읽으면 힘을 빼지 않고 잘 읽을 수 있다고 한다.

"예전에는 그렇지 않았는데, 요즘 들어서 책을 서너 권씩 동시에 읽는 습관이 생겼어요. 어릴 때는 집중력이 높아서 한 권 잡으면 끝까지 한번에 끝냈는데, 요즘에는 그렇게 하기가 힘들더라고요. 그럴 때 이 책 읽다가 힘들면 다른 책 좀 읽고, 그렇게 옮겨 다니면서 읽으면 어렵고 잘 읽히지 않는 책을 애써 붙들고 있는 것보다 힘도 덜 들고 좋아요. 책을 여러 권 읽을 때도 있고, 소설과 잡지를 함께 보거나 소설을 읽다가 영어 단어를 외울 때도 있어요. 그렇게 하다보면 스스로 알맞게 호흡을 조절하는 훈련이 돼요."

집에 있는 책장에 책이 꽤 많은 편이지만, 김 씨는 책을 정리하는 특별한 방법을 갖고 있지는 않다. 대신 자기만의 재미있는 방법을 찾으라고 말한다. 집은 도서관이 아니기 때문에 대개 자기가 좋아하는 취향으로 책장을 채우기 마련이다. 그런 책장을 도서관에서 하듯 분류할 수는 없는 법이다. 옷장이나 신발장을 열어봐도 사람마다 다른데, 책장도 그렇지 않겠는가. 책이야말로 사람마다 다 다른 지문 같은 것이다. 그래서 지금껏 어느 집에 가서 책장을 보든지 도서관처럼 딱딱 떨어지게 분류를 해놓은 사람은 보지 못했다.

"그래도 책장 정리할 때 책끼리 키는 좀 맞추는 편이에요. 대개는 어떤 정해진 기준 없이 크기만 대충 맞춰서 놓는데요, 가끔은 마음이 움직이는 대로 재미있게 정리를 해놓을 때도 있어요. 이를테면 여기 보다시피 보들레르의 시집 《악의 꽃》 옆에 김소월의 《진달래꽃》을 두는 식이죠. 두 책을 읽을 때 느낌은 완전히 다르지만, 꽃과 꽃이니까요. 그냥 옆에 나란히 두고 본다는 것 자체가 재미있어요."

스마트폰과 인터넷이 뒤덮은 세상이라지만, 김석봉 씨는 여전히

종이 매체가 중요하다고 말한다. 빠르게 입맛에 따라 골라서 챙기는 정보는 결국 빨리 사라지고 가벼운 입맛을 만들기 때문이다. 종이 매체는 느리고 불편할지 몰라도 그만큼 사람에게 좋은 영향을 주는 재료다. 청소년은 말할 것도 없고 성인에게도 여전히 종이 매체는 중요한 삶의 일부다. 특히 종이 사전이 중요한데, 지금은 점점 사라지는 추세라 특히 아쉬움이 크다고 한다.

"어릴 때는 무작정 수백 권씩 되는 책을 억지로 읽히기보다는 백과사전 같은 걸 집에 두고 스스로 궁금한 걸 찾아보게 하는 게 좋다고 생각해요. 요즘에는 아이들도 궁금한 게 있으면 그냥 아무 생각 없이 빠르게 인터넷으로 찾잖아요. 그냥 필요할 때마다 그때그때 찾고, 필요가 충족되면 곧 잊어버리죠. 지식도 인스턴트가 되는 식이라서 어른이 되고 나면 남는 게 없어요. 그러니까 어른이 돼서도 또 인스턴트 정보에 의존할 수밖에 없는 거고요. 결국 자기에게 쌓인 게 없으니 탄탄하지 못한 사람이 돼요. 지금 종이로 된 백과사전이 거의 다 사라졌는데, 참 안타까운 일이에요. 종이사전 쓸 때 좋은 점이 있죠. 외국어 공부할 때 생각해보면 특히 그런데, 자기가 찾는 단어만 보는 게 아니라 의도하지 않게 그 주변에 연결된 단어나 뜻들도 함께 보게 되거든요. 거기서 더 큰 걸 배울 때도 있어요. 나는 이런 것을 찾으려고 사전을 펼쳤는데 이런 것도 있었고, 이것은 또 저것하고 이렇게 연결이 돼 있구나 하는 걸 깨닫는 즐거움이 지금은 점점 사라지는 거죠."

김석봉 씨 이야기가 맞다. 세상이 편리해졌다고 말할수록 우리들은 매번 누군가에게 또는 어딘가에 의존하고 있지 않나. 복잡한 세상이다. 살면서 해결해야 할 문제도 늘었고, 그러니 궁금한 것이 더 많아졌다. 그런데 사람들은 궁금증을 해결하려 노력하는 과정에서 힘을 들이려 하지 않는다. 너무 편리한 세상에 살다보니 원하는 건 모두 터치 몇 번으로, 심지어 손가락 하나 까딱하지 않고 말소리만 가지고 해결하는 시대다. 그렇게 찾은 것은 진짜 해답일까? 맞는 답일까? 맞는 답이라고 해도 깨어진 지식 조각일 뿐이다. 살면서 가장 중요한 것은 지식보다는 지혜가 아닐까? 지혜는 인터넷 검색으로 찾을 수 없는 곳에 숨어 있다. 종이 책을 넘겨가며 더디지만 앞으로 한 발씩 나아가는 사람이 달고 오묘한 지혜의 옹달샘을 발견할 수 있다.

매혹과 잔혹의 커피사 | 마크 펜더그라스트 지음 | 정미나 옮김 | 을유문화사 | 2013년

여기저기 커피 파는 집이 많다. 프랜차이즈도 거리마다 넘치고, 요즘에는 개인이 직접 원두를 로스팅해서 커피를 내리는 카페도 많아졌다. 커피가 자꾸만 고급 음료로 취급받게 되기 때문인지 커피 한 잔 마시려면 한 끼 점심값 정도 써야 하는 경우도 있다. 커피는 언제부터 그렇게 고급 음료였을까? 겨우 몇 해 전만 해도 커피를 고급 음료로 생각하는 사람은 많지 않았다. 그냥 입이 심심해서 마시는, 브랜드나 블랜딩 어쩌고 하는 것도 당연히 아무 상관없이 입에 털어 넣는 게 커피였다. 지금은 다르다. 커피가 워낙 인기가 있다보니 커피를 다룬 인문학 책도 많다. 요즘 가장 흥미롭게 본 책이《매혹과 잔혹의 커피사》다. 책 제목 참 잘 뽑았다. 커피는 인생의 쓴 맛과 단 맛이 모두 들어가 있는 음료라고 하지 않던가? 전세계 사람들이 매일 마시는 맛 좋은 음료, 매력 넘치는 커피의 이면에 잔혹은 역사도 들어 있다는 건 다들 아는 이야기다. 그 역사는 지금까지 이어져서 우리가 비싸게 마시는 커피 때문에 어느 나라 어린이는 중노동에 시달리기도 한다. 김석봉 씨가 만드는 커피를 마신 적이 있다. 맛이 좋다. 그렇지만 커피를 함께 마시고 이야기를 나누면서 그 좋은 맛이 그냥 혀끝에서 끝나면 안 된다는 생각을 하게 됐다. 커피 한 잔 속에는 이렇게 깊고 쓰라린 생각들이 가득 담겨 있다.

무진기행 | 김승옥 지음 | 민음사 | 2007년

나는 문학동네에서 펴낸 전집에 포함된《무진기행》을 갖고 있다. 장정이 세련되고 크기도 적당해서 시간 날 때마다 펴서 읽는 책이 김승옥의《무진기행》이다. 글을 참 잘 썼다. 교과서에도 작품이 실린 작가니까 다들 인정하는 글 솜씨 아닌가. 김석봉 씨 집에는 민음사판 《무진기행》이 있다. 다른 출판사에서 나왔지만 나하고 똑같은 책을 갖고 있는 사람을 보면 오래전부터 사귄 친구 같은 느낌이 든다. 곧장 말하고 싶어진다. 간단히 이렇게 말문을 트면 될 것이다. "《무진기행》을 읽으셨네요? 어땠나요?" 교과서에서 김승옥을 배웠는데도 어떤 어린 학생들은 김승옥 작가가 이미 죽은 사람인 줄 알기도 한다. 오래전 어떤 계기로 절필을 해서 더는 작품을 쓰지 않기 때문이다. 절필을 해도 늘 하는 일이 글쓰기이기 때문에 몇 년이 지나면 다시 작품을 쓰는 경우가 많다. 그런데 김승옥은 벌써 수십 년이 지났는데도 글을 쓰지 않는다. 왜 쓰지 않을까? 아니, 김승옥은 왜 써야만 하느냐는 질문의 답을 여전히 찾아다니고 있는 건 아닐까.

존재의 불행 ｜ 장 그르니에 지음 ｜ 권은미 옮김 ｜ 문예출판사 ｜ 2002년

장 그르니에 전집은 1980년대 후반 청하출판사에서 야심 차게 기획해 펴낸 적이 있다. 불행하게도 그 뒤 다른 출판사에서 다시 건드리지 않았기 때문에 그르니에의 작품을 읽으려면 도서관에 가든지 각각 다른 출판사에서 펴낸 단행본들을 따로 모아야 한다. 아니면 그 옛날 청하출판사가 펴낸 책을 찾아 헌책방을 돌아다녀야 한다. 어느 쪽을 택하더라도 쉬운 일이 아니다. 지금 새로 나오는 책들은 종류가 다양하지 않다. 이미 오래전에 절판된 청하출판사 책을 찾아 적게는 몇 달에서 심지어 몇 년씩 헌책방을 돌아다니며 전집을 사 모아 짝을 맞추는 사람들이 있다. 장 그르니에는 한국에서 그리 유명한 작가는 아니지만, 어떤 사람에게는 그렇게 몇 년을 투자해도 아깝지 않을 정도로 찾아 읽고 싶은 작가다. 《존재의 불행》은 제목부터 어렵고 딱딱한 책이다. 내용도 철학적인 사유로 가득하기 때문에 두껍지 않은 책인데도 제대로 읽으려면 시간이 꽤 걸린다. 읽고 나서 그르니에가 한 말을 이해하는

데는 또 다른 노력이 필요하다. 그르니에는 책에서 선과 악, 죽음과 존재, 종교적 초월에 관한 문제까지 깊이 파고든다. 그리고 독자에게 묻는다. 살아 있다는 것이 불행일까, 또는 살아 있지만 언젠가 죽는다는 것이 불행일까? 행복에 관한 책들이 홍수처럼 쏟아져 나온다. 그렇지만 왜 불행에 관해 이렇게 깊이 생각해야 하는지 알려주는 책은 많지 않다. 그르니에는 그 해답을 찾았을까?

독서 교육보다
책 읽는
즐거움을

―

사서 교사 이영주

내가 다니던 초등학교 운동장 한쪽에는 낮은 기와지붕을 모자처럼 쓴 크지 않은 건물이 하나 있었다. 교문에서 가까운 곳에 있었기 때문에 등하교하며 매일 봤는데, 늘 문이 닫혀 있어서 뭐하는 곳인지 알 길이 없었다.

5학년 때 부반장을 했고, 그래서 나는 아주 우쭐해했다. 무슨 큰 감투라도 쓴 것처럼, 굉장한 권력이 생긴 양 몸에 힘이 들어갔다. 보란 듯이 뭔가 큰일을 해보고 싶었다. 그러다 문득 생각난 것이 바로 운동장 옆에 있는 그 건물이었다. 어느 날 수업을 마친 다음 집에 가기 전에 그게 뭔지 알아보기로 했다. 두 쪽으로 당겨 여는 문에는 쇠사슬에 자물쇠가 달려 있어서 완전히 열 수는 없었다. 그래도 틈을 약간 벌릴 수 있었고, 다행히 문 안쪽을 슬쩍 훔쳐볼 정도는 됐다.

뜻밖에도 그 안은 도서관이었다. 그렇지만 규모도 작고 오랫동안 관리를 하지 않은 탓인지 책장과 책들이 거의 폐허처럼 위태롭게 놓여 있었다. 그날 밤 나는 들떠서 새벽까지 잠들지 못했다. 다음 날 아침 일찍 학교에 가서 담임 선생님께 말씀드렸다. 그 건물을 개방해달라고. 만약 그곳이 진짜 도서관이라면 내가 청소하고 관리도 하겠다고, 최대한 진지한 자세로 건의했다. 그렇지만 선생님은 단박에 안 된다고 했다. 이유는 지금 생각나지 않는다. 분명히 내가 이해할 수 없는 말이었을 것이다. 그 자리에서 몇 번 더 얘기하던 나는 교무실 밖으로 내쫓기듯 나왔고, 다시는 도서관 이야기를 꺼내지 않았다.

초등학교 도서관이 내게 남긴 인상은 그게 전부다. 어릴 때부터 책을 좋아한 나는 학교에, 아니 교실 뒤쪽에 작은 도서관이 있으면 얼마나 좋을까 상상했다. 지금은 거의 모든 학교에 도서관이 있다. 초등학교 도서관에서 사서 교사로 일하는 이영주 씨를 찾아가니 막 점심시간이 시작되려고 했다. 아이들이 삼삼오오 짝을 맞춰 책을 빌리거나 빌린 책을 반납하러 오는 모습이 꽃처럼 예뻐 보였다.

사서에게 가장 궁금한 것은 책 분류다. 어떤 사람에게는 재미있고 감동적인 책이지만 그 책을 매번 숫자에 따라 분류하는 일은 또 다른 느낌일 것이다. 그런데 이영주 씨는 책을 숫자로 분류하는 게 흥미롭고, 생각하기에 따라 꽤 마음 끌리는 일이라고 말한다.

"사서는 여러 가지 일을 하지만 책을 분류할 때 가장 행복해요. 도서관은 기본적으로 십진분류법을 쓰거든요. 이게 그냥 보면 숫자일 뿐이라서 딱딱하게 느껴지지만, 그 안을 깊이 살펴보면 책마다 이야기가 있고 때로는 한 시대의 아픈 역사가 스며 있어요. 책을 한 권 한 권 분류하면서 지금껏 살아온 사람의 생각과 삶이 쌓아온 발자취에 경이로움과 감동을 느껴요."

책이 많아지면서 당연히 분류 역시 복잡해졌고, 때로는 애매한 경우도 많다. 철학이 주제인 소설은 철학 분야일까 문학 분야일까? 개인이 가진 책이라면 크게 고민할 필요 없이 자기만의 분류법대로 해놓으면 되지만, 여러 사람이 이용하는 도서관이라면 얘기는 달라진다.

"애매한 것도 많죠. 이를테면 전쟁을 다룬 책이 있어요. 읽어보니 외교 문제가 중심이에요. 그럼 국방 분야로 넣어야 할지 외교에 넣어야 할지 고민하죠. 한동안 유행한 《시크릿》도 그래요. 외국에서는 이 책을 종교 분야로 분류한 경우가 있어요. 그런데 한국은 자기계발서로 주로 분류하고 독자들도 그런 의도로 읽죠."

사서는 어떤 일을 하는 사람일까? 막연히 상상하면 드라마나 영화에 나온 장면이 먼저 떠오른다. 생활 자체가 책하고 뗄 수 없는 사람일 것 같은 기분이 든다. 도서관에서는 말할 것도 없고 집에서도 늘 책에 둘러싸여 살지 않을까? 나를 포함해 많은 사람들이 사서는 지독한 책벌레이기 때문에 책을 빼고 나면 아무것도 남는 게 없는 생활을 할 거라고 짐작한다. 그렇지만 정작 물어보면 꼭 그렇지 않은 경우가 많다. 자장면 만드는 사람이라고 해서 퇴근한 뒤에도 늘 자장면만 먹지는 않을 테니까.

"집에는 사실 책이 많지 않아요. 얼마 전에 꽤 많이 팔기도 했고요. 내가 꼭 읽어봐야 할 책이거나 한두 번 읽었지만 계속 손이 가는 책을 손이 잘 닿는 높이에 놔요. 좋은 책이라서 버리거나 남을 주기는 아깝지만 조만간 또 볼 것 같지 않은 책일수록 아래쪽에 놓고요. 집에 있는 책은 내용보다는 순전히 선호도에 따라 나눠요. 소설책은 주로 빌려서 읽고 짧은 기간에 빨리 읽기 힘든 책들, 진지하게 천천히 봐야 할 책들을 주로 사서 봐요. 철학이나 역사책 같은 경우죠."

사서라는 직업을 선택한 사람이라면 틀림없이 책하고 관련된 독특한 인연이 있으리라. 이영주 씨는 겸손하고 차분한 목소리로 전혀 그렇지 않다고 말했지만, 이야기를 나누는 동안 예상대로 아주 흥미로운 또 한 사람의 삶을 엿볼 수 있었다. 이 씨는 책을 읽을 때 그 책에 빠져 이런저런 상상을 하는 걸 좋아한다.

"책을 많이 보는 편은 아니지만, 그리고 무조건 많이 읽어야 한다는 생각도 없지만, 좋아하는 책을 읽을 때면 그 책 내용에 관련해서 이런저런 상상을 많이 해요. 《책만 보는 바보》(보림, 2005년)나 《열하일기》를 읽으면서 '아, 나도 저렇게 살고 싶다'라는 상상을 하고, 집에 〈매화서

옥도梅花書屋圖〉 같은 그림을 프린트해
서 붙여놓고 나만의 호를 지어서 전
각 도장을 만들기도 했어요. 예전에
중국 베이징에 갔을 때《열하일기》에
나오는 유리창 거리에서 제 호를 전
각한 도장을 만들었어요. 호는 '팽이'라고 지었는데요, 어느 쪽에도 치
우치지 말고 균형을 잘 잡는 삶을 살자는 의미예요."

평소 책에 둘러싸인 생활을 하지만 생각처럼 책을 많이 읽지는 못
한다는 이 씨는, 그래도 읽고 싶은 책이 있을 때면 친구를 만나는 약
속 시간을 활용한다는 특별한 지혜를 살짝 귀띔했다.

"집에 있으면 오히려 책을 잘 못 읽어요. 자꾸 다른 일을 하고 싶거
든요. 의지가 좀 약한가 봐요. 계획을 세워서 일을 하는 것도 잘 못하
거든요. 그래서 주로 도서관이나 찻집에 가서 책을 봐요. 친구랑 찻집
에서 만날 약속이 있으면 일부러 두어 시간 일찍 나가서 자리 잡고 책
읽는 방법을 자주 쓰죠."

시간을 좀더 거슬러 올라가 어린 시절로 돌아갔다. 훗날 사서가
되는 한 여자아이는 공주 이야기 그림책을 좋아했다. 그러다 탐정소설

---

* 조선 시대 학자 이덕무는 책 읽기를 너무 좋아해서 '책만 읽는 바보'라는 별명이 붙었다. 이 책은 이덕무를
비롯해서 함께 어울린 친구들 이야기를 재미있게 다뤘다. 당연히 이덕무는 뛰어난 학자지 바보가 아니다. 책을
읽지 않아서 자기 지식이 없는, 그러면서도 매번 잘난 척하는 사람들이 많다. 그런 사람에 견주면 차라리 책만
읽는 바보가 되는 편이 더 낫지 않을까.
** 연암 박지원이 쓴 여행기. 여행하며 겪은 일을 지루하게 늘어놓은 게 아니라, 그 안에 익살, 풍자, 그리고 당
연한 말이지만 엄박하고 진지한 해석을 버무려서 시간이 오래 흐른 지금 다시 읽어도 아주 재미있다. 연암이 쓴
원본은 없지만, 지금까지 전해지는 필사본만 9종이라고 하니 이 책이 얼마나 인기 있었는지 짐작이 간다.

과 만화책 등으로 책 읽는 범위가 넓어졌다. 청소년기를 거치며 책 읽기는 자연스럽게 인간관계도 만들어줬다.

"어릴 때는 공주가 나오는 그림책을 좋아했어요. 거기 나오는 예쁜 드레스나 맛있는 음식, 궁전을 늘 머릿속에서 상상했어요. 마치 성냥팔이 소녀처럼요. 책을 읽으며 마음속으로 촛불을 하나 탁 켜는, 그런 상상을 하는 게 마냥 좋았어요. 초등학교 저학년 때까지 그랬고요, 고학년이 되면서 탐정소설에 빠져들었죠. 어른이 되면 탐정 일을 하고 싶을 정도였어요. 홈즈, 뤼팽, 애거서 크리스티까지 전부 섭렵했어요. 그러다 중고생 때는 만화책만 봤어요. 거의 매일 만화방에 가서 살다시피 했으니까요. 주로 순정 만화를 많이 봤는데, 나중에는 만화방 아주머니하고 친해져서 열 권 보고 백 원만 내고 그러기도 했어요. 그때 만화방에서 만난 친구랑 지금도 단짝으로 지내요."

많은 사람들이 그렇듯 이 씨의 20대도 고민과 방황의 연속이었다. 한마디로 '자유'를 찾기 위한 여행이었다. 자유는 소중한 것이다. 많은 사람들이 저마다 원하는 자유를 찾고, 그 자유를 갖고 싶어한다. 그러나 그 자유가 무엇인지 잘 아는 사람은 그렇게 많지 않다.

"20대 때는 한량 같은 삶을 살고 싶다는 생각을 많이 했어요. 마음만큼 생활이 따라주지 못해서 삶이 늘 답답했지만, 그래도 늘 자유를 찾고 싶었죠. 지금은 자유라는 개념을 제 안에서 나름대로 조금 다르게 다시 정리했어요. 내게 이미 주어진 것들을 사랑할 수 있다면 그게 바로 자유가 아닐까요? 마음이 답답하던 때는 오히려 삶 속에 결핍된 게 많고, 그렇기 때문에 가지고 싶은 것도 많았던 것 같아요. 자유도 그런 이유 때문에 갖고 싶던 거예요. 지나고 보니 자유는 내가 원하는 것을 소망하는 게 아니라 내가 가진 것들, 내게 주어진 일들을 사랑하는 것이라고 생각이 들어요."

책 읽기마저 시들해진 20대를 이영주 씨는 '낭비'라는 한 단어로 설명했다. 그러나 그런 방황의 끝에서 찾은 작은 해결의 실마리도 결국 책 속에서 발견했다. 힘든 시기를 겪으면서 이 씨가 알게 된 작은 깨달음은 바로 '사랑'이었다.

"20대 때는 거의 10년 동안 책을 안 읽었어요. 완전히 낭비한 시절이라고 생각해요. 많이 방황했고요. 거의 아무 생각 없이 산 것 같아요. 20대 후반에서 30대 초반까지는 제 인생에서 가장 바닥이라고 할 만큼 안 좋았어요. 그렇지만 이때 좋은 책을 많이 읽기도 했어요. 인간관계나 사회생활은 소홀했지만 심리학이나 철학 관련 책을 가까이한 때죠. 임용고시에 합격하고 사서 교사로 발령받으면서 겉으로 보기에는 좋았지만, 삶은 힘들었죠. 그러면서 내가 사랑이 없는 사람이고, 내 속에 진리를 추구하는 마음이 없기 때문에 힘들었다는 사실을 희미하게나마 알게 됐어요."

무슨 책들이 이영주 씨의 삶을 도왔을까? 너무 많기 때문에 일일이 말하기 어렵다고 하지만 몇 권만 추려보자 하니까 소설부터 그림책까지 값진 목록이 줄줄이 엮여 나온다. 특히 그림책은 아이들이 보는 책이라는 편견이 있지만, 어른이 읽어도 깊이 생각할 거리를 준다는 게 이 씨의 믿음이다.

"너무 많지만 몇 권을 꼽자면, 소로의 《월든》, 스캇펙 박사의 《거짓의 사람들》, 셰익스피어의 희곡 《햄릿》, 헬렌 니어링의 책들, 이를테면 《소박한 밥상》이 큰 도움이 됐어요. 《독일인의 사랑》과 《보바리 부인》

도요. 얘기하자면 끝이 없네요. 또 권정생, 이오덕, 서정홍˚ 선생님이나 헬렌 켈러, 간디처럼 훌륭한 삶을 살다 간 분들의 삶을 기록한 자서전이나 평전도 유익했고요. 그림책과 동화도 빼놓을 수 없겠죠. 사라 스튜어트의《도서관》, 모니카 페트의《행복한 청소부》, 일본 작가 사노 요코의《100만 번 산 고양이》, 하세가와 요시후미의《내가 라면을 먹을 때》는 제가 특히 좋아하는 책이에요."

도서관이나 독서가에 대한 책을 수집하는 나도 사라 스튜어트의 《도서관》은 익숙하다. 세계적인 독서광이라고 하면 으레 보르헤스˚˚나 알베르토 망구엘,˚˚˚ 게코스키˚˚˚˚ 같은 사람을 떠올린다. 그렇지만 이 사람들은 때로 사람이 아닌 것 같다. 어쩌면 그렇게 책에 집착할 수 있다는 말인가!

˚ 《58년 개띠》와《내가 가장 착해질 때》등을 쓴 작가. 사람들은 '농부 시인'이라고 부른다. "땀 흘려 일하는 사람이 글을 써야 세상이 참되게 바뀐다"는 시인의 말은 곱씹어야 제 맛이 나는 거친 곡식처럼 마음을 울린다. 전태일문학상을 받았고, 지금은 황매산 기슭에 '열매지기공동체'와 '강아지통학교'를 열어 이웃들과 함께 행복하게 땀 흘리며 글을 쓴다.
˚˚ 호르헤 루이스 보르헤스(Jorge Francisco Isidoro Luis Borges, 1899~1986). 아르헨티나 소설가. 우리말로 번역된 책은 짧은 단편을 모은《픽션들》과《알렙》이 유명하다. 보르헤스라는 이름은 몰라도 '바벨의 도서관'이라는 말을 들어본 사람은 많을 것이다. 지독한 책벌레인 보르헤스는 아르헨티나 국립도서관장으로 일하기도 했다. 도서관장이 될 때 이미 시력을 완전히 잃은 상태였다. 이런 우스개가 있다. "보르헤스는 귀먹은 천재 음악가 베토벤을 부러워하는 문학계에 신이 내려준 장님 소설가다."
˚˚˚ 망구엘은 보르헤스를 이야기할 때 빠질 수 없는 사람이다. 시력을 잃은 보르헤스는 어느 날 시내 서점에 들렀다가 거기서 일하는 청년 망구엘에게 부탁을 하나 한다. 시간을 정해놓고 자기에게 책을 읽어달라는 것이다. 이 일을 계기로 망구엘은 보르헤스하고 인연을 맺게 됐고, 훗날 뛰어난 독서가이자 작가로 성장한다. 우리말로 번역된 책도 여럿 있다. 대부분 독서와 도서관에 관한 책이다. 얼마 전에는 자니 과달루피하고 함께《인간이 상상한 거의 모든 곳에 관한 백과사전》이라는 아주 크고 두꺼운 책을 펴냈다. 이 책의 유일한 단점은 1000쪽이 넘는 분량으로 적어놓은 많은 장소들 중에 실제로 가볼 수 있는 곳은 전혀 없다는 것이다.
˚˚˚˚ 이름이 재미있지만 본명이다. 이력이 흥미롭다. 학자면서도 대학에서 가르치는 것보다 책을 더 좋아해 희귀본 거래상이 됐다. 값나가는 초판본을 찾아내서 비싸게 팔아먹는 모습을 상상하면 어딘지 모르게 사기꾼 같지만 사실은 꽤 고상한 직업이다. 직업이 이런 덕분에 당연히 지독한 독서 편력을 갖고 있다.《게코스키의 독서편력》이라는 책도 나와 있다.

차라리 그림책《도서관》에 나오는 주인공 엘리자베스 브라운이 더 인간미가 넘친다. 어릴 때부터 책 말고는 다른 것에 거의 관심이 없던 여자애는 시간이 지날수록 오히려 책에 더 빠져든다. 결국은 책을 쌓아놓은 책장이 무너질 지경이 됐다. 엘리자베스가 찾은 해결책은 아주 간단하다. 갖고 있는 많은 책들을 이용해 마을 도서관을 만들었다. 단순한 이야기지만 내게도 가르쳐주는 게 많았다. 책을 읽다보면 늘 욕심이 생긴다. 더 읽고 싶은 욕심, 더 알고 싶은 욕심, 책을 더 많이 갖고 싶은 욕심……. 그런데 책은 더 가지려 하지 말고 오히려 지금 갖고 있는 것을 내려놓으라고 말하는 때가 많다. 그런 의미에서 엘리자베스는 얼마나 대단한 사람인가. 사람은 가진 게 적을 때는 다른 사람하고 나누는 일을 어렵게 생각하지 않는다. 반대로 가진 게 많을 때 더 나누기가 힘든 법이다. 많이 가지는 것은 때로 전혀 가지지 않는 것보다 더 사람을 빈곤하게 만든다.

다시 사서라는 직업에 관해 이야기한다. 이 씨가 말하는 사서의 제구실은 책과 사람 사이에서 팽이처럼 균형을 잘 맞추는 것이다.

"책은 물론이고, 먼저 사람을 좋아하는 사서가 되고 싶어요. 도서관은 책이 가득한 공간이지만, 그걸 읽는 사람이 없다면 아무런 가치가 없죠. 책이 필요한 사람이 있다면, 바로 거기 도서관이 존재하는 자체가 중요하거든요. 사서 일을 하는 것도 사람과 책을 함께 좋아하는 게 중요해요. 바빠서 말 붙이기 어려운 사람보다는 한가하고 만만한 사서가 되면 좋겠어요. 시시껄렁한 질문을 해도 괜찮을 것 같은 그런 사서 말이죠."

요즘에는 책 읽기 교육이 유행이라 아기들이 말문만 트면 책을 줘

읽게 한다. 공부를 시작하는 초등학생이 되면 책 읽기가 짐이 될 정도로 독서 교육은 강도가 심해진다. 사서 교사로서 이영주 씨가 말하는 독서 교육은 책 읽기를 강제하지 말고 책 자체를 통해 즐거움을 발견하는 일이다.

"아무리 좋은 의도라고 해도 책 읽기에 경쟁이나 강요가 들어가는 건 옳지 않아요. 어떻게 보면 초등학생 때는 독서 교육이라는 이름을 붙인 걸 하지 않는 게 가장 좋은 독서 교육이라고 생각해요. 그 나이 때는 그저 책을 읽는 즐거움만 마음껏 누려도 되지 않을까요?"

책 읽기가 무엇을 얻어 챙기려는 방법과 수단이 돼가는 모습에 관해서도 경계심 섞인 말을 한다. 요즘에는 책 읽기뿐 아니라 어떤 미디어라도 자기계발에 쓸모만 있다면 다들 극성으로 달려드는 분위기다. 우리는 무엇을 얻으려고 책을 읽어야 할까?

"요즘 사람들에게 책 읽기는 창의력과 상상력을 길러주는 수단이 되는데요, 그게 남보다 우월해지거나 돈을 더 많이 벌 방법으로 흘러가는 건 아쉬워요. 책 읽기를 통해 얻는 상상력은 자기 자신만을 위한 수단보다는, 어느 작가의 표현처럼 '타인의 고통'을 이해하는 상상력이 돼야겠죠."

도서관 이야기로 마무리한다. 아주 짧고 명쾌한 대답이다. 처음에 만나 말한 그대로 도서관은 존재 자체로 사람들에게 포근한 위로를 안겨주는 곳이다. 만만한 사서들이 열심히 일하는 도서관이 우리 주위 여기저기에 봄꽃처럼 피어나 마침내 풍성해지기를 꿈꾼다.

"도서관은 책만 읽는 곳이 아니에요. 물론 책을 빌려 가거나 읽으러 오는 사람이 가장 많지만, 산책하다가 잠깐 쉬러 와도 좋고 약속

장소로 이용해도 좋아요. 사람들이 '도서관이 있다는 건 참 좋은 일이야'라고 생각한다면, 사서에게는 더 바랄 게 없는 칭찬이죠.《맑은 날엔 도서관에 가자》에 나오는 말인데, 되새길수록 마음에 와 닿아요."

밤의 도서관 | 알베르토 망구엘 지음 | 강주헌 옮김 | 세종서적 | 2011년

우리말로 번역된 망구엘의 책 중에서 내가 가장 좋아하는 책이다. 망구엘은 마치

끝없이 솟아나는 샘물처럼 책에 관한 이야기를 그칠 줄 모른다. 어떤 사람은 그게

다 젊은 시절 보르헤스를 만나면서 인생이 바뀐 덕분이라고 말한다. 망구엘은 태어

날 때부터 저 땅속 깊은 곳에 지하수를 숨겨놓은 사람인 것 같다. 도서관이라고 하

면 얼마나 지루하고 온몸 근질거리는 곳인가? 그렇지만 망구엘이 풀어놓은 도서

관 이야기를 읽어보면 한 번쯤 집 근처에 있는 도서관을 다시 보게 될 것이다. 망

구엘에게 도서관은 그저 책을 읽거나 빌리는 곳이 아니다. 도서관은 보르헤스가 말

한 대로 전세계이고 우주다. 도서관 이용자는 무중력 상태에서 우주를 헤엄치는 비

행사다. 책들이 빽빽하게 들어찬 도서관 서가를 지나다보면 바로 그런 상상을 하게

된다. 이 서가 어딘가를 걷다가 문득 발밑을 보면 내가 지금 땅을 딛고 있는 게 아

니라 적어도 한 뼘쯤 둥실 떠올라서 유영하고 있다는 느낌이 들 때가 있다.

아주 특별한 책들의 이력서 | 릭 게코스키 지음 | 차익종 옮김 | 르네상스 | 2007년

알베르토 망구엘을 빼면 세계적인 책벌레로 릭 게코스키를 꼽는 데 반대할 사람은

별로 없을 것이다. 물론 망구엘과 게코스키는 책을 대하는 태도가 많이 다르다. 게

코스키는 이름을 봐도 그렇듯 조금은 천방지축에 귀한 희귀본을 찾을 수 있다면

물불 안 가리는 고서 거래상이다. 그렇지만 부자들을 상대로 희귀본을 거래하려면

무엇보다 중요한 역량이 바로 책을 아는 힘이다. 책 내용뿐 아니라 거기에 얽힌 이

야기를 알고 있어야 책을 제값에 팔 수 있다. 그리고 별 가치가 없어 보이는 책도

거기에 관련된 특별한 이야기를 찾아낼 수 있다면 인생 역전의 주인공이 된다. 《아주 특별한 책들의 이력서》는 수도 없이 쏟아져 나오는 책에 관한 책 중에서도 단연 가장 흥미를 끈다. 사실 몇 해 전 내가 쓴 《심야책방》(이매진, 2011년)을 구상할 때 게코스키가 쓴 책을 염두하고 있었다. 물론 게코스키의 해박함과 연륜을 따라갈 수 없으니 거기에 한참 못 미친 책이 되고 말았지만, 여전히 나는 《심야책방》을 아낀다. 책을 좋아하는 사람이라면, 책 내용뿐 아니라 그 속살까지 낱낱이 사랑하는 사람이라면, 적어도 한 번은 게코스키를 책으로 만나봐야 한다.

맑은 날엔 도서관에 가자 | 미도리카와 세이지 지음 | 햇살과나무꾼 옮김 | 책과콩나무 | 2009년

책을 좋아하는 어린이가 도서관에서 일어나는 이상한 일들을 해결한다는 내용이다. 사서로 일하면서 도서관의 존재 자체를 사랑하는 이영주 씨가 추천한 책이기도 하다. 그 말 그대로 맞다. 도서관은 여러 가지 이유 때문에 좋은 곳이지만, 때로는 도서관이 거기에 있다는 사실만으로 그 지역에 활력을 불어넣기도 한다. 책이 가득하고 늘 조용한 곳이라고 생각해서 그런지 몰라도 도서관을 미스터리한 공간으로 묘사하는 책이 적지 않다. 랄프 이자우의 《비밀의 도서관》도 그런 쪽으로 많은 사랑을 받은 책이다. 《비밀의 도서관》은 미하엘 엔데의 《끝없는 이야기》에 연결된다. 이렇게 다른 작가가 쓴 작품이지만 서로 연결된 책을 읽으면 같은 작가의 연작을 읽을 때하고는 또 다른 재미가 있다.

사고
읽고
쓰는
행복한
습관

프리랜서 편집자 겸
여행 작가 이시우

다른 쪽은 어떨지 잘 모르겠는데, 책 다루는 일을 하면서 책에 관련된 직업을 가진 여러 사람들을 만나보면 하나같이 어떤 습관이 있다. 자기도 인정하는, 어찌 보면 좀 괴짜 같은 사람이 있는가 하면 자기도 모르는 습관을 지닌 사람도 더러 있다. 나는 뒤의 경우다. 특별한 습관 따위는 없이 사는 줄 알았는데, 헌책방에서 일하면서 만나는 사람들이 알려준 덕분에 깨닫게 된 습관이 있다. 바로 '정리'다.

책방에서 일하니까 매일 책을 정리하는 습관이 몸에 배겠지만, 책 말고도 눈에 보이는 모든 것을 나도 모르게 정리하는 습관이 있었다. 책은 당연하고, 장난감이나 선반에 올려놓은 접시 같은 게 바르게 놓여 있지 않으면 불안한 느낌이 들어서 위치를 고쳐놓는다. 전에는 이런 내 모습을 아주 당연하다고 믿으며 아무 생각 없이 살았는데, 책방을 하면서 많은 사람들을 만나다보니 이런 내 행동이 좀 이상하다고 말해주는 이들이 있다. 그때부터 내 정리 습관을 조금 떨어져서 관찰하게 됐다.

정리를 한다는 건 정리를 하지 않는 것보다는 좋겠지만, 그것 때문에 스트레스를 받는다면 다시 생각해볼 일이다. 이따금 집에 가서 내 방을 보면 반듯하게 정리를 해놓은 책장이 여전히 부자연스러워서 또 이리저리 정리를 한다. 정리가 이미 잘돼 있는 옷장이나 속옷 바구니를 갑자기 꺼내 밤늦은 시간에 정리를 다시 해야 마음이 편해진다. 전에는 이런 게 자연스러운 일인 줄 알았는데, 어느 때부터 정리 습관이 나를 묶어놓는 듯한 느낌이 든다. 다행히 지금은 책방 안팎에서 여러 좋은 사람들을 만나면서 내 마음속에 묶인 것들을 조금씩 풀어가고 있으니, 참 즐겁다.

그리 크지 않은 아파트 거실 한쪽에 마련한 작은 방을 서재로 쓰면서 일하는 이시우 씨 책장을 처음 보고 이 사람은 틀림없이 독특한 습관이 있다고 예감했다. 프리랜서 편집자로 일하면서 남는 시간을 쪼개 자기 이름을 내건 여행 책도 쓰고 있는 이 씨는 스스로 게으른 편이라고 말하지만, 서재에서는 그런 느낌을 전혀 받을 수 없었다. 하기는 정리벽이 있는 사람은 늘 자기가 게으르다고 믿는다. 나부터 그렇다. 똑바르게 정리해놓은 것인데도 늘 다시 정리하면서 '내가 게을러서 또 정리를 하고 있구나. 다시 안 해도 되게 이번에는 완벽히 정리해놓자'라고 다짐을 한다. 그렇지만 며칠 지나면 또 똑같은 다짐과 후회를 하면서 같은 곳을 정리하고 있는 나를 발견한다. 정리벽이 있는 사람을 이해하는 건, 정리를 좀처럼 하지 않는 사람을 이해하는 것만큼이나 어렵다.

일하는 방으로 통하는 문을 열고 들어가니 먼저 문 쪽을 곧장 바라볼 수 있게 배치한 큼직한 책상이 눈에 들어온다. 책상 뒤로는 바깥 풍경이 보이는 창문이 있고, 책장은 책상을 사이에 두고 두 부분으로 나뉜다. 대학에서 역사학을 전공한 이 씨 책장에는 다양한 역사 관련 책들이 많다. 방문 바로 왼쪽이 역사학과 인문학 책들을 따로 모아놓은 책장이다. 인문학 책장은 왼쪽 벽을 따라 늘어서서 방 중간에 있는 책상 앞까지 이어진다. 같은 방식으로 방문 오른쪽에는 여행과 예술 관련 책들이 있다.

책장 아래 방바닥에는 커다란 여행 배낭 두 개가 다정하게 놓여 있다. 한 개는 이 씨 것이고, 조금 작은 배낭은 아내 것이다. 만져보니 빈 배낭이 아니다. 언제라도 둘러메고 떠날 수 있을 정도로 기본 준비

를 미리 해둔 것이다. 만화가 이우일의 《콜렉터》가 떠오른다. 이우일은 전쟁이나 재난 등이 일어날 때를 대비해 늘 서바이벌 용품으로 가득 찬 배낭을 준비해둔다고 하지 않나? 이시우 씨도 그런 이유인 줄 알았는데, 사실은 여행 떠날 준비를 미리 해놓는 것이다. 낭만적이다. 언제라도, 어느 곳이든 떠날 준비가 돼 있는 사람은 얼마나 멋진가! 여행을 좋아하고 여행에 관한 책을 쓰고 있으니 집 안 곳곳에 여행 관련 물품이나 여행지에서 구입한 독특한 장식물이 눈에 띈다.

책장이 정리가 잘돼 있는데다 모든 책이 다 깨끗한 것을 보니 평소에 책에 쏟는 애정이 어느 정도인지 짐작이 간다. 또는 나처럼 정리 습관이 있는 건 아닐까? 책장을 살피다 책을 몇 권 빼서 봤다. 흠집이 거의 없고, 어떤 책은 전혀 펴보지 않은 듯 깨끗하다.

"일부러 책을 아껴야 한다고 생각하면서 보는 건 아닌데, 성격 탓도 있겠죠? 웬만하면 더럽히지 않아요. 특별히 신경을 쓰는 건 없지만, 읽은 곳을 표시할 때 책갈피나 책끈을 쓰면 자국이 날 수도 있기 때문에 책날개를 접어 넣거나 여러 번 붙였다 뗄 수 있는 종이 메모지를 씁니다. 책을 읽다가 적어놓을 게 있으면 다른 종이에 옮겨 씁니다. 책에 직접 밑줄을 긋거나 필기를 하지는 않아요."

책에 관련된 일을 하는데다가 직접 책을 쓰는 작가의 처지라 책을 보는 양도 꽤 될 것 같은데, 이 씨는 읽을 책을 거의 다 사서 본다고 잘라 말한다.

"책은 대부분 사서 봅니다. 도서관에서 대출하거나 다른 사람에게서 빌리는 경우는 거의 없습니다. 아는 사람들이 출판 쪽에 더러 있으니까 그런 경로를 거쳐 책을 받아 읽는 경우가 종종 있지만, 제가 읽으려고 하는 책은 전부 사서 봅니다. 책을 한번 읽기 시작하면 쫓기지 않고 차분히 읽어야 되니까 책을 사서 두고 읽는 게 여러모로 편합니다. 책 읽는 속도가 느린 탓도 있고요."

책 만드는 일을 하는 사람 치고 책 읽는 속도가 느리다고 말하는 사람은 처음 만난다. 보통 책에 관련된 일을 하거나 직접 글을 쓰는 사람은 이미 습관이 돼서 책을 빨리 읽게 되거나 책을 많이 읽으려는 노력을 따로 하기도 하는데, 이 씨는 오히려 한 권 한 권 꼼꼼하게 읽어가는 쪽이다.

"어떤 분들 보면 책을 여러 권 동시에 읽는다고 하는데요, 저는 그렇게 잘 안 되더라고요. 책을 읽을 때는 늘 한 권 읽고 끝나면 다음 책, 이렇게 합니다. 다만 가벼운 책들은 여기저기 손이 잘 닿는 곳에 여러 권을 두고 읽기는 해요. 화장실이나 침대 곁에 가벼운 읽을거리나 만화책 같은 걸 두는 식이죠. 한번 읽기 시작한 책은 밖에 나갈 때도 늘 갖고 다니기 때문에 가방이 무거워지기도 합니다. 노트북과 다이어리, 필기도구, 두툼한 책까지 넣으면 꽤 무게가 나가는데, 오래전부터 그냥 그렇게 다녀서 그런지 특별히 불편하다는 생각은 없습니다. 백과사전처럼 큰 책을 들고 다니지는 않으니까요. 하하."

가방에 그렇게 많은 걸 넣고 다니면 무겁기도 하지만 불편하지 않을까? 요즘에는 지하철에서 손바닥만 한 단말기로 전자책을 읽는 사람을 종종 본다. 그렇지만 이 씨는 여전히 전자책보다는 종이책을 즐겨 본다.

"책 무게 때문에도 그렇고 요즘 전자책 보는 분들이 많은데, 사실 저는 책 일을 하면서도 이제껏 한 번도 전자책을 본 일이 없어요. 제가 전자 기기에 익숙하지 않은 이유도 있고요, 그래서 호기심에 전자책을 보고 싶다는 생각도 가끔 들기는 하지만 역시 종이책이 좋습니다. 종이만의 느낌, 만지고, 밑줄 긋고, 접고 하는 기능을 전자 기기가 구현할 수는 있다고 하더라도 종이가 주는 그 느낌은 절대 아니니까요. 또 제가 평소에 메모를 즐기기 때문에 아직까지는 종이와 필기도구 같은 아날로그에 더 마음이 끌립니다."

서재 이곳저곳을 둘러보니 읽고 쓰는 오래된 습관을 보여주는 익숙한 흔적들이 가득하다. 특히 뭔가를 적어두는 습관은 오랫동안 해왔기 때문에 기를 수 있는 힘이다. 이시우 씨는 여러 가지 다이어리, 공책, 수첩이 가득 담긴 종이 상자를 하나 꺼냈다. 메모 양이 엄청나서 눈이 휘둥그레졌다.

"고등학생 때부터 다이어리를 썼어요. 지금까지 쓴 것을 버리지 않고 이렇게 모두 갖고 있습니다. 처음에는 일기를 써볼까 하는 생각도 했지만 실천하지 못했고, 대개 수첩에 이런저런 일이나 생활 계획 따위를 적습니다. 그해 말이 되면 다이어리를 사서 내년을 계획하고 그때마다 일어나는 일들을 정리해두는 용도로 씁니다. 그리고 수첩은 늘 두 개 갖고 다닙니다. 하나는 말씀드린 대로 생활 계획 정리용이고 다른 하나는 손바닥에 들어올 만큼 작은 것인데, 거기에는 잠깐씩 떠오르다 사라지는 짧은 생각이나 아이디어들을 빠르게 적어놓죠."

이 씨는 몇 해 전 읽은 《메모의 기술》에서 읽은, 메모하는 목적은 '쓰고 나서 잊어버리기 위해서다'라는 말이 기억에 남는다고 했다. 모든 걸 다 기억하고 정리할 수는 없기 때문에 일단 수첩에 적어놓으면 모든 걸 다 기억하기 위해 쓰던 머리를 좀 쉬게 해주는 장점이 있다.

"대학 때부터 무엇이든 적는 습관이 들어서 지금은 메모하지 못하는 상황이 되면 마음이 불안하기도 합니다. 그런 경우에는 휴대폰에 간단히 적은 다음 나중에 다시 수첩에 옮겨놓죠. 이렇게 다이어리를 정리해놓은 것을 나중에 보면 왠지 모르게 뿌듯한 느낌이 들어서 좋습니다. 그냥 내게 일어난 일들을 손으로 쓴 종이인데, 예전에 쓴 것을 펼쳐 보면 '아, 내가 이렇게 살았구나, 열심히 살았네' 하면서 흐뭇한 감정이 생깁니다."

종이 상자에 모아놓은 수첩을 몇 개 들춰 보니 별별 사소한 일들이 다 기록돼 있다. 나도 초등학교 다닐 때부터 고등학생 때까지 줄곧 일기를 썼고, 다 모아뒀다. 모아놓으니 라면 상자에 하나 가득 찬다. 처음에는 그게 무슨 의미가 있을지 나도 잘 몰랐는데, 지나고 나서 어렴풋이나마 알게 됐다. '나'라는 한 사람의 살아 있는 역사라는 것을. 그렇지만 살다보면 잊어버리고 싶은 일도 있는 법이다.

"살다보면 지워버리고 싶은 기억, 부끄러운 일이 있잖아요? 블로그 같은 곳에 기록해둔 것이라면 간단히 삭제 버튼을 클릭해서 흔적도 남지 않게 깔끔히 없앨 수 있을 텐데, 손으로 남긴 기록은 그렇지 않아요. 종이를 찢어 내버리는 방법이 있지만 그렇게 해도 흔적은 남고, 흔적이 남아 있다면 거기 기억이 함께 스며 있는 거죠. 수첩을 찾아보면 저도 그렇게 없애고 싶은 기억들이 틀림없이 적지 않겠지만, 일부러 없애지는 않아요. 어떤 일이든 그건 제 삶의 일부였으니까요."

다시 책 이야기로 돌아온다. 외국 작가가 쓴 문학 작품은 많이 읽지 않는다는 이시우 씨는 한국 작가들에 큰 애정을 갖고 있다. 좋아하는 작품도 대부분 한국 작가가 쓴 것이다. 가장 좋아하는 작가가 누구냐고 물으니 단박에 김훈이라는 말이 나온다.

"김훈 선생님이 쓴 책을 가장 좋아합니다. 신문 기자로 오래 활동하다가 소설을 써서 그런지 글을 보면 화려하거나 일부러 꾸미는 일이 없는데, 그렇게 쓴 문장이 지루하지 않고 아주 담백해요. 어찌 보면 단순한 것 같은데 기쁘거나 슬픈 장면을 쓰면 그 절제된 문장 안에서 감정들이 다 표현되더라고요. 그게 작가의 책을 볼 때마다 놀라는 점이에요.《남한산성》을 가장 좋아합니다. 쓰신 책들이 다 좋은데, 요 몇 년 새 나온 책 중에서 가장 깊이 빠져 읽은 책입니다. 어떤 작가를 마음속으로 많이 좋아하면 결국 만나게 되는가 봐요. 개인적인 만남은 아니지만 선생님을 몇 번 뵀고, 그때 《남한산성》과 《흑산》에 작가 서명도 받았습니다. 그 책들을 소중히 간직하고 있죠.”

작가 김훈에 더불어 이 씨가 가장 존경하는 인물은 얼마 전 작고한 사진가 최민식 선생이다. 선생의 책을 직접 만들 기회가 있었는데, 작품뿐 아니라 생활 속에서도 인간미가 넘치는 사람이었다.

“제가 책 편집 일을 하고 나서 처음 만든 책이 사진가 최민식 선생님의 사진 책인데요, 일을 하면서 몇 번 만나 뵙고 정말 인격적으로 존경할 만한 분이라는 걸 느꼈어요. 좋아하는 예술가를 직접 만난 다음 인간적인 면에 실망하는 경우가 있거든요. 그런데 최민식 선생님은 참 훌륭한 성품을 지닌 분으로 기억합니다. 연배로 보면 제가 손자뻘 되는데도 늘 저를 존중해주시고 사람을 허투루 대하지 않아 큰 감동을 받았습니다.”

책은 이시우 씨 삶의 중요한 일부다. 책을 직접 만들고 쓰기 때문에 그렇기도 하지만, 습관처럼 무엇이든 읽을거리를 가까이 두고 살다 보니 생활의 일부분이 된 느낌을 받는다. 어디를 가서 누구를 만나든 늘 수첩과 책, 또는 책이 아니더라도 다른 읽을거리를 꼭 챙긴다. 이 씨는 이제 읽을거리가 곁에 없으면 불안하다고 한다. 상점이 거의 없는 곳으로 여행을 가게 되면 특히 문제가 된다. 가져온 책이 없을 때는 신문이라도 사서 읽어야 하는데 상점이 없어 안절부절못하다가, 조금이라도 번화한 곳으로 나오면 곧바로 신문이나 잡지 파는 곳을 찾아 달려간다. 책 읽는 속도가 느려서 한 달에 고작 두세 권 정도 본다지만 매일 책을 끼고 살다시피 하니 거의 읽고 쓰기에 중독된 것 같은 인상도 풍긴다.

책 읽기는 중요하고 꼭 필요한 일이다. 그래서 사람들은 어떤 책을 어떻게 찾아 읽을까 고민한다. 쉬울 것 같지만 막상 읽을 것을 고르려고 정보를 찾다보면 상상한 것보다 책이 많아서 지쳐 포기한다. 책 만드는 일을 하는 이시우 씨에게 책 읽기에 관한 조언을 들어본다.

"책 읽기 정보는 온라인과 오프라인 매체에서 많이 얻습니다. 물론 이런 매체들이 마케팅에 치우쳐서 단순히 책 소개에 그치는 경우가 더러 있지만, 어쩔 수 없기도 하고요. 결국에는 독자들이 자기에게 맞는 정보를 걸러내는 게 중요하다고 봅니다. 가장 쉬운 예로는 좋아하는 작가를 마음속으로 몇 명 만들어놓는 거죠. 그러면 그 작가가 새 책을 낼 때마다 책을 보게 되고, 그 작가에 관한 것에 관심을 갖다보면 책과 책을 연결해서 또 다른 책을 만날 수도 있습니다. 큰 욕심 부리지 말고 좋아하는 작가 몇 명만 있으면 아주 오랫동안 읽을 수 있는 책들이 자연스럽게 생기는 겁니다. 그러면 다음에 무슨 책을 읽어야 하나 그런 걱정을 크게 하지 않아도 된다고 생각합니다."

이시우 씨는 어릴 때부터 책만큼은 투자를 아끼지 않은 아버지의 영향을 받아 책을 더 가까이하게 됐다. 이런저런 다른 이유가 많지만, 한 사람이 자라는 과정에 가장 큰 영향을 미치는 것은 부모와 가정 환경이 아닐까.

"아버지는 가난했습니다. 그렇다고 지금 부자가 된 건 아니지만, 말하자면 자수성가하신 분이라 아들에게 책만큼은 아낌없이 투자하셨어요. 아버지 아는 분 중에 서점 주인이 있었는데, 대학 때까지 그분

통해서 책을 많이 샀어요. 그때만 해도 인터넷 서점이 활성화되지 않아서, 특히 대학 교재는 서점을 돌아다니면서 많이 샀거든요. 그럴 때 아버지 친구 분에게 많은 도움을 받았습니다. 서점에 가서 책 제목 적은 것을 보여드리면 택배로 집까지 부쳐주셨거든요. 물론 그때마다 책값은 아버지가 다 내셨습니다. 참 감사한 일이죠. 다른 건 전혀 그렇지 않은데, 책값만큼은 아끼지 않으셨어요."

우리는 책 이야기에 몸을 싣고 더 어린 시절로 거슬러 올라갔다. 이시우 씨 기억 속에는 1980년대 외판원이 파는 책을 산 일과 친척 집에서 안 보는 책을 일일이 차로 실어다준 아버지 모습이 많이 섞여 있었다. 그렇게 읽은 책들이 어른이 돼서 살아가는 밑거름이 됐다.

"어릴 때는 다른 아이들하고 비슷하게 동화나 그림책, 특히 그림이 많이 들어간 책을 좋아했어요. 그러다가 중학교 들어가니까 책에서 그림이나 사진이 줄어들더라고요. 어떤 것은 책 전체에 그림이 하나도 없기도 하고요. 그럴 때 어린 나이인데도 어떤 상실감 같은 게 느껴졌어요. 또 이제는 새로운 책 읽기에 적응해야 된다는 두려움이 생기던 때이기도 했습니다. 반면에 어릴 때 짧게 본 책들이 사실은 대단한 책이라는 걸 알게 됐을 때 느낀 감동은 아주 컸습니다. 이를테면 《파브르 곤충기》가 그랬죠. 어릴 때는 그림책으로 된 한 권짜리를 봤는데, 고려원에서 나온 여덟 권짜리 번역본을 보고 크게 놀랐습니다. 어릴 때는 거의 흥미 위주로 본 위인 전기들을 나중에 제대로 된 평전이나 자서전으로 봤을 때 받은 느낌도 말로 다 할 수 없죠."

책 읽기하고 사랑에 빠졌다고 해도 심한 말이 아닌 것 같은 이 씨에게서 풍기는 예민한 감성이 이야기하는 내내 내게도 오롯이 전해졌다. 이시우 씨에게 뭔가를 읽는다는 것은 '즐거움'이나 '의미' 따위로 표현되는 정도를 넘어서는 황홀하고 애틋한 경험이다. '읽을 것이 여기 있다'라는 사실 자체로 행복한 감정을 느끼는 사람이다. 이시우 씨가 들려준 말이 한동안 머릿속을 떠나지 않고 깊은 여운을 남겼다.

"사실은 1년에 책 한 권 읽지 않더라도 겉으로는 아무 문제가 없이 세상을 살아갈 수 있지 않나요? 그런데도 우리가 무엇을 읽어야 한다는 건 그 안에 무궁무진한 정보와 철학이 담겨 있기 때문입니다. 그리고 책을 포함해서 무엇이든 읽는 게 처음이 힘들지 습관을 들이면 정말 즐겁습니다. 새벽 다섯 시가 조금 넘으면 아침 신문을 바닥에 떨어뜨리는 소리가 '툭' 하고 들리거든요. 그 소리가 너무 반가운 거예요. 드디어 뭔가 새로운 읽을거리가 문밖에 도착했구나 하는 기대감이 정말 좋아요. 책 읽기는, 글자를 읽고 본다는 것은 혼자 하는 행위 중에 가장 즐겁고 행복한 일입니다."

파브르 곤충기(전 10권) | 앙리 파브르 지음 | 김진일 옮김 | 현암사 | 2006년

파브르 곤충기는 모르는 사람이 없을 정도로 유명한 책이다. 우리는 어릴 때부터 학교에서 파브르에 관한 일화를 들으며 자랐다. 발명왕 에디슨이나 수학자 가우스만큼 별난 일화가 많은 사람이 파브르다. 이 학자가 쓴 가장 중요한 책이 바로 '곤충기'인데, 우리는 단편적으로 알고 있지만 실제 분량은 상당하다. 한국에서는 1999년 탐구당에서 완역을 시도한 일이 있는데, 진즉 절판돼 읽고 싶어도 구할 길이 없다. 나중에 일본 사람이 편집한 것을 고려원에서 펴냈는데, 이 판본은 진정한 의미에서 완역이라고 할 수 없지만 내용도 알차고 그나마 우리에게 많이 알려져 있다. 이시우 씨가 어릴 때 읽은 것도 고려원 책이다. 이것도 물론 지금은 절판됐다. 책 잘 만들기로 소문난 현암사에서 전부 10권으로 펴낸 《파브르 곤충기》는 완역본이다. 파브르가 쓴 곤충기를 그대로 옮겼고, 번역한 사람도 곤충을 연구하는 학자기 때문에 믿을 만하다. 원전이 나온 지 100년 만에 제대로 된 완역을 시도한 것이다.

자전거 여행 1, 2 | 김훈 지음 | 생각의나무 | 2004년

김훈이 쓴 책이 절판됐다고 하면 모두 웃을 일이다. 작가가 아직 활발히 활동하고 있는데다 신세대 젊은 작가보다 인기 있는 사람이 김훈 아닌가. 김훈이 생각의나무에서 펴낸 《자전거 여행》은 무슨 이유 때문인지 더는 나오지 않는다. 생각의나무가 사업을 접어서 그렇다고 할 수 있겠지만 이렇게 찾는 사람이 많은데 다른 출판사가 다시 펴낼 수도 있지 않을까? 아직 감감 무소식이다. 덕분에 헌책방에서는 귀한 대접을 받고 있다. 그리 오래된 책도 아닌데, 정가의 대여섯 배를 내야 구할 수 있다(2014년 10월에 드디어 문학동네에서 개정판이 나왔다). 《내가 읽은 책과 세상》도 한동안 절판이었는데 얼마 전 다시 옷을 갈아입고 나왔다. 내용은 조금 다르다. 1996년에 나온 판에는 김훈이 읽은 소설과 시를 한 책에 다 넣었는데, 같은 출판사에서 나온 2004판은 시만 넣고 소설은 뺐다. 책에 달린 부제가 '김훈의 詩이야기'인 것으로 봐서 소설 쪽도 조만간 따로 편집해 나오지 않을까 짐작해본다. 그 전까지는 시와 소설이 포함된 책을 보려면 1996년판을 비싼 값에 사야 한다.

시간을 정복한 남자 류비셰프 | 다닐 알렉산드로비치 그라닌 지음 | 이상원, 조금선 옮김 | 황소자리 | 2004년

이시우 씨가 보여준 엄청난 양의 메모 수첩을 본 순간 곧장 떠올릴 수밖에 없던 인물이 바로 러시아 과학자 류비셰프다. 류비셰프는 자신의 모든 일거수일투족을 메모로 남긴 기이한 인간이다. 과연 이 사람을 우리와 같은 인간 종족이라고 부를 수 있을까 싶을 정도로 철저하게 모든 것을 메모로 남겼다. 메모는 곧 시간 관리와 잇닿아 있다. 자기에게 주어진 24시간을 낭비 없이 쓰려 한 모양이다. 앞으로 또 이런 사람이 나올 수 있을까 싶지만, 결론만 말하면 류비셰프는 거의 성공했다 해도 된다. 책 제목 그대로 시간 정복에 가장 가까이 다가선 사람이 아니었을까? 책 읽는 시간, 편지 쓰는 시간, 연구 시간은 물론 사소한 소일거리를 하면서 휴식을 취하는 시간까지 분 단위로 다 적었고, 월, 분기, 년마다 이 메모를 토대로 결산 통계까지 낸 자료가 남아 있다. 이렇게 낭비하지 않는 철저한 시간 관리로 성취한 것도 많다. 평생 동안 학술서 70권을 썼고, 단행본 100권 분량에 이르는 연구 논문도 발표했다. 자질구레한 전문 자료를 남긴 것까지 더하면 정말 엄청난 결과물을 남기고 떠난 과학자다. 나온 지 30년도 더 된 이 책을 찾는 독자가 아직도 많고, 러시아와 유럽, 중국 등에서는 류비셰프의 시간 관리법을 따르려는 추종자까지 있다고 한다.

책 농사는
채우기가 아니라 비우기
–
수학 교사 조종호

몇 년 전 동네에서 수학 학원을 하던 조종호 선생님이 모든 것을 접고 시골로 내려가 농사를 짓겠다고 했을 때, 나는 그 말이 진심인지 전혀 몰랐다. 그때까지 곁에서 띄엄띄엄 바라본 조 선생님은 타고난 한량 같았고 그저 마음이 시키는 대로 자유롭게 노니는 사람이었다.

경기도 광주 근처 퇴촌을 '시골'이라고 불러도 좋을지 모르겠지만, 선생님이 정말로 시골로 내려간 지 3년이 넘었다. 거기서 뭘 하느냐? 서울과 일산에서 살았고, 이공계 대학에서 화학공학을 공부했으며, 지금껏 학생들에게 수학을 가르치면서 살던 사람이 농사를 짓는다는 것이다. 그러니 처음 그 말을 들은 내가 바로 듣지 못할 수밖에.

그렇지만 선생님은 아무 연고도 없는 퇴촌으로 정말 내려갔고, 농사꾼이 됐다. 처음에는 어색했다. 그런데 이제는 수학 선생님이 아니라 농사꾼 조종호 씨라고 불러야 더 어울릴 만큼 어느 구석을 보나 농사 짓는 사람 모습이 보인다. 거의 1년 만에 퇴촌에 가 인터뷰를 하자고 하니 자기를 '농사꾼 겸 대안 학교 강사'라고 소개해달라 그런다.

조종호 선생님은 말 그대로 농사일을 하며 근처에 있는 대안 학교에서 아이들을 가르친다. 정식 교사는 아니고, 일주일에 10시간 정도 이런저런 것들을 아이들하고 함께 공부한다. 수업을 어떻게 준비하느냐고 물으니 대뜸 신석초申石艸 시인 얘기를 꺼낸다.

"돌아가신 제 장인이 한학을 하셔서 그 분야에 번역한 책이 많습니다. 생전에 갖고 계시던 책을 제가 물려받았고요, 이사할 때 더러는 버리고 여기까지 싸들고 온 책들을 책장 맨 위에 따로 정리해뒀습니다. 그런데 버린 책 중에서 신석초 시인의 책도 있었어요. 장인이 시인하고 친분이 있어서 받으신, 표지에 친필 서명한 시집들이었어요. 오래

된 거죠. 제가 시인에 관해 별로 아는 게 없는 무식쟁이라서 이사하면
서 그 책하고 다른 책들을 많이 버렸어요. 나중에 신석초 시인이 어떤
분인지 알고 많이 후회했습니다. 지금도 그 책들을 버린 게 가장 아쉽
습니다."

대안 학교에서 아이들하고 함께 동양철학을 공부한다는 선생님은
이제 장인이 번역한 책, 감수한 책, 모아놓은 책들을 요긴하게 쓰고 있
다. 외진 곳은 아니지만 산속에 들어와 있는 집이라 인터넷을 쓰기가
쉽지 않기도 하지만, 수업을 준비하면서 일일이 책을 뒤적여 필요한 정
보를 찾아보는 일이 즐겁다.

"아이들하고 함께 수업할 거리를 준비할 때 인터넷으로 정보를 찾
으면 물론 쉽고 빠르겠지만, 여전히 책을 참고하는 걸 좋아합니다. 대
안 학교에서 동양철학 수업을 하는데요, 요즘에는 장인이 감수한 율
곡 이이의 《격몽요결》, 작자 미상의 《추구》를 많이 참고합니다. 그밖에
도 체육 수업을 한답시고 당구나 탁구를 치고, 제가 여태껏 경험한 것
을 토대로 '생활 농사'라는 수업도 하고 있습니다. 이런 수업은 모두
지식을 주입하는 것보다는 지혜를 가르치는 데 목적이 있어요. 그렇기
때문에 인터넷으로 조사한 걸 갖고 수업을 하는 게 불가능하죠."

선생님이 쓰는 책장은 거실 벽 하나 전체를 차지하는데, 바로 옆
에 밖으로 통하는 큰 유리문이 있어서 책 읽는 공간에 따뜻한 느낌을
준다. 책장과 방을 깔끔하게 치워놓지는 않았지만 오물이 있어 더러운
것도 아니니 자연스러운 맛이 나 좋다. 유리문 쪽에는 말 그대로 공자
와 맹자부터 불교 철학까지 장인에게서 물려받은 책을 차곡차곡 정리
해뒀다. 그 아래에는 수학 관련 책과 가벼운 읽을거리들이 보인다.

책장 중간 부분 한쪽은 농사에 관련된 책을 모아놓은 곳이다. 책장 맨 위는 한국 문학 전집 한 질과 즐겨 읽는 만화책들을 얹어놓았다. 공자부터 《슬램덩크》까지, 지금껏 읽은 책들이 한 사람의 역사처럼 늘어서 있는 모양새다. 책장을 둘러본 다음 차근차근 기억을 더듬어 책에 관한 이야기를 들어본다.

"어릴 때는 책을 좋아하지 않았습니다. 집에 책은 좀 있었는데, 흥미가 없었죠. 집에 있자니 뭐 할 것도 딱히 없고 해서 책이나 읽어보자 했는데, 제 딴에는 그저 제목이 재미있는 책을 읽으면 내용도 재미있지 않을까 하는 생각을 한 거죠. 그래서 처음으로 읽은 책이 김동인의 《발가락이 닮았다》였습니다. 그리고 그다음은 현진건의 《운수 좋은 날》, 나도향의 《뽕》과 《벙어리 삼룡이》로 이어졌어요. 이게 다 중학생 이전, 그러니까 어릴 때 읽은 책들인데, 내용이 하나같이 남녀 관계를 다뤘다는 말이죠. 제 딴에는 내용이 아주 짜릿하고 재미있었어요."

중학생이 되면서 조종호 씨는 한국 문학을 중심으로 책 읽기에 빠져든다. 스스로 돌아보기에도 평생 읽은 책을 다 모은 것보다 그때 읽은 책이 더 많다고 여길 정도다. 그만큼 청소년기는 무엇이든 빨리 흡수하고 많이 받아들일 수 있는 때다.

"그때 꼼수를 좀 부렸습니다. 책을 다 읽지 않고 어디서 본 후기나 서평을 읽고 다른 애들 앞에서 아는 척을 하는 거죠. 그러다가 실제로 그 책들을 하나둘씩 제대로 읽어보니까 너무 재미있더라는 말이죠. 곧바로 집에 있던 한국 문학 전집을 꺼내서 보기 시작했고, 중학교 1학년 때 그걸 거의 다 독파해버렸어요. 그렇게 읽은 게 사실은 고등학교 졸업할 때까지 공부의 바탕이 돼서 국어 시험만큼은 노력을 많이 하지 않고도 성적이 좋았습니다."

자기 나름의 재미를 찾아 책의 세계에 발을 들여놓은 조 씨는 이제 스스로 책을 찾아 읽게 됐고, 특히 책을 읽는 한편으로 그 책을 평가한 서평도 함께 읽으면서 많은 것을 얻는다. 여러 시각에서 쓴 서평과 평론집을 읽는 경험은 나하고 다른 생각을 갖고 있는 많은 사람하고 함께 책을 읽는 기분을 느끼게 한다.

"이제는 반대로 책을 읽으면 늘 그 책에 관해 누가 어떤 평가를 하는지 궁금해요. 그래서 서평을 많이 찾아봅니다. 저하고 같은 생각을 하든 완전히 다른 방향이든 상관없어요. 책 한 권을 읽은 다음 그게 여러 가지로 해석될 수 있다는 걸 보는 게 또 다른 즐거움이니까요. 그때 처음 알았어요. 책을 평론하는 직업도 있다는 사실을요. 하하."

학창 시절 책 이야기는 계속된다. 대학에 떨어지고 재수하던 시절에 만난 학원 강사는 또 다른 책의 세계를 보여줬다.

"고등학교 졸업할 때까지 다른 곳으로 독서의 폭을 넓히지 못했어요. 재수할 때 비로소 새로운 호기심이 생겼죠. 재수 학원 국어 선생이 젊은 사람이었는데, 수업을 하면서 월북 작가 이야기를 꺼내더라고요. 그때만 해도 그런 책은 정치적인 이유로 '판금'이었죠. 그러니까 더 찾아서 보고 싶은 거예요. 저쪽 책장에 보면 아직도 김기림 전집을 갖고 있을 정도로 그때는 월북 작가 관련한 책을 많이 봤어요."

그즈음 조 씨는 신문이나 잡지에 연재하던 소설을 찾아 읽기 시작한다. 단행본 살 돈이 궁하기도 했고, 연재물이라는 게 감질나게 읽는 재미가 있어서 최인호나 김승옥 등이 쓴 작품을 많이 섭렵했다.

"지금도 그렇지만 어릴 때도 베스트셀러는 잘 안 읽었어요. 읽더라도 그 책이 인기를 끌다가 식은 다음, 3년이나 5년 정도 지나고 읽게 되더라고요. 대신 좋아하는 작가의 작품이라면 신문이나 잡지 연재를 많이 챙겨봤어요. 지금 생각나는 건 《중앙일보》에 연재하던 최인호의 《내 마음의 풍차》, 《일요신문》에서 본 김승옥의 《강변부인》입니다. 특히 조해일 원작을 김승옥 작가가 각본을 써서 만든 영화 〈겨울여자〉는 이미 신문에 연재하던 걸 봐서 내용을 잘 알기 때문에, 과연 이걸 영화로 어떻게 표현했는지 평가를 좀 해볼까 하는 마음에서 학원 빼먹고 몰래 단성사에 가서 본 재미있는 기억이 있습니다. 재수하던 때라 머리를 기르고 있어서 그런 영화도 볼 수 있었습니다."

이제 나이 오십 줄에 들어선 사람이 만화책을 좋아한다면 이상하게 볼지 몰라도, 조 씨는 만화에 각별한 애정이 있다. 고우영의 만화로 중국 고전을 읽은 것을 시작으로 지금은 자녀들이 준 정보를 바탕으로 유명한 일본 만화도 더러 책장에 꽂아두고 꺼내 본다.

"여전히 만화책을 좋아합니다. 《삼국지》 같은 경우, 처음 접한 게 고우영 선생님이 《일간스포츠》에 연재한 만화였어요. 또 일본 사람이 그린 만화 《삼국지》* 중에도 원전에 충실한 게 있거든요. 그걸 열댓 번은 봤을 거예요. 그 뒤에 유명하다는 작가들, 이문열, 황석영, 장정일이 쓴 《삼국지》도 사서 좀 읽어봤는데, 잘 안 읽히더라고요. 만화를 좋아해서 집사람하고 연애하던 시절에 늘 만화방을 찾았어요. 주머니가

---

* 요코야마 미쓰테루가 그린 《전략 삼국지》(전 60권, 대현출판사)로, 처음에 흑백판으로 나오다 인기를 얻어 컬러판을 펴냈는데 지금은 절판됐다. 60권이라는 분량에서 알 수 있듯이 만화라고 얕잡아 보면 안 될 명작이다. 청소년은 말할 것도 없고 성인들에게도 여전히 인기 있는 만화 삼국지다.

가벼우니 만화방만큼 재미있으면서도 싼값에 오래 있을 만한 곳이 또 없었죠. 데이트하면서 본 만화 중에 이현세의 《공포의 외인구단》이 특히 기억에 남습니다. 아내는 만화는 말할 것도 없고 야구도 그다지 좋아하는 편이 아닌데, 지나고 생각하니 저한테 많이 맞춰 준 거예요."

오래전 읽은 《고우영 삼국지》는 아직도 감동으로 남아 있다. 그리고 작가가 생을 마감하기 몇 해 전, 다니던 성당에서 우연히 마주친 일은 만화보다 더 깊이 기억의 언저리를 차지하고 있는 중이다.

"고우영 선생님은 특별한 기억이 하나 있어요. 제가 일산에 살 때인데, 한번은 성당에서 몇 사람씩 모둠을 나눠 일을 하게 됐어요. 모둠끼리 한방에 들어갔는데, 제가 있는 방에 고우영 선생님도 계신 거예요. 그때 한방에서 함께 지냈죠. 돌아가시기 몇 해 전이었어요. 몸이 안 좋을 때인데도 지나치는 말 한마디조차 평범하게 하지 않고 재미있게 풀어내 주위를 밝게 만든 분으로 기억하고 있습니다."

이야기는 공부로 이어졌다. 조 씨는 오랫동안 학원에서 학생들을 가르쳤고, 지금은 농사를 지으며 대안 학교 학생들하고 공부한다. 여전히 학생들에게 뭘 가르치고 있지만 그럴수록 자기 스스로 공부하는 일이 더 많아졌다. 조 씨는 공부가 결국 삶의 본질을 탐구하는 것하고 다르지 않다고 말한다.

"공부라는 게 결국 무엇을 대하고 난 뒤 그걸 소화하는 능력이라

---

* 1980년대에 인기를 끈 야구 만화로, 만화방용으로 나왔다가 고려원에서 6권짜리 단행본 시리즈로 펴내 엄청난 판매 부수를 기록했다. 이현세 만화에 늘 나오는 '까치', '엄지', '마동탁', '백두산' 등이 그대로 나온다. 1986년에 이장호 감독이 영화로 만들었는데, 까치 역은 하이틴 스타 최재성이 맡았다. 김도향이 부른 영화 주제가와 정수라가 부른 〈난 너에게〉도 크게 히트했다.

고 생각합니다. 본질이 우선이라는 말이죠. 자기 안에 먼저 탄탄한 삶의 가치관을 만들어놓은 다음 그 위에 공부를 쌓아야 튼튼한 겁니다. 옛말 중에 '선악개오사善惡皆吾師'라는 게 있는데, 저는 이게 바로 그런 뜻이라고 봅니다. 자기 안에 굳은 중심이 있어서 잘 소화하면 세상에 있는 선과 악이 모두 스승이 될 수 있는 거죠."

이렇게 말하면서 조 씨는 수험생 시절을 떠올린다. 특별할 것 없는 이런 일상적인 깨달음이 나중에 학생들을 만나 이야기하고 함께 수업하거나 공부할 때 큰 도움이 된다.

"문과를 가야 하느냐 이과를 가야 하느냐 갈림길에 서서 저는 솔직히 문과를 선택하는 게 좋았는데, 집안 분위기가 그렇지 못했어요. 대학 시험 볼 때 지금 논술처럼 글짓기 문제가 있었는데, 그게 원고지 500자를 채우는 식이었어요. 학교 다닐 때 책 많이 본 덕에 문학만큼은 자신 있었기 때문에 쫓기는 일 없이 500자 다 채우고 시간이 남아 글자 수까지 일일이 세어볼 정도로 여유를 부렸어요. 그런데도 결국 문과를 선택하지 못하고 이과로 간 건 여전히 후회가 되는 일입니다. 그래서 학생들하고 이야기할 기회가 생기면 늘 자기 믿음을 향해 움직이라고 조언합니다. 나중에 후회하지 않으려면 말이죠."

대학에서 이공계를 전공한 조 씨는 사회학과 다니는 여자 친구를 만났고, 지금의 아내가 됐다. 이런 선택도 더 넓은 책 읽기를 할 수 있는 계기가 됐다.

"어쨌든 그렇게 대학에 들어가서 이공계 공부를 하면서 지금의 아내를 만나 연애를 했는데, 이분은 전공이 사회학이거든요. 그래서 인문학적 소양이 뛰어났어요. 거기에 제가 뒤지면 안 되니까 보조를 맞춰야 한다는 생각에서 사실은 일부러 어려운 책들을 찾아서 본 게 책 읽기의 또 다른 전환점이었습니다. 제 아내는 금서인《아리랑》을 손에 들고 다녔거든요. 제 눈에 확 띄었죠. 헨리 데이빗 소로우의《월든》, 니콜라이 체르니셰프스키의《무엇을 할 것인가》, 장 그르니에의《섬》…… 이런 책들을 아내의 영향을 받아 읽게 됐어요. 그때부터 제 책읽기는, 말하자면 잡식이 됐습니다."

농사꾼이자 대안 학교 교사인 조종호 씨에게 이제 책 읽기와 공부는 뭔가를 자기 안에 쌓아놓는 일이 아니다. 비우는 것이다. 그렇지만 이 비움은 공허함하고는 다르다. 귀농한 뒤 만난 어느 후배 이야기를 전하며 조 씨는 자기에게 책과 공부가 무엇을 의미하는지 담백하게 설명했다.

"제게 책읽기는 무엇을 채우기보다는 오히려 비우는 느낌입니다. 무위자연無爲自然이라는 말도 있듯이 자연스럽게 있는 그대로를 받아들이면 그건 제 안에서 깔끔하게 소화돼 없어지는 겁니다. 한번은 이곳에 와서 만난 어느 후배하고 이런저런 얘기를 하다가 제가 덜컥 화를 낸 일이 있습니다. 그분은 심리학을 깊이 공부해서 말끝마다 비트겐슈타인이 어쨌다는 둥 어려운 사람들이 한 말을 끌어다 쓰기를 즐겼어요. 듣고 있자니 꽁해져서 한마디 했죠. '너는 왜 네 얘기를 안 하고 다른 사람 얘기만 하느냐'고. 후배는 공부를 많이 해서 보고, 듣고, 읽은 게 그만큼 쌓였는지는 몰라도, 제가 보기에는 그저 그것뿐이었어요. 그걸 자기 것으로 소화하지 못해서 마냥 쌓여 있는 거예요. 지금 그 후배는 저를 만나면 그때 그렇게 말해줘서 고맙다고 그럽니다. 대안 학교에서 철학 수업을 하는 것도 그런 식이에요. 수업의 기본은 지식 전달이라는 걸 바탕에 깔고 하는 거지만, 그 위에 제가 스스로 경험하고 깨달은 것을 양념처럼 뿌려주니 소화가 잘 되죠. 그래서 요즘에는 제가 학생들 앞에서 헛소리를 안 해야 되니까, 그런 책임 의식이 생겨서 동양철학 원전 공부도 따로 책을 보면서 하고 있습니다."

사람들이 더 다양한 책을 더 많이 읽는 사회가 되면 좋겠다며 조씨는 문밖에 보이는 누렇게 익은 곡식처럼 듬직하게 웃었다. 시간 가는 줄 모르고 얘기를 들으면서 나도 공부라는 게 뭔지 여기서 또 한 줌 배웠구나 하는 생각에 마음속으로 씩 웃으며 인사를 건넸다.

"어떤 사람들은 자기가 좋아하는 책만 읽는데, 그건 책이 마음의 양식이라고 볼 때 별로 좋지 않은 습관이라고 생각합니다. 음식도 좋아하는 것만 먹으면 몸에 해로우니까요. 이것저것 기웃거리면서 많이 읽어봐야 합니다. 그러다가 우연히 걸려서 보게 되는 것도 책 읽기의 가장 큰 재미 중 하나입니다. 오히려 그렇게 뜻하지 않게 만나게 된 책들이 자기 삶에 큰 영향을 주는 사람을 많이 봤습니다."

석초시집 | 신석초 지음 | 을유문화사 | 2006년

조종호 씨 장인하고 친분이 있던 시인 신석초의 시집은 그리 많지 않다. 시집도 평생 다섯 권만 펴냈다. 그렇지만 한 글자 한 글자 정성을 다했기 때문에 어느 시편 하나 빼놓을 게 없다는 평가가 늘 따라붙는다. 을유문화사에서 펴낸 《석초시집》은 확실히 소장 가치를 지닌 책이다. 1946년에 처음 발행된 시집을 그대로 복각해서 펴냈기 때문이다. 그때 느낌을 완벽하게 살릴 수는 없지만 요즘 감각에 맞게 고치기보다 복각판을 내놓은 게 좋다. 늘 새로운 것을 원하고 매일 자고 일어나면 새로운 사건과 사고들이 일어나는 시대지만, 시를 읽는다는 것은 달리기를 잠시 멈추고 하늘을 올려다보는 일이 아니던가. 옛 책들이 복각판으로 나오는 일이 더 많아지면 좋겠다.

격몽요결 | 율곡 이이 지음 | 이민수 옮김 | 을유문화사 | 2003년

이이라고 하면 그저 5000원짜리 지폐에 그려진 유명인으로 아는 사람이 적지 않다. 율곡은 한국을 대표하는 성리학자다. 정치, 사상, 교육을 아우르는 사상 체계를 세웠을 뿐 아니라 시를 쓰고 문집을 펴내는 등 다방면에 뛰어난 재능을 갖췄다. 특히 아홉 번이나 과거에 급제해서 '구도장원공'이라고 불렸다. 신사임당의 셋째 아들로, 한 나라 지폐에 어머니와 아들이 함께 들어간 유례없는 인물이기도 하다. 《격몽요결》은 쉽게 말해 이제 막 학문의 세계에 들어가려는 사람들이나 평범한 생활인들이 지녀야 할 덕목을 알려주는 책이다. '학문의 첫걸음'이라고 부르는 만큼 초심자용 학술서라고 생각할 수도 있지만, 내용은 전혀 다르다. 사람 대하는 예의, 부모 공경하는 법, 몸과 마음가짐을 단속하는 법 등 오히려 지금 세상을 사는 사람들이 배울 점이 많다.

문인기자 김기림과 1930년대 '활자-도서관'의 꿈 | 조영복 지음 | 살림 | 2007년

수업 시간에 김기림의 시 〈바다와 나비〉를 외우는 숙제가 있었다. 무엇이든 외우는 데는 소질이 없던 나는 고민 끝에 시에 적당히 가락을 붙여서 노래를 만들어 흥얼 거리며 외웠다. 그렇지만 다음 날 교탁 앞에 나와 이 시를 외우라고 했을 때는 말문 이 막히고 말았다. 노래로 하면 할 수 있을 것 같은데, 그냥 외우려고 하니 아무 생 각도 나지 않은 것이다. 그렇다고 그 많은 친구들 앞에서 부끄럽게 노래를 부를 수 도 없는 노릇이다. 결국은 손바닥에 매를 맞고 자리로 돌아왔다. 이게 내가 김기림 에 관해 갖고 있는 첫 기억이다. 그 전까지는 김기림이라는 사람을 전혀 몰랐다. 알 고 보니 시인이었고 신문 기자였다. 기자와 시인이라니, 지금 보면 좀 어색한 조합 이다. 그렇지만 김기림이 활동하던 때만 해도 이런 일이 많았다. 글을 잘 쓰는 사람 은 곧잘 신문사에서 일하던 때다. 김기림의 시도 시지만, 그래서 시인이 살던 시대 가 더 궁금하다. 《문인기자 김기림……》은 김기림이라는 기자를 중심에 두고 그 시 대의 사회상, 신문 연재물 이야기, 문인들의 재미난 일상을 엿볼 수 있는 귀한 연구 자료다.

여고생 캔디는
어떤 책을 사랑할까
—

도서관지기 오경선

학교 다닐 때 내가 가장 싫어한 과목을 두 개 꼽으라면 단박에 수학과 역사라고 말한다. 둘은 공통점이 있다. 뭔지도 모르고 무작정 외워야 한다는 것이다. 하나는 숫자를 외우고 다른 하나는 글자를 외운다. 지금도 그렇지만 나는 뭔가를 이해하지 못한 상태에서 외우는 걸 끔찍하게 싫어했고, 시험을 보면 이 두 과목은 언제나 낙제 수준이었다.

특히 역사는 화가 날 정도로 싫었다. 어떤 친구들은 선생님을 잘 만나 싫어하던 과목을 좋아하게 되기도 하는데, 나는 역사를 좋아했지만 고등학교를 졸업할 때까지 한 번도 괜찮은 성적을 받아 본 기억이 없다. 많은 사람들이 공감할 텐데, 좋은 선생님을 만나는 것만큼 큰 행운도 없다.

작은 개인 도서관을 운영하는 오경선 씨는 그런 의미에서 많은 아이들에게 행운을 가져다주는 요정 같은 존재로 기억될 것 같다. 도시 외곽의 한적한 주택가 건물 1층에 소박한 간판을 내걸고 동네 아이들하고 함께 역사를 공부하는 아담한 역사 도서관이 있다. 오 씨가 얼마 전부터 시작한 일이다.

"처음에는 여러 도서관을 돌아다니며 체험 학습 방식으로 아이들이랑 함께 공부했어요. 제가 학교에서 국문학을 전공했으니 논술과 글쓰기 위주로 하다가, 중학생들하고 계속 수업을 진행하면서 역사를 중심에 놓고 강의를 해야겠다는 생각을 하게 됐죠. 제가 느끼기에 그 또래 아이들 역사 인식이 너무 부족하더라고요. 다른 수업을 하더라도 그 배경은 결국 역사인 건데, 그런 바탕 없이 하다보니 허공에 누각을 지은 거나 마찬가지죠. 그래서 역사에 점점 비중을 많이 두게 됐는데, 해보니 그게 정말 재미있더라고요. 아이들도 좋아하고요. 대상 연령을 더 낮추고 역사 수업에 만들기 같은 것을 덧붙였더니 반응이 더 좋았어요. 운이 좋았는지 초등학교 고학년 교과목에 역사가 포함되면서 제 수업을 신청하는 아이들도 많아졌어요."

다른 도서관에서 강의 요청도 많이 들어왔고, 한동안 바쁘게 일했다. 그러나 도서관과 학부모들이 하는 요구가 점점 많아져 부담이 됐다. 교과목에 역사가 포함된 일은 잘된 일이기는 했지만 마음 한구석을 불편하게 만들었다.

"물론 많은 아이들하고 함께 즐겁게 역사 수업을 할 수 있어서 좋았지만, 교과목에 포함된 뒤 시험 성적 올리는 차원에서 지도를 바라는 학부모님들 요구가 늘어서 좀 불편해요. 심지어 수업 내용 중에 한국사능력검정시험 준비하는 부분을 넣어달라는 얘기까지 나왔어요. 그러니까 도서관에서 하는 수업이 점점 재미가 없어지더라고요. 거기서 수업을 딱 접었죠. 아이들도 그렇지만 우선 제가 재미있어야 하는 건데, 그렇지 않았거든요. 그런 시점에서 지금 이곳 역사 도서관을 작게 만들었어요. 물론 여기서도 완전히 교과 학습에서 동떨어진 역사 수업을 할 수는 없지만 제 나름의 방식을 재미있게 실천할 수 있어서 좋아요."

오경선 씨가 일하는 작은 도서관에는 아이들하고 함께 볼 수 있는 역사책들이 가득하다. 갖고 있던 자료와 지역 도서관에서 기증받은 책을 합쳐 구색을 갖췄다. 《맹꽁이 서당》 같은 만화책부터 시작해 한국사, 세계사, 신화 관련 자료까지 넓지 않은 공간을 가득 채운 책들을 보니 이렇게 한 가지 분야만 정해 만든 도서관도 쓸모가 많겠구나 하는 생각이 들었다. 어차피 지역 도서관은 크게 늘리는 데 한계가 있고,

아무리 큰 도서관이라고 해도 모든 책을 다 갖출 수는 없으니 이렇게 특화된 작은 도서관이 곳곳에 있다면 참 편리하지 않을까.

책에 관한 이야기라면 오경선 씨는 아주 어릴 때부터 시작해야 한다. 많은 책에 둘러싸인 환경 속에 있으면 오히려 책이 너무 흔해서 가까이 하지 않는 경우도 더러 있는데, 오경선 씨는 그렇게 책을 많이 사주는 부모님이 오히려 좋았다. 책으로 한글을 배우고 상상하는 힘도 길렀다.

"어머니가 중학교 과학 선생님이었어요. 책 팔러 다니는 방문 판매원들에게 학교 선생님은 중요한 고객이었죠. 그 덕분인지 어릴 때 집에 책이 많았어요. 을유문화사 문학전집, 세계명작동화, 고전 소설 등 부모님이 책을 많이 사주셨어요. 저도 책 보는 걸 좋아해서 누구에게 배우지도 않았는데 책을 읽으면서 혼자 한글을 깨쳤어요. 집에 혼자 있는 시간이 많았고, 공상하기를 좋아해서 책을 많이 봤어요. 그 시절에 흔하지 않던 북유럽 동화는 물론 《삼국지》, 《수호지》, 심지어 《금병매》도 그때 다 읽었어요. 이렇게 책 읽는 습관은 다행히 20대 중반까지 끊어지지 않았어요."

책을 읽는 방법은 사람마다 다르다. 오경선 씨는 여러 책을 일단 빠르게 읽는다. 좋지 않은 방법이기도 하지만, 때로는 여러 책 중에서 집중해서 읽을 만한 책을 찾아내는 데 쓸 만하다.

"어릴 때도 그랬는데 책을 정독하지 않아요. 처음에는 그냥 대강 훑으면서 무슨 내용인지 보는 거죠. 책 뒤에 나온 후기 같은 걸 먼저 보기도 하고요. 그런 습관이 지금까지 이어져서 잘 고쳐지지 않아요. 지금은 되도록 집중해서 정독하려고 하는데 생각처럼 되지는 않아요."

매일 역사책만 곁에 두고 볼 것 같은 오 씨지만 책장을 보면 꼭 그렇지도 않다. 역사책이 가득한 곳 한쪽에는 평소에 관심을 갖고 읽는 책들을 따로 모아뒀다. 소녀 취향이 많이 묻어 나오는 가볍고 재미있는 책들부터 꽤 진지한 주제를 다룬 책까지 저마다 어깨를 나란히 하고 사이좋게 책장을 차지하고 있다. 성향이 다른 사람들끼리 모여 있으면 그 모습이 어색해 보일 때가 있는데, 책은 그렇지 않다. 어떤 책들이라도 함께 어울려 있는 모습은 아름답다.

"소심한 성격이라 긴장감 있는 소설은 잘 못 봐요. 어릴 때부터 그랬어요. 이건 책에 한정되는 게 아니라 영화나 드라마도 그렇고요, 놀이기구 같은 것도 일절 무서워서 못 타요. 그러니까 추리소설, 스릴러물 같은 장르 소설은 질색했어요. 다만 애거서 크리스티처럼 잔잔한 내용의 추리물은 좋아했어요. 특히 그 추리소설 내용을 그대로 만든 영국 드라마를 본 일이 있는데, 정말 재미있어서 한동안 빠졌죠. 요즘에는 루소의 《에밀》을 정독하고 있어요. 오래전에 축약판으로 읽고서 다시 읽어봐야겠다 싶어서 시작했는데, 역시 시대를 뛰어넘는 대단한 책이구나 감탄하면서 읽고 있어요. 제대로 읽어보려고 한길사에서 펴낸 책을 샀는데, 주석이 너무 많아서 편하게 읽기가 어려워요. 요즘에는 커다란 판형에 주석 달린 책 시리즈도 나오잖아요. 그래서 몇 권 사봤지만, 제 경우에는 그렇게 많은 주석은 오히려 읽는 데 방해가 되더라고요."

어릴 때 집에 있는 책들로 웬만한 수준을 넘어서는 독서를 끝내고 나니 고등학생 시절에는 오히려 만화책에 깊이 빠졌다. 책 읽으며 공상하기 좋아하던 오경선 씨는 순정 만화를 탐독하며 갖가지 재미있는 일들을 만들어냈다.

"고등학교 1학년 때 한창 《캔디 캔디》, 《올훼스의 창》, 《베르사이유의 장미》 같은 일본 만화가 붐이었어서, 저도 거기에 좀 빠져 있었어요. 그 전까지는 또래보다 한 수준 높은 책을 읽었는데 만화책에 한번 빠지니까 그것도 다른 친구들보다 더 깊이 빠지게 됐어요. 《캔디 캔디》 같은 건 만화가 끝나고 결말이 난 다음 제 나름대로 뒷이야기를 꾸며내서 친구들한테 진짜 속편이 나온 것처럼 말하고 다니기도 했어요. 여학교라 그랬는지 몰라도 그때 캔디 인기가 얼마나 대단했냐면, 우리 반에서 애들끼리 캔디 선발 대회를 했어요. 말하자면 반에서 누가 가장 캔디 이미지하고 비슷한지 인기투표를 한 거죠. 그때 저는 당연히 내가 캔디하고 똑같다는 착각에 빠져서 친구들이 저를 뽑아주기를 은근히 기대했어요. 기대는 현실이 됐죠. 캔디 선발 대회는 한 번으로 끝나지 않고 2대, 3대, 이렇게 계속 뽑았는데, 제가 바로 1대 캔디였어요."

고등학생 시절이 끝나갈 무렵 오 씨는 평생 잊지 못할 책 한 권을 만난다. 어렵고 깊이 있는 책이 아니다. 카뮈나 앙드레 지드가 아니다. 지금껏 살아오며 인생에 가장 큰 영향을 준 책은 다름 아닌 《빨강머리 앤》이다.

"고등학교 3학년 때는 《빨강머리 앤》에 빠졌어요. 또래 아이들은 대부분 어릴 때 만화나 동화로 본 걸 저는 장편으로 그때 읽었어요.

＊ 일본 만화가 이케다 리요코(池田理代子)는 《베르사이유의 장미》와 《올훼스의 창》으로 일본은 물론 한국을 비롯한 전세계에 많은 팬을 거느리고 있다. 특히 독일 작가 슈테판 츠바이크가 쓴 마리 앙투아네트 평전을 바탕으로 해 구상한 작품으로 알려진 《베르사이유의 장미》는 텔레비전 애니메이션으로 만들어져 커다란 인기를 누렸다.

처음부터 동화로 읽지 않았기 때문에 느끼는 감정이 달랐던 것 같아요. 어른이 된 뒤에는 앤이 결혼하는 내용까지 나오는 열 권짜리 세트를 구해서 읽었고, 지금도 가장 좋아하는 책이에요. 지금의 제가 있기까지 많은 영향을 준 책이기도 하고요."

살아온 날 어느 때를 말하더라도 책 얘기부터 나오는 오경선 씨하고 얘기를 나누고 있자니 언제부터 역사라는 주제에 관심을 가지게 됐는지 궁금했다. 물어보니 그 얘기를 하기 전에 양주에서 살던 어린 시절 기억부터 떠올려야 한단다.

"어릴 때는 양주에 살았는데, 동네에 작게 마을문고가 있어서 자주 이용했어요. 아마 이장님 댁인 것 같은데, 그 집에 책이 많아서 무척 부러웠어요. 대부분은 농사일에 관한 책과 잡지였지만, 그걸 꺼내서 읽어보기도 하고 그러면서 지냈죠. 제 또래 여자애들은 나물 캐러 다녔는데, 저는 절대 나물 캐러 나가지 않았어요. 옆구리에 바구니 대신 책을 탁 끼고 다니는 걸 좋아했어요. 그때는 그게 멋있다고 생각했어요. 그런 행동에는 허영심, 아니면 허세 같은 것도 조금 포함돼 있지 않았을까요? 하하."

역사에 부쩍 관심을 가지게 된 건 중학생 때다. 처음에는 과거에 일어난 일들을 잘 알 수 있게 정리할 수 있다는 사실을 알고 흥미가 생겼다.

"역사는 중학생 때부터 좋아했어요. 옛날에 일어난 어떤 사건의 흐름을 도표나 연표 같은 것으로 깔끔하게 정리한다는 데 매력을 느꼈어요. 그런데 제가 머리가 나빴는지, 아니면 우뇌가 더 발달해서 그런지 모르겠지만, 도저히 정리가 안 됐어요. 이해를 하면서 알아가는 식이라면 좋았을 텐데, 그때는 역사라고 하면 무조건 외우기부터 하는 게 수업 내용이라 너무 힘들었죠. 게다가 그때는 지금처럼 쉽고 재미있게 쓴 역사책도 별로 없었어요."

공부하면서 이렇게 늘 부족하고 힘들다고 생각하던 역사 알아가는 방법을 이제는 역사 도서관을 운영하며 아이들하고 함께 나눈다. 스스로 공부하면서 깨우친 것들을 갖고 공부하니 훨씬 재미있고, 다들 좋아한다. 남이 가르치는 대로 무작정 따라가며 하는 공부는 분명히 한계가 있다. 오경선 씨는 많은 시행착오 끝에 이제 이 사실을 어렴풋이 알아차렸다.

"지금도 아이들하고 함께 옛이야기나 고전 동화책을 읽을 때면 그런 이야기들 바탕에는 모두 역사가 깔려 있다는 걸 알려줘요. 만약에 제가 학교 다닐 때 이렇게 역사에 관해 잘 설명해주는 사람이 있었다면 얼마나 좋았겠어요. 생각해보면 제가 역사를 좋아하는 만큼 한편으로는 그렇게 안타까운 마음이 생기는 거예요. 그렇게 학교를 다니면서 역사에 흥미를 잃어갈 즈음 대학에 한 번 떨어지고 재수 학원에 다녔어요. 거기에서 역사를 가르치던 선생님 덕분에 다시 역사에 매력을 느꼈어요. 그분은 정말 깔끔하고 명확하게 역사를 정리해서 가르쳤거든요. 늘 트렌치코트를 입고 다니던 남자 선생님이었는데, 어찌나 멋지게 보였는지 몰라요."

모든 사람은 과거 위에 서 있는 존재다. 어떤 사람도 역사 없이 살아 있을 수는 없다. 그런 의미에서 아이들하고 함께 공부하는 역사 도서관은 중요한 임무를 띠고 있는 것이다.

"사람이 과거를 모르면 기억 상실증 환자잖아요? 마찬가지로 우리가 역사를 모르면 몸이 아픈 병자하고 다르지 않다고 생각해요. 사람이라면 본능적으로 과거를 탐구하고 거기에 비춰 삶을 살아가는데, 그것을 모르거나 알려고 하지 않는다면 삶 전체에 문제가 생길 수 있겠죠. 과거는 단순히 지나간 옛날 일이 아니라 지금을 비추는 가장 중요한 거울이에요."

오 씨는 무엇보다 자라나는 아이들이 지녀야 할 역사관이 중요하다고 말한다. 이미 어른이 된 사람은 머릿속에 든 것을 바꾸기 어렵다. 어릴 때 만든 올바른 역사 인식은 커가면서 사람을 단단하게 하는 양분이 된다.

"이곳에서 수업할 때 신경 쓰는 것 중 하나가 넓은 시각에서 우리를 보려면 세계사 공부에 지금보다 더 공을 들여야 한다는 거예요. 자칫 폭력적인 국가주의에 빠지지 않게 길을 잡기 위해서도 필요한 일이죠. 가장 중요한 건, 우리는 늘 앞으로 나아가지만 끊임없이 뒤를 돌아보며 그 안에서 자기를 발견하고 반성해야 한다는 거죠. 함께 공부한 아이들이 커서 어른이 됐을 때 이렇게 늘 자기를 되돌아볼 줄 아는 역사관을 갖게 되면 좋겠어요."

마지막으로 오 씨는 책 두 권을 뽑아 책상에 올려놓고 꼭 읽어보라고 권한다. 그러면서 앞으로 여기서 하고 싶은 일들에 관련된 작은 바람을 또랑또랑한 목소리로 말했다.

"요즘 흥미롭게 본 책은 《소녀, 발칙하다》와 《책과 노니는 집》이에요. 둘 다 역사 이야기를 소설로 재미있게 풀어 쓴 책인데요, 공교롭게도 결말이 비슷해요. 시대의 흐름 속에 던져진 주인공들의 삶은 이런저런 모양으로 우여곡절을 많이 겪지만 결국 그 모든 것을 당당하게 자기 운명으로 받아들이는, 말하자면 역사 앞에 주체자로 선다는 거죠. 아이들에게 이런 건강한 역사의식을 심어줄 수 있다면 더 바랄 게 없겠죠."

역사 도서관을 나오며 한동안 오 씨가 캔디와 빨강머리 앤 중에 누구를 더 닮았는지 생각했다. 하기는 캔디와 빨강머리 앤 둘 다 눈물 많은 소녀들이기 전에 자기 앞에 다가온 커다란 운명을 힘 있게 마주한 멋진 사람들 아닌가. 앞으로도 건강하고 즐거운 아이들 웃음소리로 가득 차고 넘칠 작은 역사 도서관을 응원한다. 그곳에서 열심히 일하는 1대 여고생 캔디에게도 작은 목소리로 노래를 부르듯 흐뭇한 눈인사를 보내면서 다시 서울로 돌아왔다.

빨강머리 앤 이미지북 | 엘리자베스 롤린스 에펄리 지음 | 강주헌 옮김 | 세종서적 | 2008년

전세계적 베스트셀러《빨강머리 앤》을 모르는 사람은 많지 않을 것이다. 나로 말할 것 같으면 어릴 적 앤이 장난꾸러기 길버트하고 그렇고 그런 사이가 된다는 내용을 보고 화가 나 책을 덮었다. 그 둘이 결혼까지 한 사실은 남들이 들려줘 알고 있을 뿐이다. 그렇지만 그 뒤에도 일본에서 만들어 한국 텔레비전에서 내보낸 애니메이션을 열심히 챙겨 봤다. 작품을 쓴 사람 루시 몽고메리는 어떨까? 캐나다 출신인 작가는 평생 동안 앤의 이야기를 썼다. 우리가 잘 알고 있는 앤의 어린 시절과 친구들 이야기부터 친구인 길버트하고 결혼해 아이를 낳은 중년의 앤까지, 앤은 작가의 분신이나 마찬가지다. 워낙 전세계적으로 인기가 높은 작품이라 팬도 많다.《빨강머리 앤 이미지북》은 작가인 몽고메리 여사 앤의 실제 무대인 프린스에드워드 섬에 살면서 만든 스크랩북이다. 보잘것없는 개인 노트라고 할 수도 있겠지만, 앤을 좋아하는 사람들에게는 더없이 소중한 자료다. 한국에서도 빨강머리 앤 탄생 100주년에 맞춰 출간됐다.

마리 앙투아네트 베르사이유의 장미 | 슈테판 츠바이크 지음 | 박광자, 전영애 옮김 | 청미래 | 2005년

슈테판 츠바이크만큼 독특한 평전을 쓰는 작가는 없다. 어떤 사람들은 츠바이크가 쓴 평전이 베스트셀러 소설 못지않게 재미있다고 말할 정도도. 츠바이크는 살아 있는 동안 소설 몇 편과 그것보다 몇 배나 많은 평전을 남겼는데, 가장 유명한 것이

비운의 프랑스 왕비 마리 앙투아네트를 다룬 책이다. 철저한 자료 조사를 바탕으로 한 덕분에 실제 역사에서 거의 벗어나지 않으면서도 츠바이크 특유의 섬세한 인물 심리 묘사가 더해진 완벽한 평전이 됐다. 나중에 일본에서 이 작품을 토대로 〈베르사이유의 장미〉라는 애니메이션을 만들기도 했다. 물론 마이 앙투아네트가 아니라 호위 장교인 오스칼 쪽에 더 무게를 실었다. 얼마 전 개봉한 영화 〈레미제라블〉이 흥행에 성공하면서 빅토르 위고가 쓴 원작도 많이 팔렸는데, 더불어 프랑스 혁명에 관한 관심도 높아졌다. 폭풍우 같은 사회 변혁의 중심에 어쩌면 우연히 서 있게 된 마리 앙투아네트의 이야기는, 그래서 더욱 지금을 살아가는 우리에게 큰 울림을 준다.

절판 도서도 못 끊는
희망의 실천
—
회사원 최진영

늦었다. 아침 열한 시에 인터뷰를 잡아놓고 전날 밤 휴대폰에 알람까지 맞춰놨는데 늦잠을 잤다. 하는 수 없이 일산에서 석촌동까지 택시를 불러서 타고 갔다. 요금이 3만 원 나왔다. 그런데 이번에는 만날 장소를 잘못 알았다. 석촌역으로 가야 하는데 신천역으로 듣고 그리로 갔다. 하는 수 없이 거기서 또 다른 택시를 타고 석촌역으로 갔다. 그나마 다행이다. 비슷한 한 글자 차이지만 신천역이 아니라 신촌역으로 갔으면 어쩔 뻔했나. 사는 게 그렇다. 자꾸만 늦고 실수해서 다른 곳으로 갈 때가 있다.

돌이켜 보면 무슨 일을 하든지 항상 똑바르게 가서 아무 문제없이 끝난 적이 없다. 그렇기 때문에 화가 나고 일이 그릇되는 수도 있지만, 한편으로는 또 그렇기 때문에 전혀 예상하지 못한 삶의 다른 순간들을 마주할 수 있는 것이기도 하다.

다양한 사람들을 만나 책 이야기를 나누는 일도 그렇다. 누구를 만나든지 그 사람이 나하고 전혀 다른 책을 읽고 자란 사실을 알고 놀란다. 당연한 일이지만 세상에 그렇게 책이 많다는 걸 알게 되면 조금은 무섭기까지 한다. 그리고 이렇게 사람들을 만나 책 이야기를 나누는 일을 하지 않았다면 내가 아는 책 세상도 딱 그만큼 테두리를 친 채로 머물렀을 것 같다. 이를테면 무역회사에 다니는 최진영 씨를 오늘 만나지 않았다면 내게 알퐁스 도데는 〈별〉과 〈마지막 수업〉을 쓴 작가로 기억될 것이다. 그렇지만 최 씨가 〈황금 뇌를 가진 사나이〉 이야기를 들려줬을 때 마치 오랜 친구 같던 알퐁스 도데가 주는 느낌은 완전히 달라졌다.

석촌역 근처, 골목을 몇 번 돌아 도착한 최 씨의 집은 크지 않은

빌라 원룸이다. 문을 열고 들어서면 바로 왼쪽이 화장실이고, 거기서 두어 발만 더 내디디면 침대와 싱크대가 허리 높이 탁자를 사이에 두고 마주본다. 책장은 침대 끝에 붙여놓았다. 책은 많지 않았지만 한번 둘러보니 이 책장 주인은 관심사가 꽤 다양하겠구나 하는 생각이 든다. 작은 책장은 세 단인데 가장 아래는 주로 패션 잡지인 무거운 책들이 나란히 줄 맞춰 들어 있고, 중간과 맨 위에는 소설 몇 권, 산문,

인문학 책이 간간이 보인다. 평소에 책을 많이 보는 편인데 서울로 이사 와서 직장 생활을 하다보니 가장 먼저 책이 큰 짐이 된다. 그래서 가진 책들을 대부분 이리저리 처분하고 남은 것은 고향 집에 있는 컨테이너 창고에 보관하고 있다. 거기에는 최 씨가 어릴 적부터 모은 소중한 패션 잡지들도 가득하다.

"고향이 전라도 익산인데요, 서울로 오기 전까지 그곳 시내에 있는 큰 서점에 자주 다니며 책을 봤어요. 중학생 때 그곳에서 《엘르 코리아》 창간호를 보고 상당히 매력을 느꼈어요. 그래서 창간호부터 계속 달마다 사 모았죠."

어린 시절부터 사람들 옷차림새나 건물 모양, 인테리어 같은 데 관심을 가진 최진영 씨는 아이들 사이에서 유행이던 《소라의 멋 내기》 같은 '소라 시리즈'를 열심히 봤다. 나는 남자라 그랬는지 어릴 때 어린이들도 스스로 멋 내기를 할 수 있다는 사실을 이날 처음 알았다. 나중에 찾아보니 어린이용(물론 모두 여자 어린이용인) '코디 북' 시리즈로 이미 여러 권이 나와 있다.

"하이틴 잡지들도 꽤 많이 봤어요. 《댕기》나 《윙크》, 그리고 《행복이 가득한 집》 같은 잡지를 달마다 사 봤어요. 특히 제가 어릴 적 잡지에서 기사를 보고 동경하던 《윙크》의 오산소 기자'를 어른이 되고 나서 전화 인터뷰한 일이 각별한 기억으로 남아요."

《댕기》와 《윙크》는 순정 만화를 연재하던 잡지인데, 워낙 인기가

---

* 본명은 오경은. 같은 이름을 쓰던 회사 선배하고 구별하려고 자기를 'O2'라고 불렀고, 그 덕에 오산소라는 별칭을 갖게 됐다.

많아서 남자들도 이름은 들어봤을 정도다. 《댕기》는 1991년에 창간했고, 육영재단에서 발행을 지원했다. 남자들은, 그때를 기억하는 사람들은 다 알다시피 따로 보는 만화 잡지가 있었다. 《소년 챔프》와 《아이큐 점프》가 그것이다. 이 둘은 1980년대를 휘어잡았다는 《보물섬》 같은 잡지를 이어서 거의 양대 산맥처럼 자리 잡았다.

선두 주자는 《아이큐 점프》였다. 우리들은 줄여서 그냥 '점프' 또는 '쩜푸'라고 불렀는데, 저 유명한 《드래곤 볼》을 정식 연재하고 있었기 때문에 새 잡지가 나오는 날이면 아이들은 너나없이 동네 서점으로 달려갔다. 그 뒤를 이어 《댕기》하고 비슷한 시기에 나온 것이 《소년 챔프》(마찬가지로 애들은 줄여서 '챔프'라고 불렀다)다. '챔프'는 '쩜푸'에 대항할 만한 무엇을 찾지 않으면 안 됐다. 말하자면 《드래곤 볼》의 대항마를 불러야 한다. 그것이 바로 《슬램덩크》다. 이 두 만화 《드래곤 볼》과 《슬램덩크》는 시간이 꽤 흐른 지금도 많은 사람들에게 사랑받고 있다.

여자애들은 《댕기》 말고는 특별한 만화 잡지가 없었다. 나중에 《댕기》에서 일하던 사람이 나와 《윙크》를 만들었는데, 이때도 순정 만화를 다루는 잡지는 그렇게 많지 않았다. 아무래도 남자보다는 만화에 빠질 확률이 낮아서 그랬을까? 어른이 되고 나서 여러 사람 만나보니 딱히 그렇지도 않은 것 같다. 여자애들도 만화를 보고 싶은 마음은 남자애들만큼이나 크다. 요즘은 종이 매체들이 거의 사라지고 누구나 휴대폰만 켜면 만화를 볼 수 있다. 여성 취향 만화도 더 많이 나왔다. 솔직히 말하면 나는 《슬램덩크》나 《드래곤 볼》에는 관심이 없었다. 차라리 《윙크》에서 연재한 《레드문》이나 《마리아 님이 보고계셔》 같은 만화를 더 좋아해서 친구들 몰래 만화방에 가서 본 기억이 난다.

어린 시절 이야기를 듣다보면 마치 훗날 이 사람이 어떤 일을 하게 될지 그림이 그려지는 느낌이다. 어릴 때 머릿속으로 혼자 그려보던 그림을 어른이 돼 실천하며 사는 경우는 드문데, 최 씨는 그 그림을 소중히 간직하며 꾸준한 마음으로 살아왔다. 많은 사람을 만나면서 하게 되는 생각이지만, 한 사람의 어린 시절은 인생을 세우는 주춧돌이다. 삶을 올려놓는 바닥이 탄탄하지 못하면 어른이 돼서도 흔들리고 쓰러지는 일이 많다.

"공무원이던 어머니가 책을 좋아하셨어요. 반대로 텔레비전 보는 걸 싫어하셔서, 집에 텔레비전이 있었는데도 자주 못 봤어요. 대신 외판원들이 책을 팔러 오면 책을 많이 사주셨어요. 그림책, 만화책, 과학 관련 책 등 책이라면 종류를 가리지 않고 두말없이 사주셔서 꽤 자유롭게 사 봤어요. 가끔은 아버지가 보려고 책장에 넣어둔 해학 소설들을 몰래 훔쳐봤죠. 호기심이 많았어요. 저 때만 하더라도 여전히 백과사전을 보던 세대이기도 하니까 두꺼운 책들을 꺼내서 이리저리 뒤적거리는 것도 재미있었고요."

중학생이 된 뒤 본격적으로 책을 읽기 시작하는데, 교과서에 실린 작품은 대부분 찾아서 읽을 정도로 열정이 대단했다. 그때만 해도 청소년은 책을 읽으려고 해도 별다른 정보가 없었다. 어른들은 신문이나 잡지에 책 광고도 더러 나오니까 참고하겠지만, 학생들은 책 정보를 얻기가 쉽지 않았다. 다만 라디오는 우리들이 읽을 만한 책 광고를 많이 내보냈다. 이건 또 지금하고 다르다. 요즘에는 오히려 라디오에서 책 광고를 듣기 어렵다. 텔레비전은 물론이다. 1980년대 후반만 하더라도 라디오에서 광고를 듣고 책을 사는 일이 흔했다. 특히 청소년들이 듣는 〈별이 빛나는 밤에〉가 하는 시간에 중간중간 책 광고를 하던 기억이 난다. 물론 늘 우리들 수준에서 읽을 만한 책만 광고한 것은 아니다. 《소설 동의보감》이나 《김삿갓》,* 《아제 아제 바라아제》*** 같은 책은 별로 흥미롭지 않았다. 어쨌든 그렇기 때문에 책에 관심 있는 아이들은 보통 교과서에 나온 작품을 중심으로 책을 읽었다.

"그때만 해도 무슨 책을 읽어야 좋을지 정보가 많지 않던 때니까요, 무조건 교과서에 단편적으로 실린 것들을 찾아서 읽었어요. 그런데 제게는 그 책들이 다 어렵더라고요. 무슨 소리인지 모르겠는데도 그냥 읽은 책들이 많아요. 특히 염상섭의 《삼대》는 제가 가장 이해할 수 없던 이야기였고요, 지금도 제 인생에서 읽은 책 중 가장 어려운 책을 들라면 《삼대》라고 말해요. 또 하나 기억나는 일이 있어요. 그때 제가 속셈 학원을 다녔는데, 몸이 비쩍 마르고 입술이 푸르스름한 오빠가 한 반에 있었어요. 그 오빠가 무슨 얘기를 들려주면 그렇게 재미있는 거예요. 알고보니 그 얘기들이 대부분 소설책 내용이었어요. 그때 알게 된 알퐁스 도데의 〈황금 뇌를 가진 사나이〉는 오랫동안 기억에서 지워지지 않을 만큼 충격적인 얘기였어요."

---

* 극작가 이은성의 소설. 원래 잡지에 연재하던 이 소설은 1988년에 작가가 갑자기 세상을 떠나 끝을 못 맺었고, 결국 1990년에 3권짜리 책으로 나왔다. 작가는 '춘(春), 하(夏), 추(秋), 동(冬)' 4권으로 끝낼 계획이었다. 책은 아주 많이 팔렸다. 문화방송은 이 책을 각색해 1990년에 〈동의보감〉, 1999년에 〈허준〉이라는 드라마를 만들었다. 드라마도 책에 못지않은 높은 시청률을 올렸다.

** 역사소설가 정비석의 작품. 라디오 광고에서 "백 년도 못 살면서 천년 근심으로 사는 인간들아!"라고 호통치듯 말하는 장면이 아직도 기억에 생생하다.

*** 한승원의 소설. 나중에 영화로 만들어졌다. 주연 배우 강수연은 모스크바 영화제 여우주연상을 받았다.

대학에 가려고 준비를 하던 때 최 씨는 그동안 마음에 품고 있던 두 가지 전공 중에서 하나를 택했다. 하나는 패션이고 다른 하나는 건축이다. 고등학생 때는 건축학과에도 가고 싶었지만, 그 전부터 패션 잡지를 보며 마음속에 그려오던 모습 때문이었는지 의류학과를 지원했다.

"패션과 건축을 단지 옷과 건물이라고 생각하면 안 돼요. 제게는 그 둘이 비슷해요. 어떤 공간을 새롭게 변화시킨다는 의미에서 저는 어릴 때부터 그 둘에 관심이 많았어요. 결국 패션 공부를 선택했고, 졸업하고 사회생활을 시작한 것도 그쪽 일이에요. 제가 처음으로 시작한 일이 패션 잡지 《엘르 코리아》의 어시스턴트니까, 제게는 무엇보다 큰 의미가 있죠."

직장 생활을 하면서 최 씨의 책 읽기는 다시 한 번 전환점을 맞는다. 이 전환점이 책과 삶을 연결하는 중요한 계기가 됐다.

"그때까지 책이라고 하면 늘 매거진이나 무크, 또는 소설만 읽었어요. 직장을 옮기고 나서 관련 정보도 찾아볼 겸 서점을 열심히 드나들다가 《서른 살 직장인, 책읽기를 배우다》를 봤는데, 그 책에서 배운 게 많았어요. 이제는 책을 재미로 읽거나 남는 시간 보내기 정도로 생각하면 안 되겠다는 생각이 들었죠. 책을 읽으면 책에서 배운 것을 실천으로 옮기는 삶을 살아야 한다고 생각해요. 회사 다닐 때 늘 《논어》를 옆에 끼고 사는 선배가 있었는데, 그분의 실제 생활은 그 책에서 말하는 것이랑 전혀 달라서 실망했던 기억이 나요. 물론 《논어》를 읽고 있다고 해서 그 책대로 살 수는 없겠지만, 그 책을 읽으면서 자기에게 스민 영향이 겉으로 나와야 하지 않을까요? 실천하지 않는다면 아무리

많은 책을 읽는다고 한들 소용이 없다는 걸 알았어요."

　책과 꿈, 행동과 실천에 관한 여러 이야기를 오랫동안 나누다 기억에 남는 책이 뭐냐고 묻자 최진영 씨는 무라카미 하루키의 책 두 권을 보여줬다. 둘 중 한 권은 지금은 팔지 않는 절판된 단편 모음집이다. 얼마 전 헌책방에 책을 팔러 갔다가 이 책을 보고 책 판 돈을 그대로 내고 사왔다고 한다. 품절돼 사라졌다고 생각되더라도 어디에서 또 발견되는 마음속에 품은 책처럼, 끊어지지 않는 꿈을 늘 간직하고 사는 최진영 씨의 쾌활한 웃음소리 덕분에 하루 종일 기분이 좋았다.

알퐁스 도데 단편선 | 알퐁스 도데 지음 | 김사행 옮김 | 문예출판사 | 2006년

단편 〈마지막 수업〉과 〈별〉로 한국에서도 꽤 유명한 작가 알퐁스 도데. 인기로 따지자면 〈마지막 수업〉은 《어린왕자》에 견줄 수 있을 만큼 많은 사랑을 받은 작품이다. 〈마지막 수업〉은 1873년 펴낸 《월요 이야기》에 들어 있는 단편으로, 짧고 잔잔한 이야기지만 프랑스 국민들의 애국심을 불러일으켰다. 〈황금 뇌를 가진 사나이〉도 유럽에서는 꽤 유명하지만 우리말 번역은 별로 없다. 대신 유명한 단편을 모아 만든 선집이 많다. 문예출판사에서 펴낸 단편집은 가장 유명한 책 두 권, 《풍찻간 편지》와 《월요 이야기》에 실린 단편들을 함께 묶었다. 중학교 교사로 일하다 작품 활동을 시작한 도데를 유명하게 만든 작품집이 바로 《풍찻간 편지》인데, 거기에 우리가 잘 아는 단편 〈별〉이 들어 있다. 작품 전체에 흐르는 알퐁스 도데의 고향 프로방스의 모습을 상상해보며 읽는 것도 재미있다.

무라카미 하루키 단편걸작선 | 무라카미 하루키 지음 | 유유정 옮김 | 문학사상사 | 1992년

하루키가 유명해졌지만 여전히 절판 상태에 있는 책이다. 하루키는 종종 장편을 쓰기 전에 미리 단편을 구상한 다음에 그 단편을 발전시켜 장편으로 만든다. 그렇기 때문에 열렬한 하루키 팬이라면 단편에 더 관심을 갖게 되는 건 어쩔 수 없다. 솔직히 말하면 나는 하루키의 장편을 좋아하지 않는다. 보르헤스가 자기가 단편만 쓰는 이유를 해명하며 이런 말을 했다. 단편으로 끝낼 수 있는 말을 장편으로 풀어내는 건 낭비라고. 하루키의 장편이 '글자 낭비'라는 말까지 하고 싶지는 않지만, 그만큼 단편이 훌륭하기 때문이다. 문학사상사에서 펴낸 단편집은 지금 다른 출판사에서 펴내는 책하고 겹치는 내용이 더러 있지만, 이 한 권만큼은 정말 하루키 단편의 정수를 뽑았다고 말하고 싶다. 유명한 〈빵 가게 습격〉이 들어 있고, 〈중국행 화물선〉과 〈도서관에서 있었던 기이한 일〉도 하루키 단편을 말할 때 빼놓을 수 없다. 이런저런 이유로 《상실의 시대》 이후 다시 한 번 하루키가 유행인 지금, 장편이 식상한 독자라면 다시 하루키의 단편에 빠져봐도 좋을 것이다.

WOMAN BEING | 편집부 | 보그코리아 | 2006년

패션 잡지를 사는 이유는 여러 가지겠지만 잡지 살 때 함께 주는 부록 때문인 경우도 적지 않다. 매달 말일 즈음이면 잡지들마다 값비싼 경품을 내걸어 소비자를 유혹하는 경쟁이 붙을 정도다. 《보그》도 다른 잡지들처럼 사은품을 끼워주는 잡지인데, 유독 8월만 되면 더욱 기대감이 높아진다. 8월이 《보그》를 창간한 달이기 때문이다. 《보그》는 해마다 8월이면 독특한 부록을 준비한다. 지금껏 나온 '8월 부록'이 모두 독특하지만, 사람들이 가장 많이 찾는 것은 10주년에 나온 《Woman Being》이다. 그동안 《보그》에 실린 사진 중 사회적으로 영향력을 끼친 여성만 골라서 따로 작업해 내놓은 책이다. 얼마 전 이 사진집에서 '체조 요정' 손연재 선수의 초등학생 시절 사진을 발견하고 깜짝 놀랐다. 그리고 한편으로는 조금 쓸쓸해졌다. 같은 또래 선수들하고 함께 찍은 단체 사진이었는데, 그중에서 지금 얼굴을 알아볼 수 있는 사람이 손연재 한 명뿐이었기 때문이다. 다들 지금 어디에 있을까?

궁극의 리스트를 꿈꾸는
세계 문학 독서가

—

대학원생 이시욱

서울시 은평구 신사동, 집들이 다닥다닥 붙어 있는 주택가 골목을 몇 번이나 돌아야 이시욱 씨가 사는 오래된 빌라에 닿는다. 문을 열고 들어가면 고양이 두 마리가 먼저 손님을 맞는다. 둘 다 길고양이인데, 새끼 때 데려와서 치료해준 뒤 지금은 같이 살고 있다. 이 두 녀석은 집 전체를 말로 하기 힘든 이상한 분위기로 만들어놓는다. '잊힌 책들의 묘지'가 정말 있다면 이런 모양이 아닐까.

고양이들이 어슬렁거리는 곳은 좁은 거실 겸 부엌이다. 거실 왼쪽에는 큰방, 가운데 문은 화장실, 오른쪽에는 작은방으로 통하는 문이다. 거실에 들어와서 고개를 한 번 크게 돌리면 집 전체를 다 볼 수 있을 만큼 아담한 공간이다.

이런저런 잡동사니들로 가득 찬, 좀 복잡해 보이는 집이라는 인상을 주는 이유는 바닥, 책상 위, 벽 등 어디를 보든 모두 책으로 둘러싸여 있기 때문이다. 큰방에 직접 만든 책장을 마련해 어느 정도 정리를 했다지만 눈에 보이는 곳마다 여전히 책으로 쌓은 탑들이 눈에 들어온다.

여기 있는 책이 모두 몇 권이냐고 물으니 무심한 대답이 돌아왔다. "글쎄요. 따로 세어보지 않았어요. 1500여 권 되지 않을까 싶은데, 정확하지는 않습니다." 기회가 되면 세계 문학만 따로 취급하는 작은 도서관을 만들고 싶다는, 고양이 두 마리하고 함께 사는 이시욱 씨 집에서

---

* 스페인 작가 카를로스 루이스 사폰이 쓴 소설 《바람의 그림자》(문학동네, 2012년)에 나오는 장소. 바르셀로나 어느 후미진 곳에 있다. 커다란 미로처럼 복잡한 서가가 겹겹이 늘어서 있다. 이곳에 들어간 사람은 책을 한 권 골라 양자로 삼아야 하는 게 규칙이다.

책 이야기를 나눈다. 늦은 밤, 적어도 세상 사람들 중 절반은 자고 있지만 책들은 서서히 기지개를 켜고 깨어나는 시간이다.

윤 어떤 책들이 있나요? 문학 작품이 꽤 많은데, 갖고 있는 책 중에서 세계 문학이 차지하는 비중은 얼마나 됩니까?

이 인문학 관련 책이 많죠. 전통적 구분에 따르면 문학 분야, 역사 분야, 철학 분야 책이 많다고 할 수 있습니다. 물론 요즘은 이런 구분법이 잘 적용되지 않는 책도 많지만요. 도서관 십진분류법에 따르면 100, 800, 900번대 책이 많은 셈이죠. 미술에도 관심이 있는데, 대개 책이 비싸서 많지는 않습니다. 세계 문학은, 역시 정확하지는 않지만, 200~300여 권 되는 것 같아요. 장르 문학도 100여 권 됩니다. 그러니까 15~20퍼센트 정도죠. 지금 세계 문학 읽기 독서 모임을 하고 있으니까, 이 비율은 조금씩 늘어날 것 같네요.

윤 책을 분류하는 자기만의 방법이 있나요?

이 분야별로 대충 나눠서 꽂아놓기는 하지만 분류를 엄격하게 하지는 않습니다. 다만 관심사에 따라 새로 분류를 하게 되기는 합니다. 요즘 관심이 있는 주제는 '혁명', '전쟁', '자본'인데, 이 주제를 다루는 책들은 한군데 모이게 되더라고요. 사실 분류하기를 귀찮아하는 편인데, 자연스럽게 분류가 된다고 할까요.

윤 책장을 사지 않고 직접 나무를 얽어 만든 이유는 뭐죠?

이 어릴 때 집에서 부모님이 그런 식으로 책장을 만들어주셨어요. 사실 책장 살 돈이 없어서 아버지가 공사장에서 남는 목재를 가져와 만드신 거죠. 지금도 사정이 넉넉한 편이 아니라 어떻게 하면 값싸게 만

들 수 있을까 고민하다 이렇게 하게 됐습니다.

윤 책은 주로 언제 읽나요? 책을 읽어야겠다는 생각이 확 드는 시간대나 계기 같은 게 있나요? 그리고 책 읽을 때 습관 같은 게 있으면 말씀해주세요.

이 늦은 밤부터 새벽입니다. 그러다 보면 자연히 다음 날 일정에 차질이 생기기 때문에 안 좋은 습관이라고 생각은 하는데, 주변이 조용해야 비로소 집중이 됩니다. 예민함을 넘어 과민한 편이랄까요. 이 세상에 책과 나, 이렇게 단 둘만 있다는 느낌이 들지 않으면 책을 잘 읽지 못합니다. 그런 느낌을 가질 수 있는 게 늦은 밤부터 새벽까지 이어지는 시간밖에 없죠. 새벽이 되면 바깥에서 '날 밝는 소리'가 들려오는데, 그러면 초조해집니다. 좀 식상한 비유겠지만, 저는 일종의 '연애 감정' 비슷한 마음으로 책을 대하는 셈입니다. 물론 다행히(!) 그런 감정이 드는 책이 많지는 않죠. 연애 중에서도 극단적인 형태의 연애랄까요. 생각해보면 이 세상에 '책'과 '나' 이렇게 둘만 존재하는 상태라는 건 아주 부자연스럽잖아요. 세상이나 다른 사람하고 단절하는 상태를 전제로 하는 그런 독서는 바람직하지도 않고요.

습관을 물어보셨는데, 책을 읽을 때 반드시 밑줄을 긋고 포스트잇을 붙이는 습관이 있습니다. 중요한 대목을 표시하는 거죠. 독서를 '연애'에 비유했는데, 그렇게 해서 "책을 읽었다"라는, "내가 '연애 상대'를 이만큼 잘 파악했다"는 눈에 보이는 증거를 남기는 셈이기도 합니다. 사실 이것도 아주 기만적인 생각이겠죠. "내가 너를 모조리, 속속들이 이해하고 말리라" 하는 집착이기도 하고요. 어떤 표시를 남겼다고 해서 그게 곧바로 이해를 의미하는 건 아니니까요. 연애도 마찬가지지만, 상대, 곧 책 처지에서 보면 코웃음을 칠 일입니다. 사실 덕지덕지 붙어 있는 포스트잇들이 지저분해 보일 때도 있습니다. 예전에 읽은 책을 다시 펴 보면 밑줄이 너무 많아 지우개로 지우고 나서 읽기도 하고, 아예 새것으로 같은 책을 또 사기도 합니다.

요즘은 밑줄을 치거나 포스트잇을 붙이기 전에 한번 생각을 합니다. "정말 중요한 대목인가?", "만약 누군가 내 책을 보고 왜 여기에 표시를 해뒀냐고 묻는다면 잘 대답할 수 있을까?"를 자문하는 거죠. 그래서 예전보다는 책을 깨끗이 보는 편입니다.

둘 다 안 좋은 습관인 셈인데, 그런데도 그 방식을 고수하는 이유는 두 가지입니다. 하나는 "어쩔 수 없어서"입니다. 고치려고 노력해봤지만 안 되더라고요. 한동안 새벽에 일찍 일어나 봤는데, 도저히 책을 읽을 수가 없었죠. 다른 하나는 그 모든 단점을 뛰어넘어 거부할 수 없는 장점이 있기 때문입니다. 아무 방해도 받지 않고 책과 일대일로 마주한 채 책에 푹 빠져드는 독서가 갖는 매력은, 웬만한 독서가가 아니더라도 잘 알고 있을 테니 굳이 설명하지 않아도 되겠죠?

밑줄을 긋거나 포스트잇을 붙이거나 책 귀퉁이를 접는 습관이 갖는 의미는 《잘라라, 기도하는 그 손을》이라는 책을 읽고 나서 진지하게 생각해보게 됐어요. 책에 이런 문장이 있어요. "신문 따위와 책은 격이 다르다. …… 책은 많이 접혀져 있기 때문이다". 그게 무슨 시시한 소리냐고 생각할 수도 있는데, 곰곰 생각해보면 일리가 있어요. 일단 책은

---

* 사사키 아타루 지음, 송태욱 옮김, 《잘라라, 기도하는 그 손을》, 자음과모음, 2012년, 79쪽. 프랑스 시인 스테판 말라르메가 한 말이다.

접혀 있기 때문에 펼칠 수 있죠. 프린트물이나 찌라시는 그렇지 않잖아요. 그저 그런 이야기, 말도 안 되는 이야기라도 일단 책의 형태를 갖추고 있으면 책을 펼쳐 읽어보기 전에는 내용을 확실히 알 수가 없죠.

중학생 때나 고등학생 때는 책을 많이 읽지 못했어요. 일단 집에 책이 많지 않기도 했지만, 저 자신이 시험 성적 위주의 생활을 했거든요. 그래서 가장 많이 본 게 시험에 나올 핵심이 요약된 프린트물이에요. 프린트물이 마음에 들지 않을 때는 혼자 알아서 한두 장 분량의 핵심 요약 자료를 만들기도 했죠. 친구들이 그것 좀 복사해서 보자고 할 정도로 정리를 잘했고, 그게 그 시절의 자부심이기도 했죠.

그렇지만 핵심이 요약된 프린트물에는 접힘과 펼쳐짐이 없어요. 물론 정리한 사람 자신에게는 그게 있을 수 있죠. 정리를 하려고 교과서나 참고서 등을 접고 펼치면서 읽었으니까요. 이 핵심어는 교과서 몇 단원, 몇 쪽에 나오는지 바로 알 수 있는 거죠. 그런데 남이 만들어놓은 요약 자료는 그냥 암호문일 거예요. 스스로 책을 펼쳐 보고 또 접기 전에는 의미를 알 수 없는 거죠.

어쩌면 책도 핵심 요약 자료에 해당할 수 있어요. 19세기 러시아 소설을 읽을 때, 그 시절의 러시아 사회, 나아가 유럽 사회, 제국과 식민지 사이의 관계, 전쟁, 국제 정세, 쟁점, 이념 지형 등을 모르면 소설에 등장하는 인물이 하는 말이나 행동을 이해할 수 없을 때가 있죠. 그걸 이해하려면 읽던 책은 접어두고 다른 많은 책들을 펼쳐 봐야 하는 거죠. 책이 술술 읽힌다면, 그건 그 전에 이미 많은 접고 펼치는 과정을 거친 덕분일 테고요.

밑줄을 긋거나 포스트잇을 붙이고, 책 귀퉁이를 접는 것에도 '접힘과 펼침'의 맥락에서 의미를 부여할 수 있을 거예요. 이미 접혀 있는 책의 어느 특정 페이지를 또다시 내 손으로 접는다 또는 밑줄을 긋는다는 행위는 책 자체에 부여된 신성함이나 숭고함을 내 것으로 만든다는 의미가 있다고 할 수 있겠죠. 그러니까 독서를 통해, 밑줄을 긋고 귀퉁이를 접는 과정을 통해 내 생각과 말, 또는 내 존재 자체가 어떤 신성과 숭고함을 얻게 되는 거죠. 책 자체에 깃든 신성함이 내게 전이된다고 할까요. 쉽게 말해, 접힌 책과 나는 특별한 관계를 맺었다고 할 수 있겠죠. 내밀한, 말로 표현할 수 없는 많은 것을 공유하는 관계. 단순한 예를 들면, 언제나 그런 건 아니지만, 예전에 읽은 책을 다시 볼 때 밑줄 친 대목이나 접힌 페이지를 보면서 밑줄을 치고 종이를 접을 때의 주변 상황이나 그 순간 느낀 감정이 구체적으로 떠오르는 때가 있어요.

이런 의미가 있기는 하지만, 여전히 고민은 남아요. 책을 대책 없이 신성화해서는 안 되지 않느냐는 거죠. 아무리 접혀 있다 한들 정말 책 같지 않은 책도 많고, 반대로 누구나 인정하는 훌륭한 책이라고 해도 책에 너무 빠져들게 되면 나 자신을 잃게 되거든요. 톨스토이를 읽으려면 19세기 러시아 사회를 어느 정도 알 필요는 있겠지만, 거기에 관한 완전한 지식을 얻고, 그 지식을 바탕으로 그때 시대상을 완벽한 형태로 재구성하려는 시도는 필요 없는 집착이라고 생각해요. 책에 매몰되거나 책으로 도피하는 결과로 이어질 수도 있고요. 어쨌든 우리가 사는 사회는 19세기 러시아가 아니니까요. 책에 빠져드는 과정은 그것 자체로 매력적이지만, 더 필요하고 중요한 건 책에서 빠져나오는 게 아니냐는 거죠. 책은 그저 책이고 톨스토이는 그저 톨스토이일 뿐이지, 무슨 불변의 진리는 아니라는 생각도 필요하고요.

윤 책은 언제부터 모으기 시작했나요?

이 대학교에 들어가면서 사 모으기 시작했어요. 집안 형편은 여전히 좋지 않았지만, 전액 장학금을 받고 들어간 덕에 제가 일해서 번 돈으로 책을 사 모았죠. 대학 입학 직전에 부모님이 교통사고를 당했고 빚까지 꽤 있어서 경제적으로 보탬이 돼야 하는 상황인데, 나 몰라라 하고 책 사 보고 그랬죠. 죄책감을 느끼면서 책을 모은 셈인데, 정작 부모님은 별 말씀이 없었어요. 어머니가 이런 말을 한 적은 있어요. 사 모은 책은 다 읽느냐고 한마디 하셨는데, 제가 우물쭈물하자 "책에서 한 문장만 건져도 그 책값은 한 셈이다"라고 말씀하셨어요. 철없게도 그 말에 고무돼서 책을 더 사 모으고 그랬죠. 사실 본가에도 책이 많아 이사 다닐 때마다 고생을 꽤 했는데, 한마디 뭐라고 하신 적이 없어요.

윤 책을 모으는 이유는 뭐죠? 사람들이 책을 모으는 심리는 뭘까요?

이 일단은 소유욕이겠죠. 또는 아까도 한 말이지만, 책하고 내가 일대일로 마주하고 싶고, 마음대로 책을 접고 펼치고 싶기 때문이겠죠. 도서관에서 빌린, 남한테서 빌린 책을 막 접을 수는 없으니까요.

윤 어릴 때부터 책을 좋아했나요? 짧은 독서 연대기를 말해주세요.

이 어릴 때 기억은 거의 없어서 잘 모르겠는데, 부모님 말씀에 따르면 아주 어릴 때부터 책을 좋아했다고 해요. 다만 중학교나 고등학교 때는 책을 많이 읽지 않았어요. 교과서나 참고서만 파고들었어요. 집안 형편이 어려우니 '교과서만 가지고 좋은 대학 간다, 한눈팔지 않는다'는 생각이었죠. 그런 와중에 읽은 건 알렉상드르 뒤마, 제인 오스틴, 파트리크 쥐스킨트, 베르나르 베르베르 정도예요. 특히 《개미》는 중3

겨울 방학 때 시골 할아버지 방에서 읽은 기억이 나요. 돌아가시기 1년 전이었는데, 할아버지가 쓰던 이불에서 나는 냄새를 맡으면서 책을 읽은 기억이 아직도 생생해요. 본격적으로 책을 읽기 시작한 건 대학 들어온 뒤인데, 체계적으로 독서를 하지는 않았어요. 학교 바로 앞에 인문학 책만 취급하는 책방이 있어서 거기 드나들면서 문학 이론 세미나를 했는데, 그때 들뢰즈, 푸코, 알튀세, 아도르노, 벤야민 등을 알게 됐죠. 또 한국 문학도 많이 읽었고요.

윤 책장에 세계 문학이 많은데, 다른 장르하고 다르게 세계 문학이 지닌 매력은 뭔가요?

이 일단은 '뭔가 있어 보인다'는 것? 농담처럼 들릴 수도 있지만, 저는 이 '뭔가 있어 보인다'는 점이 꽤 중요하다고 생각해요. 요즘 여러 출판사에서 세계 문학 전집을 펴내고 있는데, 그렇게 전집으로 나오면 뭔가 있어 보이죠. 그걸 사서 책장에 나란히 꽂아놓으면 뭔가 있어 보이는 훌륭한 인테리어도 되고요. 사실 알고보면 있어 보인다고 생각한 건 착각이거나 허상이에요. 무슨 말이냐면, 여러 출판사에서 세계 문학 전집을 펴내고는 있지만, 대개 아무 기준도 없고 체계도 없이 마구잡이식이거든요. 《고리오 영감》은 몇 종이나 나와 있는데 발자크 전집은 없죠. 《목로주점》도 몇 종이나 되는데, 루공-마카르 총서'는 없고요.

＊ 에밀 졸라의 거의 모든 작품은 하나로 연결될 수 있다. 졸라는 평생에 걸쳐 루공과 마카르 가문에 얽힌 이야기를 만들어냈는데, 이 작품들을 따로 모아 '루공-마카르 총서'라고 부른다. 우리에게 익숙한 《목로주점》,《여인들의 행복 백화점》,《제르미날》,《파스칼 박사》 등이 모두 이 총서다. 졸라의 이런 시도는 문학 실험에 머물지 않고 19세기 말 유럽 문화사를 연구하는 텍스트로 쓰일 정도다. 1871년부터 1893년까지 펴낸 루공-마카르 총서는 모두 20권이다.

'세계 문학'이라는 표현 자체도 따지고 보면 허상에 지나지 않는 것이기도 하죠. 매력을 이야기하는 게 아니라 비판을 한 셈이 돼버렸네요.

그렇지만 세계 문학은 매력이 있어요. 그게 뭔지 정확히 표현하지는 못하겠어요. 일단은 정직하게, '뭔가 있어 보인다'에서 출발하는 것도 좋겠죠. 그건 분명히 착각이고 허상이며, 허세나 허영에 지나지 않는 것이기도 해요. '교양을 쌓을 수 있다', '시야가 넓어진다', '사고에 깊이가 생긴다' 같은 이유를 들 수도 있겠지만, 그렇기도 하고 안 그렇기도 해요. 문학의 의의, 독서의 의의란 저마다, 또 생각하기에 따라 다르죠. 세계 문학의 매력은 이것이다, 세계 문학을 읽으면 뭐가 어떻게 된다고 강변하는 건 결과적으로 책읽기를 하나의 수단, 유용한 도구로 만들어버린다고 생각해요.

문학은 유용하다기보다 무용한 것이죠. 의식적으로든 무의식적으로든 누구나 다 알고 있는 사실일 거예요. 이를테면 '책 읽기'는 먹고 사는 문제에 관련된 다른 일이 생기면 우선순위에서 쉽게 밀려나죠. 그렇지만 바로 이 점을 인정할 필요가 있어요. 문학은 무용하다, 하지만 뭔가 있어 보인다는 점을요. 지금 불고 있는 세계 문학 전집 붐은 우리의 허세와 허영에 힘입은 바가 크다는 점을요. 출발점은 분명히 허세와 허영이에요. 정작 세계 문학을 쓴 위대한 작가들도 허세와 허영이 없었다면 작품을 쓰지 못했을 거예요. 그렇지만 쓰는 과정에서 뭔가 다른 가치를 창조했죠. 우리도 읽는 과정에서 뭔가 다른 걸 얻게 되고요. 아니, 뭔가를 '얻는다'는 표현보다는 우리 존재 자체가 '변한다'는 표현이 더 맞겠죠.

윤 가장 좋아하는, 또는 딱히 좋아하지 않더라도 영향을 많이 준 작가나 책을 소개해주세요.

이 존 쿳시가 쓴 《엘리자베스 코스텔로》요. 같은 이름을 가진 늙은 여성 작가가 주인공으로 등장해서 모두 당연하게 여기거나 암묵적으로 동의하고 묵인하는 문제를 집요하게 질문하고 논쟁으로 발전시켜서 다들 피곤하게 만드는 그런 소설이죠. 정말 근본적인 차원에서 문제제기를 하기 때문에 피곤해지고 막막해져요. 읽다보면 자기를 '등에'에 비유한 소크라테스가 생각나기도 해요.

이 책에 실린 소설들은 원래 여러 문학상 시상식에서 '수상 소감'으로 한 연설이라고 해요. 청중들이 얼마나 황당해했을지 상상해보는 것도 재미있어요. 시상식을 대놓고 쇼라고 부르는 등 허위를 거리낌 없이 드러내거든요. 주최 쪽과 청중, 수상자 자신이 암묵적으로 동의한 것을 전제로 펼쳐지는 쇼가 바로 시상식인데, 감사 인사를 하는 대신 시상식 자체에 문제를 제기하다니. 그렇지만 바로 그 점 때문에 흥미진진하죠.

윤 자기만의 궁극의 리스트를 소개해주세요. 그 이유도 간단히. 아니면 그중 몇 권만 짚어서 자세히 말씀해주세요.

이 궁극의 리스트는 계속 바뀌어요. 때마다 관심사에 따라 달라지기도 하고, 어떤 한 작품을 읽고 나서 거기에 영향을 받아 달라지기도 하고요. 지금은 러시아와 프랑스 문학 쪽에 관심이 쏠려 있어서, 뽑아보면 톨스토이, 투르게네프, 발자크, 에밀 졸라, 빅토르 위고, 플로베르의 작품으로 목록이 짜일 것 같네요.

몇 권만 꼽으려면 톨스토이의 《안나 카레니나》와 슈테판 츠바이크의 《어제의 세계》를 선택하겠어요. 《안나 카레니나》는 한 번 읽고 나서 출판사별로 전부 샀어요. 번역에 따라 완전히 다른 작품처럼 읽히기도 하거든요. 궁극의 리스트에 포함시킨 이유는 여러 가지가 있지만, 특히 소설가 도리스 레싱이 2007년 노벨 문학상 시상식에서《안나 카레니나》의 한 구절을 인용하고 관련 에피소드를 소개한 모습이 인상 깊었어요. 도리스 레싱은 짐바브웨의 어느 어린 엄마 이야기를 해요. 엄마는 아이들을 데리고 물을 구하러 인도인 가게에 가요. 거기서 차례를 기다리는 동안 가게에 놓인《안나 카레니나》를 읽어요. 어쩐 일인지 책은 삼등분돼 있어요. 처음부터 읽을 수가 없는 거죠. 그렇지만 눈을 빛내며 책을 읽어요. 줄거리도 모르고, 작가가 누구며 어떤 사람인지, 심지어 러시아가 어디 붙어 있는 나라인지도 모르지만 읽어요. 그리고 감명을 받아요.《안나 카레니나》는 그런 책인 거죠. 어디를 펼쳐 읽어도 감명받을 수 있는 책. 한편으로 그런 읽기에는 상승 욕망과 허영심이 분명 뒤섞여 있어요. 도리스 레싱은 그 점도 인정해요. 그렇지만 동시에 책을 읽는다는 행위에는 단순한 허영심으로 환원될 수 없는 게 깃들어 있기도 해요.

《어제의 세계》는 최고의 전기 작가로 꼽히는 슈테판 츠바이크가 쓴 회상록이에요. 츠바이크는 전기를 쓰려고 많은 책과 자료를 참조했는데, 이 작품은 자료를 참조하지 않고 오직 기억에만 의존해 썼다고 해요. 유럽이 전쟁에 휘말리는 통에 브라질로 망명을 한 상태여서 참조할 책 자체가 없었죠. 궁극의 리스트를 어쩔 수 없이 만들어야 하는 상황이라면 슈테판 츠바이크하고 비슷한 상황일 거예요. 그런 의미에서, 운 좋게 책 몇 권을 가져갈 수 있다면《어제의 세계》를 꼭 넣고 싶어요.

윤 사람마다 궁극의 리스트를 갖추고 살아야 할 필요가 있을까요? 아니 리스트 정도는 아니더라도 내 인생의 책 한두 권 정도를 마음속에 안고 살아야 할 필요는 있을까요? 이유는 뭘까요?

이 반드시 그럴 필요는 없겠죠. 책 읽기가 강박이 되거나, 죄책감 또는 의무감 때문에 책을 읽는다면 불행한 일일 거예요. 물론 저도 죄책감과 의무감에서 완전히 자유롭지는 않지만요. '내 인생의 책'이라는 표현 자체는 거부감이 들지만, 살아가다가 큰 상실을 맛본다거나 심각한 위기에 놓였을 때 딱 생각나는 책이 있다면 좋겠어요. 프로이트가 죽기 전에 발자크의 《나귀 가죽》을 읽었다고 해요. 왜 하필 그 책인지는 제가 프로이트에게 물어볼 수도 없고 해서 잘 모르겠지만, 아마도 프로이트는 《나귀 가죽》에다가 자신만의 뭔가를 많이 접어뒀을 거라고 생각해요. 죽음을 앞두고 그렇게 접어둔 것들을 하나하나 펼쳐봤을 테고요. 아마도 우리 모두 그런 책이 있을 거예요.

윤 도서관은 어느 정도 크기로, 어떤 리스트로 만들고 싶나요?

이 세계 문학 도서관을 만들고 싶기는 해요. 요즘 세계 문학 전집이 붐인데, 팔리기는 꽤 팔려도 정말 읽는 사람은 훨씬 적겠죠. 사실 마음먹고 읽으려 들어도 몇 장 넘기다보면 막막한 기분이 드는 게 세계 문학인데, 그 안에 접혀 있는 게 많아서 그럴 거예요. 도서관은 크면 좋겠지만, 큰 도서관 한 곳보다는 적당한 양의 장서를 갖춘 작은 전문 도서관이 여러 개 생기는 게 더 좋아요. 여러 출판사에서 펴낸 세계 문학을 한 곳에서 비교하며 읽어볼 수 있게 목록을 만들고, 배치도 거기에 맞게 하면 좋겠죠. 물론 이렇게 하려면 세계 문학이 지금보다 더 많이 번역돼야 합니다. 지금은 유명한 작품, 말하자면 팔릴 만한 작품만 번역을 하는데, 그러지 말고 가치가 있는 작품을 찾아서 판매 부수에 얽매이지 않고 충실히 번역할 수 있게 제도적 지원도 해야 합니다.

윤 고양이하고 함께 살고 있는데, 고양이가 책을 훼손한다거나 그런 불편한 일은 없나요?

이 가끔 있는데, 신기하게도 책은 잘 물어뜯거나 하지는 않아요. 첫째 하고는 5년째 같이 살고 있는데, 그렇게 만든 책은 두어 권 정도예요. 대신 낱장 프린트나 잡지, 신문 같은 건 종종 물어뜯어요. 작년에 3개월 된 어린 길고양이를 둘째로 들여 키우게 됐는데, 애는 좀 지켜봐야죠. 첫째가 둘째에게 "책은 물어뜯는 게 아니란다" 하고 말을 잘 해주면 좋겠어요.

에필로그

이야기를 마칠 시간이다. 그렇지만 언제나 그렇듯이 마치는 시간은 곧 새로운 시작을 뜻하기도 한다. 1년 동안 인터뷰를 하면서 우리 평범한 생활인들의 삶이 얼마나 불안정한지 느꼈다. 책을 만드느라 1년 반 정도 지났는데, 그때하고 지금, 그러니까 2년이 채 안 되는 시간 동안 삶에 큰 변화가 없는 사람이 그리 많지 않은 사실을 알고 놀랐다.

같은 직장에 1년 넘게 다니거나 한 마을에 한두 해 정착해서 살기가 이렇게 어려운 일일까? 무엇이 우리를 이렇게 불안정하게 만들었을까? 기회가 되면 천천히 생각을 다듬어 이런 이야기를 해보고 싶다. 모든 게 너무 빠르고 하루가 멀다 하고 바뀌는 것만 가득한 요즘이지만, 변하지 않고 사는 것도 축복 아닌가. 인터뷰할 때하고 삶이 많이 달라진 사람들 이야기를 짧게 하고 책을 마친다.

서찬욱 씨는 2012년 6월에 다니던 신문사를 그만뒀다. 아무래도 내 일이 아닌 것 같았단다. 지금은 좀 여유가 있어 책 읽을 만한 시절이라고 말한다. 곧 박사 과정 공부를 다시 시작한다. 그러니 이제 다시, 서 씨가 한 말을 빌리자면 "촉촉한 책보다는 빡빡한 책을 읽어야 할 때"가 가까워진 셈이다. 공부를 할 사람은 결국 공부를 하게 되는구나 하는 생각을 해본다.

농부 조종호 씨는 퇴촌 집을 정리했다. 그래도 나는 계속 선생님을 농부처럼 대할 것 같다. 땅에 씨 뿌려 거두는 사람만 농부인가. 자기 마음을 다지고 보듬는 사람도 지혜의 열매를 가꾸는 농부다. 가지고 있던 책까지 다 정리한 것은 아니지만, 지금은 퇴촌에서 살지 않는다. 대안 학교에서는 여전히 청소년들을 만난다. 보통 때는 서울에 있다가 대안 학교 수업이 있을 때만 가서 아이들하고 함께 놀다 돌아온다.

허섭 선생님은 학교를 퇴임했다. 책을 처분할까 고민했지만, 당연히 그렇게 하지 못했다. 학교 옆에 마련한 개인 서재 '학사재'는 다른 곳으로 옮겨 개인 도서관으로 쓸 생각이다.

윤성일 씨의 컨테이너 서재는 지금 사라졌다. 관리 비용도 만만치 않아서 정리했다. 몇몇 책은 컨테이너가 있던 곳 공장 사람들에게 나눠주고, 꼭 필요한 책만 챙겨서 다시 집으로 들어왔다. 그렇지만 언제든 또 기회가 오면 책을 싸들고 나갈 작정이다.

전희정 씨는 대안 학교에서 일하지 않는다. 여행하며 사진 찍고, 그림 그리고, 글 쓰는 일은 여전히 좋아한다. 프리랜서로 어린이책을 만들며 글도 쓰고 있다. 그동안 다른 사람들하고 함께 《만화보다 재미있는 만화 이야기》와 《우리 모두 틀림없이 다르다》라는 책을 썼다.

전영석 씨는 2013년 초부터 케이블 방송국 '온북TV'에서 일한다. 그동안 쌓은 실력을 바탕으로 프로그램을 기획하고 방송을 제작하는 한편 〈블로그 책 수다〉라는 프로그램은 직접 진행도 맡았다. 일을 참 잘 만났다. 책과 미디어를 모두 좋아하는 전 씨에게 책을 다루는 방송국이라니. 이것보다 더 좋을 수는 없다.

판소리 고수 임영욱 씨는 그동안 몸담고 있던 단체를 나와 공연

연출과 기획 일을 하는 한편 작가로 바쁘게 움직이고 있다. 작품을 써서 상도 받았고, 음악극 대본 작업과 소소한 연출 작업을 몇 편 했다. 얼마 전부터는 대학원에 들어가 연극 연출을 공부하기 시작했다. 함께 살던 고양이 '곰이'는 그동안 정말로 곰처럼 덩치가 커졌다. 두 마리가 더 들어와서 지금은 고양이 세 마리하고 함께 산다. 아직 얼기설기한 모습이지만 활동 단체를 하나 만든 임영욱 씨는 '어쩌면 절찬리'라는 이름을 붙였다. 고민과 즐거움이라는 두 마리 토끼를 다 잡으려 하기보다는 '즐겁게 고민하는 토끼' 한 마리를 찾아 열심히 좇으려 한다. "적절한 표현을 위해서라면 어떤 장르나 관습에도 구애받지 않는다"는 설명을 덧붙였다. 그리고 열정을 다하지만 목숨 걸지는 않을 생각이다. 예술보다 큰 것이 삶이라고 믿기 때문이다.

아무렴 그렇다. 다 맞는 말이다. 우리는 모두 다 다르게 살지만, 그 이름을 하나로 모아 '삶'이라고 말한다. 텔레비전이나 신문에는 나오지 않지만, 위인전이나 평전에 등장하는 사람이 아니더라도, 노벨상이나 막사이사이상을 받지 않았어도 한 사람의 삶은 소중하다. 우리가 이런 사실을 한마음으로 인정하고 모든 사람을 연인처럼 사랑하며 살 때, 세상은 얼마나 평화로울까. 지금까지 만난 사람들을 하나둘 떠올리면서 밤늦은 시간 소중한 꿈 하나를 마음에 담는다.